BIANCA™

AF274834

CAITLIN CREWS

MÁS ALLÁ DEL ESCÁNDALO

HARLEQUIN™

Editado por Harlequin Ibérica.
Una división de HarperCollins Ibérica, S.A.
Avenida de Burgos, 8B - Planta 18
28036 Madrid
www.harlequiniberica.com

© 2025 Harlequin Ibérica, una división de HarperCollins Ibérica, S.A.
N.º 497 - 18.4.25

© 2011 Caitlin Crews
Más allá del escándalo
Título original: Heiress Behind the Headlines

© 2012 Caitlin Crews
Un reino para un jeque
Título original: In Defiance of Duty
Publicadas originalmente por Harlequin Enterprises, Ltd.
Estos títulos fueron publicados originalmente en español en 2012

I.S.B.N.: 978-84-1074-472-1
Depósito legal: M-2444-2025
Impreso en España por: BLACK PRINT
Fecha impresión para Argentina: 15.10.25
Distribuidor exclusivo para España: LOGISTA
Distribuidor para México: Distribuidora Intermex, S.A. de C.V.
Distribuidores para Argentina: Interior, DGP, S.A. Alvarado 2118.
Cap. Fed./Buenos Aires y Gran Buenos Aires, VACCARO HNOS.

MIXTO
Papel
FSC   FSC® C159065

Capítulo 1

LARISSA Whitney se le torció su suerte cuando se abrió la puerta del restaurante. Era noviembre y hacía frío. No dejaba de llover y el viento se colaba cada vez que alguien abría la puerta.

Desde la ventana podía ver cómo las furiosas olas del Atlántico golpeaban las rocas de esa apartada isla. Pertenecía al estado de Maine, pero en esa época del año nadie la visitaba. Por eso la había elegido. Había muy pocas casas allí y en esos momentos estaba en el único restaurante del pueblo. Había esperado no tener que encontrarse con nadie y poder estar sola. Llevaba varios días así.

Por eso se quedó sin respiración al verlo entrar en el restaurante. Se le hizo un nudo en el estómago al ver a ese hombre. Cerró un instante los ojos, casi creyendo que su imaginación le estaba jugando una mala pasada y que podría conseguir que desapareciera. Pero no lo consiguió. Era Jack Endicott Sutton el que había entrado y se quitaba en esos momentos una gabardina empapada por la lluvia.

–No puede ser… No Jack Sutton, por favor… –susurró ella mientras apretaba con fuerza su taza de café.

Pero no podía conseguir que se esfumara solo deseándolo. Estaba allí y era él. No podía ser otra persona.

Lo había reconocido al instante, pero sabía que le habría pasado lo mismo a cualquier persona. Tenía grabada en su mente la imagen de ese rostro atractivo y muy masculino. Le resultaba tan conocido como el de cualquier estrella de cine de las que salían en las revistas. De hecho, Jack había pasado algún tiempo apareciendo a menudo en ese tipo de prensa.

Pero para ella era alguien más conocido aún, ya que lo había conocido personalmente.

Vio que llevaba una camiseta negra de manga larga que dibujaba a la perfección su torso, pantalones vaqueros bastante gastados y botas. Le extrañaba verlo vestido así, cuando normalmente no se quitaba sus trajes de Armani. Estaba fuera de lugar, más acostumbrado a moverse en los selectos ambientes de Manhattan. Allí, casi parecía uno más de los clientes que estaban comiendo o tomando un café en el restaurante. Pero él destacaba por encima de los demás.

Le costaba verlo como uno más en cualquier circunstancia. Jack Sutton siempre destacaba y no pudo evitar que se le acelerara el corazón un poco.

Procedía de una prestigiosa familia. Era mucho más que un hombre extraordinariamente atractivo con maravillosos ojos del color del chocolate y pelo oscuro. Llevaba con elegancia y cierta despreocupación pertenecer a la familia a la que pertenecía, como si fuera un privilegio que todos conocían, pero del que él prefería no presumir. Bastaba con ver cómo se movía, el poder y la arrogancia que transmitía, para darse cuenta de que procedía de los Brahmins de Boston y de los Knickerbocker de Nueva York, dos de las familias más prominentes durante la edad dorada de la alta sociedad en Manhattan. Sus predecesores habían sido grandes empresarios, líderes y visionarios, hombres generosos y dados a la filantropía. Y él era el heredero perfecto de esa saga: fuerte, atractivo, engreído y con cierto aire peligroso.

Sabía muy bien quién era y de dónde venía. Ella procedía del mismo tipo de familia. Pero para Larissa era algo más. Era su peor pesadilla y en esos momentos acababa de dejarla sin escapatoria.

Frustrada y enfadada, se dio cuenta de que ni siquiera

parecía ser capaz de esconderse y alejarse del resto del mundo.

Pero se dio cuenta de que no tenía motivos para ponerse nerviosa. Se hundió un poco más en su asiento y ajustó la capucha de su sudadera, esperaba que no la reconociera. Ese gesto le recordó lo que estaba haciendo en esa isla, tratando de esconderse de lo que había sido hasta entonces su vida.

Apartó la vista y dejó de observar al que muchos consideraban el soltero de oro de Manhattan para concentrarse en el océano. Las olas seguían golpeando la costa con fuerza. Trató de convencerse de que no iba a reconocerla. Llevaba varios meses fuera de Nueva York y no le había dicho a nadie adónde iba a ir. Además, le parecía imposible que alguien esperara encontrarla en esa isla casi desierta y olvidada, a años luz del salón de belleza más cercano. Durante ese tiempo, había relajado mucho su aspecto. Llevaba pantalones vaqueros y sudaderas. A modo de maquillaje, un poco de brillo en sus labios y nada más. Además, se había cortado su larga y famosa melena rubia y llevaba el pelo teñido de negro. Su intención había sido evitar que la reconocieran, sobre todo si tenía la mala suerte de reencontrarse con alguien de su pasado.

Como acababa de pasarle con Jack Sutton. Por desgracia, tenía la sensación de que no era nada fácil engañar a alguien como él. Ni siquiera podría hacerlo ella, que llevaba años engañando a todos los que la rodeaban. Era algo que había descubierto hacía poco tiempo y la había llevado hasta esa remota isla. Por eso le angustiaba tanto verlo aparecer en ese restaurante, que cada vez le parecía más pequeño y asfixiante. Estaba muy nerviosa, se sentía atrapada.

Trató de respirar profundamente para tranquilizarse, recordando lo que los médicos le habían aconsejado en Nueva York. Tenía que inspirar y espirar... Confiaba en que Jack no la viera y que, si lo hacía, no supiera quién…

—Larissa Whitney.

Su tono frío y lleno de seguridad le dejó muy claro que le divertía verla allí. No se movió, pero le dio la impresión de que todo su cuerpo temblaba.

Volvió a recordar que debía respirar, pero era demasiado difícil hacerlo en esa situación.

No esperó a que lo invitara y se sentó frente a ella. Se atrevió por fin a mirarlo y vio que le brillaban sus ojos castaños. Tuvo que echarse un poco hacia atrás para que sus largas piernas no la tocaran bajo la mesa. No le gustaba tener que mostrar su debilidad con esos gestos. Lo último que quería era que Jack supiera hasta qué punto le inquietaba su presencia.

De toda la gente que no querría haberse encontrado en esa isla, Jack Sutton era el que menos se alegraba de ver. No entendía qué podía estar haciendo allí. Era la única persona a la que no había conseguido engañar, ni siquiera sabiendo que su situación era muy similar a la de ella. Llevaba meses viviendo de incógnito y no estaba preparada para sentirse atrapada en una isla con un hombre que sabía demasiado sobre ella. Siempre había sido así.

Le entraron ganas de fingir que no lo conocía y hacerle creer que se había equivocado de persona. Podía decirle que no sabía quién era Larissa Whitney y hacerlo con la conciencia tranquila, pues creía que nunca había llegado a conocerse a sí misma. Le tentaba la idea de negar su propia existencia. Una parte de ella quería hacerlo, pero Jack la miraba fijamente a los ojos y no se atrevió a hacerlo.

Se limitó a sonreír con el mismo gesto frío y vacío que había estado ensayando toda la vida.

—Esa soy yo —repuso finalmente tratando de que su voz no reflejara cómo se sentía.

No podía permitir que la viera afectada por su presencia, pero no le resultaba posible ignorar la fuerza masculina y poderosa que parecía rodearlo. Intentó que su rostro no reflejara nada, que su expresión pareciera vacía. De todos modos, sabía que Jack la veía de ese modo, como una persona superficial, y ella temía que esa percepción se acercara a la realidad.

–No he visto reporteros ni paparazis por el pueblo. Es noviembre y arrecia una fuerte tormenta. No hay yates amarrados en el puerto ni millonarios divirtiéndose en los clubs. ¿No habrás confundido esta isla de Maine con el sur de Francia?

No le gustó nada que se riera de ella. Le daba la impresión de que la miraba con desdén.

–Yo también me alegro de verte –murmuró ella con ironía.

No quería que viera hasta qué punto le dolían sus comentarios. Ya debería haberse acostumbrado a que la gente la viera de cierta forma, había sido así durante toda su vida.

–¿Hace cuánto que no nos veíamos? ¿Cinco años? ¿Seis?

–¿Qué haces aquí, Larissa?

Su tono era algo desagradable y poco educado. Ese hombre era todo un encantador de serpientes, podía ganarse a cualquiera, llevaba toda la vida haciéndolo y ella lo sabía mejor que nadie. Había experimentado en primera persona lo seductor que podía llegar a ser. Se estremeció al recordarlo.

–¿Qué pasa? ¿Te extraña que me tome unas vacaciones? –le preguntó ella.

–No me parece el lugar más apropiado –repuso Jack mientras la observaba con los ojos entrecerrados–. Y aquí no hay nada para ti. Solo hay una tienda y este restaurante que además es el único hostal de la isla. Aquí viven menos de cincuenta familias, no hay nada más. Las comunicaciones con el continente son más bien escasas, solo hay dos transbordadores a la semana, y eso cuando el tiempo lo permite. No encuentro ninguna razón para que alguien como tú esté aquí.

–Es la hospitalidad de la gente lo que me ha atraído –repuso con ironía mientras lo miraba a los ojos.

Se apoyó en el respaldo de su silla tratando de parecer más relajada de lo que lo estaba. Pero tenía un nudo en el estómago y no estaba cómoda. No sabía por qué su cuerpo la traicionaba de esa manera. Hacía mucho tiempo que conocía a Jack. Habían crecido en los mismos círculos exclusivos y claustrofóbicos de Nueva York. Habían ido a los mismos colegios privados y en sus familias habían esperado que fueran a las mejores universidades.

Estaban cansados de verse en las mismas fiestas y de coincidir en las pistas de nieve de Aspen, en las playas de los Hamptons, Miami o Martha's Vineyard.

Recordaba habérselo encontrado a menudo durante su adolescencia. Más tarde, Jack se convirtió en un atractivo veinteañero del que estaban enamoradas todas sus amigas. Aún recordaba muy bien cómo había sido entonces. Era imposible olvidar su atlético cuerpo, bronceado por el sol en una playa privada de los Hamptons y con más carisma y personalidad que ningún otro joven. Era muy inteligente y tenía una sonrisa demoledora. Cuando pensaba en él, era así como lo recordaba, brillante y con una gran sonrisa.

Pero ya no quedaba nada de ese joven. Y tenía otros recuerdos que prefería no desenterrar, los recuerdos de un fin de semana en el que intentaba no pensar. Entonces, Jack tenía más años y experiencia. Esos días habían conseguido sacudir algo en su interior. Fuera como fuera, había sido entonces cuando se había dado cuenta de lo peligroso que podía llegar a ser para ella. Era todo fuego y pasión. Tenía la sensación de que sus ojos veían demasiado y la conocía mejor que nadie.

Lo cierto era que ese hombre había conseguido fascinarla y aterrarla al mismo tiempo. Pero todo eso había ocurrido antes de que su vida cambiara y ella descubriera que debía darse una nueva oportunidad. La llegada de Jack Sutton no podía ser más inoportuna. Lo consideraba una persona incontrolable e imposible. Y creía que esas dos eran sus mejores cualidades.

Lo contempló como si poco le importara verlo allí. Estaba tan acostumbrada a fingir que no le costaba nada hacerlo. Además, sabía que era esa Larissa la que estaba esperando ver Jack. Todo el mundo pensaba que era una joven fría y superficial. A veces, había llegado a creer que esa facilidad para fingir lo que no era debía de ser su única cualidad.

—¿Estás disfrazada? —le preguntó Jack con el mismo tono de voz sugerente que tanto conseguía afectarla—. ¿O acaso huyes de alguien? No sé si quiero saber a qué estás jugando.

—¿Por qué te interesa tanto? —repuso ella riendo—. ¿Es que te molesta que no tenga nada que ver contigo?

—Todo lo contrario —le aseguró él con algo más de frialdad.

Vio que la miraba con cierta dureza, como si ella le hubiera hecho daño. Le sorprendió verlo así. Suponía que cabía la posibilidad de que hubiera hecho algo que lo molestara, pero no lo recordaba. Jack no era el tipo de persona del que la gente soliera olvidarse con facilidad.

—Me comentaron que Maine está precioso en esta época del año —le dijo ella para no tener que darle más explicaciones—. Y no he podido resistirme.

Le hizo un gesto y miró hacia la ventana, esperando que él hiciera lo mismo. El cielo estaba aún más oscuro y el viento movía las nubes. La lluvia seguía golpeando con fuerza el cristal y las rocas soportaban impertérritas los golpes de las olas. Se sintió como una de esas rocas, golpeada y asediada continuamente, pero aún en pie. Su propio pasado era como esas olas, que no dejaban de chocar contra las rocas. Pensó que Jack era como esa lluvia. Un elemento frío y deprimente que no hacía sino agravar el dolor que le producían los ataques.

–Has tenido un año estupendo, ¿verdad? –le preguntó Jack entonces con ironía–. Eso es al menos lo que he oído.

Se sintió desnuda y vulnerable, algo que siempre trataba de evitar, sobre todo cuando estaba cerca de ese hombre y después de lo que había ocurrido la última vez. Lo peor de todo era no poder contarle la verdad ni defenderse. Tenía que aceptar lo que decían de ella, algo que todo el mundo había creído. No entendía por qué le dolía tanto esa vez. Después de todo, era solo un escándalo más. Pero esa vez, las noticias en las que se había visto envuelta no las había inventado ella.

–Sí, claro –repuso ella tratando de controlar su odio–. Una temporada en un centro de desintoxicación y un compromiso que no llegó a buen puerto. Muchas gracias por recordármelo.

No sabía qué podía decirle. Estaba convencida de que no la creería si le contaba que había estado en coma y una mujer se había hecho pasar por ella. La misma joven que se había liado con su prometido. Sabía que no creería la verdad. Su vida siempre había sido muy parecida a la de las telenovelas y lo que le había ocurrido ese último año parecía escrito por un mal guionista.

Después de todo, todo el mundo conocía a Larissa Whitney. Creían que era una joven superficial que se pasaba la vida comprando y yendo a fiestas. Era la oveja negra de su familia. Habían pasado ya ocho meses desde que se desmayara una noche a la salida de un club de Manhattan. Gracias a los reporteros que siempre la seguían y a las manipulaciones de una familia que dominaba los medios de comunicación, todos creían saber lo que había pasado después.

Según la prensa, había pasado una temporada en un centro de desintoxicación. Después, había vuelto a su vida anterior del brazo de su pobre prometido, Theo, que era además el director general de Whitney Media. El ambicioso joven no tardó en romper su compromiso y en dejar su trabajo al frente de la empresa familiar. Todo el mundo la culpó a ella, la infiel y fría Larissa. Y no le extrañaba que lo hicieran. Después de todo, había tratado de humillarlo a menudo y de la manera más pública posible. Lo había hecho durante años y a nadie le había costado creer que ella fuera la mala en esa película.

En realidad, había pasado dos meses escondida en la mansión familiar, postrada en una cama. Todos creían que no iba a salir de aquella y a su familia le faltó tiempo para maquinar un plan con el que pudieran beneficiarse de esa situación. Creía que la verdad no era tan interesante como la ficción.

Estaba convencida de que nadie la creería. Y, como solía ocurrirle con frecuencia, sabía que ella era la única culpable de esa situación.

–¿No has causado ya suficientes problemas? –le preguntó Jack entonces como si acabara de leerle el pensamiento–. ¿Crees que vas a conseguir involucrarme en tus líos? Estás muy equivocada, Larissa. Hace mucho tiempo que me cansé de tus juegos.

–Si tú lo dices –repuso ella fingiendo cierto aburrimiento.

En realidad, se sentía dolida y le habría encantado poder levantarse de esa silla y salir corriendo del restaurante. Habría hecho cualquier cosa para evitar que ese hombre siguiera mirándola con tanto desdén.

Pero no iba a darle la satisfacción de que viera que la había herido. No podía decirle por qué estaba allí, en una pequeña isla llena de pinares y a doce kilómetros de la costa de Bar Harbor. La tormenta no amainaba y estaba rodeada de agua por todas partes. No podía decirle que había terminado en el transbordador que la había llevado hasta allí porque necesitaba esconderse. Se sentía invisible y llevaba mucho tiempo deseando desaparecer. Ni siquiera sabía cómo expresar lo que sentía. Lo que tenía muy claro era que su curación había sido un milagro y quería aprovechar la segunda oportunidad que le había brindado la vida. A Jack le habría costado mucho más explicárselo. A pesar de que en esos momentos la miraba con unos ojos impenetrables, llenos de oscuridad, seguía viéndolo como el brillante y carismático adolescente que había sido unos años antes.

Se había prometido a sí misma que no volvería a engañarse y estaba dispuesta a hacer lo necesario para cumplir esa promesa. Pero a él no tenía por qué decirle la verdad. Sentía que quedaba muy poco en su interior de la verdadera Larissa, de lo que realmente podía identificar como su persona y no estaba dispuesta a permitir que Jack viera cómo era en realidad. Estaba segura de que no tardaría en acabar con ese germen de vida.

Así que le dio lo que esperaba. Sonrió con el mismo gesto misterioso y seductor que tan bien le había funcionado con la prensa y con los hombres. Sabía que era sexy y que muchos proyectaban en ella sus fantasías. Le parecía irónico, cuando ella nunca se había sentido más vacía.

Se le daba muy bien engañar a todo el mundo.

Inclinó la cabeza y lo miró a los ojos como si sus palabras no pudieran hacerle daño, como si la conversación que acababan de tener no fuera más que un simple coqueteo. Levantó las cejas y separó los labios de manera sugerente.

–Dime, Jack –le dijo entonces con su voz más sexy y seductora–. ¿Qué tipo de juegos te gustan?

Capítulo 2

JACK se dio cuenta enseguida de que Larissa parecía muy frágil. Se fijó en sus pómulos perfectos y delicados. No le había costado nada reconocerlos desde el otro lado del restaurante, aunque no terminaba de entender lo que una mujer como ella podía estar haciendo en un sitio tan remoto como esa isla. La imaginaba siempre divirtiéndose en los clubs más elitistas de Manhattan, acompañada de otros miembros de la alta sociedad neoyorquina.

Sus ojos verdes, misteriosos y tristes, parecían reflejar una profundidad que no creía posible en una joven como ella.

Creía que esa era la gran mentira de Larissa Whitney. Y no le molestaba que ella siguiera siendo de esa manera, sino que él se hubiera dejado engañar.

Aún podía sentir la misma electricidad, aunque trataba de negarlo. Sin que pudiera hacer nada para evitarlo, el corazón le había dado un vuelco al verla sentada al otro lado del restaurante con un aspecto tan frágil y vulnerable.

Al ver cómo coqueteaba con él, no pudo evitar fijarse en sus deliciosos labios. Se pasó la lengua por ellos, tentándolo, tratando de llevárselo a su terreno y consiguiendo que recordara al instante cómo había sido estar entre sus piernas. Aún recordaba el sabor de su boca, perfecta y perversa. Pero ya no era el tipo de hombre que se dejaba llevar por su deseo, sobre todo cuando se trataba de una tentación tan destructiva como aquella. Creía que una mujer como Larissa tenía poco que ofrecerle. Había cambiado y le importaba más su reputación que el placer.

—Agradezco el intento, pero ya lo he probado una vez y fue suficiente —le dijo él con gesto de aburrimiento.

En realidad, todo su cuerpo estaba en tensión y le bastaba con estar cerca de ella para sentirse excitado. Le pareció que sus palabras le habían afectado, pero Larissa no se permitió ni un segundo de debilidad. Volvió a sonreírle. Era un gesto muy peligroso, tan difícil de ignorar como el canto de las sirenas. Se le pasó por la cabeza dejarse llevar y olvidar todo lo que sabía. Le habría encantado acercarse más a ella, atrapar su estrecha cintura entre las manos y saborear de nuevo su boca.

—Jack —murmuró Larissa entonces con el mismo tono seductor—. Es lo que dicen todos. Al principio…

No podía darle a Larissa la satisfacción de que viera cuánto le afectaban sus sugerencias, pero era difícil no reaccionar. Se le daba muy bien ese tipo de juego. Le habría encantado ser capaz de verla tal y como era, como la veían todos. Pero él no podía evitar fijarse en la elegante y delicada línea de su cuello, en su bello rostro y en lo frágil que parecía. Aunque sabía que era una locura, sentía un impulso en su interior que lo empujaba a tratar de protegerla. Se había cambiado el pelo. Lo llevaba corto y teñido de negro. Por desgracia, le quedaba muy bien, le daba un aire más serio.

Pero él sabía cómo era la verdadera Larissa y lo que había hecho. Conocía todos los escabrosos detalles y no pensaba dejarse engañar por su aparente vulnerabilidad. Sabía que era despiadada y que no tenía corazón. Así eran todos en ese mundo que él había decidido abandonar para siempre. Y reconocía que también él había sido de esa manera hasta que decidió cambiar su vida.

Habían pasado cinco años desde entonces. Cuando miraba a Larissa, recordaba cómo había sido y no le gustaba. Además, ella era la que había hecho que se enfrentara por primera vez al espejo. Era algo que no podía olvidar.

—Hay un transbordador que sale hacia la costa el viernes a primera hora —le dijo él con frialdad—. Quiero que te subas a él.

Larissa se echó a reír. Era un sonido luminoso, mágico. Le hacía pensar en cosas que sabía que no existían y odiaba a Larissa por hacer que se sintiera de esa manera.

—¿Me estás echando de la isla? —repuso ella con gesto divertido—. Das órdenes como un dictador. Vas a conseguir que me desmaye.

La fulminó con la mirada. Esa isla era su refugio, su escondite. Le gustaba pasar allí esos meses oscuros de invierno, cuando no había turistas y las casas veraniegas de algunas de las familias más prominentes de Nueva York se encontraban vacías. Le gustaba más así. Allí no tenía que ser Jack Endicott Sutton, el heredero de dos de las fortunas más importantes del país y la pesadilla de su abuelo. Cuando estaba en la isla, no tenía que pensar en sus responsabilidades, podía ser libre sin que nadie controlara todo lo que hacía y si sería o no capaz de dirigir algún día la Fundación Endicott. Se trataba de la organización que su familia había creado para llevar a cabo obras benéficas de todo tipo. En esa isla de Maine, entre pescadores y gentes sencillas, era simplemente Jack.

Lo último que quería era que alguien como Larissa Whitney contaminara su refugio. Creía saber qué hacía tan lejos de su ambiente habitual. Esa zona de Maine estaba muy tranquila en noviembre. Hacía frío y no era el lugar más apropiado para una joven mimada como Larissa. Allí no había fiestas, tiendas ni reporteros. En esa isla no iba a encontrar las cosas que necesitaba para sobrevivir. Creía saber lo que hacía allí y no le gustaba nada.

—Ni siquiera te has molestado en preguntarme qué hago aquí —le dijo él entonces mientras la observaba para ver cómo reaccionaba—. ¿Es que sigues tan centrada en ti misma como siempre o acaso ya sabías que podrías encontrarme aquí?

Por mucho que tratara de adivinar cómo se sentía, el bello rostro de Larissa no reflejaba nada. Siempre había sido así y le irritaba sentir que seguía buscando algo más en ella, cuando estaba seguro de que su interior estaba completamente vacío.

—Abriste la puerta del restaurante y entraste como si fueras Heathcliff, el protagonista de *Cumbres borrascosas* —murmuró ella como si esa escena hubiera formado parte de sus fantasías.

Pero no la creía. Igual que el resto de sus amistades, jóvenes procedentes de las familias más ricas y antiguas del país, se le daba muy bien actuar cuando así le convenía.

—Es muy romántico, ¿no te parece? —prosiguió Larissa—. No dejemos que todos esos detalles tan aburridos, mi horario, tus planes, echen a perder este delicioso momento.

—Creo que sé por qué estás aquí —le dijo él sin prestar atención a sus palabras ni a sus coqueteos—. ¿De verdad crees que iba a funcionar, Larissa? ¿Has olvidado que te conozco muy bien?

Larissa abrió mucho los ojos y le dio la impresión de que realmente no sabía de qué le estaba hablando. Pero fue entonces cuando recordó que nada se le daba tan bien como actuar.

Pero cuando ella se acercó un poco más y colocó una de sus delicadas manos en su muslo, se dio cuenta de que había estado equivocado. Sus dotes de seducción eran su mejor arma. Le había bastado con dedicarle un par de sonrisas y esa caricia para despertar su deseo. Larissa era irresistible y lo sabía. Era letal.

Estaba tan cerca que lo embriagaba con su fragancia exótica y ligeramente especiada. Creía que era una lástima que aún oliera a vainilla. Recordaba demasiadas cosas sobre ella y le molestaba que fuera así. Su sabor, su aroma, su pasión. Había pasado tanto tiempo desde su breve romance que estaba seguro de que los años habían distorsionado sus recuerdos y exagerado lo apasionado de esos días. Pero lo que estaba ocurriendo en ese momento no era fruto de su imaginación. Podía sentir el calor de su mano a través de la tela de los vaqueros, recordándole cuánto la había deseado y cuánto seguía deseándola. Pero no pensaba dejarse llevar por la tentación.

Se puso de pie y vio cómo ella apartaba la mano. Deseaba abrazarla, besarla, perderse en sus curvas y oír sus gemidos.

Pero ya no era ese hombre. No se dejaba llevar por ese tipo de juegos y no pensaba permitir que Larissa lo hiciera volver a la vida que había dejado atrás.

–El viernes, en el transbordador –le dijo con frialdad–. Sale a las seis y media de la mañana. No es una sugerencia, es una orden.

–Gracias por informarme de manera tan amable –repuso Larissa–. Pero haré lo que quiera, Jack, no lo que me ordenes tú.

Algo en su mirada volvió a sorprenderle. No lo entendía bien y no le parecía que tuviera sentido. Le costaba descifrar a esa mujer a la que todo el mundo parecía conocer tan bien.

–Mientras estés en esta isla, tendrás que hacerlo –le dijo él con una sonrisa implacable.

De repente, se dio cuenta de que estaba disfrutando demasiado con esa situación.

–Siento tener que recordártelo cuando tus propios antepasados firmaron la Declaración de Independencia. Que yo sepa, este país sigue siendo libre.

–El país sí, pero las cosas son diferentes en esta isla –replicó él con arrogancia y orgullo–. Esta isla es mía.

Larissa nunca se había sentido tan estúpida como en ese momento.

Cuando volvió a la pequeña habitación que ocupaba en el ático de la posada, llenó de agua la antigua bañera y se metió en ella. Sacudió la cabeza al recordar una vez más que estaba en la isla de Endicott. Le parecía increíble que no se le hubiera pasado por la cabeza quién podría ser el propietario de esa isla. Después de todo, su propio nombre así lo indicaba.

Aunque lo cierto era que conocía a muchas familias prominentes del país cuyos apellidos nombraban calles, edificios, puentes o ciudades enteras. También ocurría en su propia familia. Pero, hasta ese momento, no se le había aparecido un miembro de dicha familia recordándole que la isla donde estaba le pertenecía. Nadie esperaba encontrarse con miembros de la familia Carnegie en el famosísimo teatro del Carnegie Hall de Nueva York ni era normal que un Kennedy lo recibiera a uno en el aeropuerto JFK de la ciudad.

Aun así, no entendía cómo no se le había ocurrido pensar en esa posibilidad cuando lo vio aparecer en el restaurante de la posada. Pero había estado tan afectada por su presencia que le había costado pensar con claridad. Tenía muchas cosas de las que arrepentirse en su vida. Una de ellas había sido dejarse llevar por la atracción que sentía por Jack cinco años antes.

Salió de la bañera y se miró en el espejo. Su vida estaba llena de errores.

Se secó con una toalla y se vistió con unos pantalones de yoga. Estaba terminando de ponerse una camiseta cuando alguien llamó a la puerta. Se quedó sin aliento y el corazón comenzó a latirle con fuerza. Creía que solo podía ser una persona. Era la única con la que había hablado durante más de dos minutos desde que llegara a la isla. Y sabía que no debía dejar que pasara. Creía que estaría más segura sola y de noche por las calles del Bronx.

Aun así, se acercó a la puerta sin poder evitarlo, como si él se lo estuviera ordenando con su mera presencia al otro lado de la puerta. Estaba descalza, pero sus pies aún estaban calientes tras el baño. Sintió cierta tensión en sus pechos y algo más abajo. Le parecía increíble cómo estaba reaccionando su cuerpo. Miró de reojo la cama. La colcha era alegre y de muchos colores y la lluvia y el viento golpeaban las pequeñas ventanas de la habitación. Tenía el pelo mojado y su piel tampoco estaba seca. Sintió de repente tanto calor por todo el cuerpo como había sentido en la bañera o incluso más. Era como si el simple sonido de la puerta hubiera conseguido azuzar un fuego en su interior.

Jack no volvió a llamar. No necesitaba hacerlo. Sabía que estaba allí, al otro lado de la madera. Podía casi verlo, con su penetrante y oscura mirada. Sus perfectos pómulos, una nariz fuerte y masculina y su atlético cuerpo. Era además tan inteligente como para pasar de oveja negra de la familia a presidente del consejo de la fundación. Ese cambio le había procurado más admiradores aún. Era muy atractivo, pero no había nada angelical en él, todo lo contrario. Tenía un aire peligroso y era eso algo que no podía olvidar.

Cinco años antes, a pesar de que ella no había estado en plenas facultades mentales, había tenido la suficiente lucidez como para apartarse de él cuando entendió que no le convenía estar con ese hombre. En ese momento de su vida, tenía mucho más que perder y más razones aún para mantener las distancias. Por eso no entendía qué la había llevado hasta la puerta y por qué sintió la necesidad de abrirla. Era como si no pudiera dominar su propio cuerpo y como si tampoco quisiera hacerlo.

Jack la miró desde el umbral de la puerta. Su cuerpo era demasiado grande para el pequeño vestíbulo. La miraba con intensidad, con ojos hambrientos. Tenía los brazos apoyados a ambos lados de la puerta y se le hizo la boca agua al adivinar los músculos bajo su camiseta. Era un hombre increíble, casi parecía una estatua. Pero fue al mirarlo a los ojos cuando se quedó por completo sin aliento.

«Es demasiado peligroso y yo soy demasiado vulnerable», pensó ella.

Pero estaba allí, frente a ella, y su corazón le latía con fuerza. Jack siempre le había resultado irresistible y, por mucho que intentará negarlo, la atracción seguía allí.

Jack entró en la habitación sin esperar a que ella lo invitara a pasar o se apartara. Ella dio un paso atrás para no darse de bruces con él y notó que Jack sonreía levemente, como si acabara de ganar su primera batalla. Era un hombre poderoso y lo sabía, nadie podía negarlo. De otro modo, nunca habría alcanzado la presidencia de la Fundación Endicott ni tendría un puesto tan prominente en la alta sociedad neoyorquina.

–¿No te parece que estás yendo demasiado lejos aunque alegues ser el propietario de esta isla? –le preguntó ella.

Había decidido que la mejor defensa era un buen ataque. No iba a permitir que notara lo vulnerable que se sentía en ese momento, casi desnuda, aunque llevara ropa cubriendo su cuerpo. Tuvo que contenerse para no cruzarse de brazos. Era ese un gesto que a él no le costaría interpretar y no pensaba darle esa satisfacción.

Jack seguía mirándola de la misma manera y sintió que perdía el equilibrio. Siempre le había pasado lo mismo con él y decidió que debía de tratarse de alguna reacción química, nada más.

–Yo nunca voy demasiado lejos –repuso Jack mirándola a los labios como si estuviera pensando en besarla–. No tengo que hacerlo. No lo necesito.

Se estremeció, no pudo evitarlo. Sintió una oleada de calor por todo el cuerpo que se concentraba en su parte más íntima.

–Tu familia fue propietaria de esta isla en el pasado, pero tu abuelo devolvió parte de las tierras a la fundación histórica de la costa de Maine hace treinta años –le dijo ella entonces–. Ahora te limitas a disfrutar de la vieja mansión familiar como el patriarca que nunca llegará a serlo, mirando las tierras que pudieron ser tuyas –añadió riendo–. Es un poco triste.

–Me halaga que tengas tanta información –repuso Jack mientras se acercaba a ella–. ¿Volviste corriendo a la habitación para investigar un poco en Internet? ¿O acaso te informaste bien antes de venir a la isla?

–Creo que tus preguntas no son tan inocentes como parecen –replicó ella.

Jack seguía acercándose, pero no se movió. No quería parecer asustada, pero lo cierto era que se sentía muy incómoda y esa habitación le parecía más pequeña que nunca.

–Te he conocido desde pequeño, hay muy pocas cosas que no sepa de ti, ya sea de manera directa o indirecta –le recordó ella–. Excepto tus pensamientos, por supuesto. Si es que los tienes. Mi experiencia me dice que los hombres importantes y arrogantes como tú normalmente piensan muy poco.

–Creo que me confundes contigo –replicó Jack–. No soy yo la criatura más insulsa de todo Manhattan, o puede que incluso de todo el país. Todo un logro, Larissa. Debes de estar muy orgullosa.

Sus palabras le dolieron. Se sentía avergonzada. Las revistas solían dedicarle ese tipo de adjetivos y otros mucho peores. Lo habían hecho desde su adolescencia y lo que Jack acababa de llamarle era casi un halago en comparación con otros insultos. Creía que no debía importarle que él también se uniera al resto de los mortales para agraviarla. Estaba teniendo incluso la desfachatez de decírselo a la cara. Y ella no entendía por qué le dolía tanto, cuando ya debía estar más que acostumbrada.

Intentó fingir que sus palabras no tenían ningún efecto en ella.

–¿Cómo puedes hablarme así? Recuerda que te conozco desde siempre, antes de que decidieras reinventarte y convertirte en el hombre más aburrido del planeta. Te conocí cuando eras divertido —le dijo ella con una sonrisa tan falsa como sus palabras—. Entonces, la prensa hablaba de ti como el soltero de oro de Nueva York y el más juerguista de todos.

Recordó entonces cómo se habían cruzado sus caminos una noche. Fue poco después cuando Jack decidió cambiar, tras la muerte de su madre. No quería pensar en esos días, pero los tenía grabados a fuego en su mente. Una parte de ella se preguntaba si no habría sido ella la causante de ese cambio. Quizás Jack se hubiera dado cuenta de que, después de estar con ella, había tocado fondo.

—¿Por eso me odias tanto? —le preguntó ella entonces sin poder ocultar cierta emoción en su voz—. ¿Por qué te conocí antes de que te volvieras un hombre respetable? No me parece justo. Todo Manhattan te conocía entonces.

—No te odio, Larissa —susurró él con una voz que conseguía penetrar bajo su piel—. Yo te conozco.

Se acercó entonces a ella y recorrió con un dedo una gota de agua que bajaba por su cuello y después por su clavícula. El contacto dejó un rastro de fuego en su piel. Era una sensación terrorífica. No podía dejar de mirarlo. Había fuego e ira en sus ojos. Y también algo más, mucho más oscuro y en lo que prefería no pensar.

Pero no podía evitarlo, había despertado por completo su deseo.

—¿Qué estas haciendo? —le preguntó ella sin aliento.

El gesto había sido casi inocente. Lo habría sido en cualquier otra persona, pero no podía resistirse cuando se trataba de Jack. Ese hombre era como una droga para ella. Había conseguido escapar de él una vez, pero no sabía si volvería a tener tanta suerte.

Sabía que debía detenerlo, pero no se movió. No se apartó.

Jack volvió a dirigirle una sonrisa triunfante y eso hizo que lo odiara aún más.

Hay muy poco que hacer en esta isla –le susurró Jack sin dejar de acariciar el escote de su camiseta–. Y nadie quiere que te aburras. He visto lo que pasa cuando te aburres –añadió riendo–. Bueno, supongo que todo el mundo lo ha visto.

–Me aburro con facilidad y parece que tampoco me cuesta conseguir que salgan fotografías mías en la prensa, es verdad –admitió ella mientras trataba de controlar su respiración–. Como ahora mismo, también me estoy aburriendo.

–Ya que estas aquí, podríamos recordar lo que de verdad se nos da bien. Muy bien… ¿No te parece? –le preguntó él.

Se le pasó por la cabeza fingir que no sabía de lo que le hablaba, pero Jack la miraba con intensidad y no sabía qué hacer ni qué decir. Él debía de pensar que era la misma mujer fría, dura y superficial que había sido ocho meses antes y también cinco años atrás, cuando pasaron juntos un apasionado fin de semana. Pero ya no era esa mujer capaz de hacer cualquier cosa sin que la afectara, completamente entumecida. Sabía que él la trataría como la joven que había sido entonces y echaría a perder a la mujer en la que se había convertido.

No podía permitirlo, no iba a hacerlo.

Pero tampoco quería que supiera cuánto había cambiado. Las cosas terminarían de un modo u otro y tenía mucho más que perder. Además, sabía que Jack no la creía y ella no iba a poder defenderse porque aún no podía explicar lo que le había pasado.

–¿No me dijiste que te había bastado con probarlo una vez para darte cuenta de que preferías no repetir? –replicó ella–. No tienes de qué preocuparte. Como te pasa a ti, soy demasiado para cualquier hombre.

Jack le dedicó una mirada que parecía más animal que humana y no pudo evitar estremecerse.

Dejó de respirar.

—¿Eso crees? —repuso Jack.

Agarró entonces con firmeza sus hombros y ella sintió que estaba perdida. La apretó contra su torso y la besó.

Capítulo 3

LARISSA se dio cuenta enseguida de que era mucho mejor de lo que recordaba. Había creído que el tiempo había embellecido los recuerdos, pero vio entonces que era todo lo contrario. Ese beso era mejor, mucho mejor. Más apasionado y seductor. No podía dejar de temblar y el deseo la atenazaba. Llevó las manos a la cintura de Jack y fue recorriendo después los músculos de su espalda. Prefería no pensar en lo que estaba haciendo y lo abrazó con fuerza. Su piel era más cálida y firme. Deseaba más que nada quitarle esa camisa y poder tenerlo aún más cerca.

Jack la besaba con la misma intensidad, como si también él se sintiera consumido por el mismo fuego, la misma locura. Como si nunca fuera a detenerse. Larissa cerró los ojos y arqueó la espalda hacia atrás, acercándose aún más a él. Deseaba que la tocara, sentía que se derretía, no lo soportaba…

Se dio cuenta entonces de que estaba completamente perdida.

Esa vez, no tenía la excusa del alcohol, no estaba ebria tras una larga noche de fiesta. No había ninguna sustancia en su cuerpo que le impidiera sentir todo lo que estaba sintiendo en ese momento y su interior ya no estaba vacío. Si había sido peligroso cinco años antes, se dio cuenta de que iba a serlo mucho más en esos momentos.

Lamentó haberse dejado llevar por el deseo, pero siguió besándolo. No se apartó de él, todo lo contrario. No parecía poder evitarlo. Era como si ese hombre existiera solo para ella, era perfecto y parecía tener un talento especial para hacerle perder la cabeza.

Pero no era la misma joven que Jack había conocido y fue ese pensamiento el que consiguió devolverla a la realidad. Sabía muy bien lo que estaba haciendo allí, con él y en ese momento y se dio cuenta de que estaba arriesgando mucho. Creía que Jack estaba jugando con ella y, aunque le costara hacerlo, iba a tener que apartarse de él.

No podía seguir engañándose. Se había prometido que no iba a volver a hacerlo. Si seguía por ese camino, iba a destruirla y no podía permitir que eso ocurriera.

Dejó de besarlo y dio un paso atrás. Lamentaba que hubiera ocurrido, pero al menos tenían la satisfacción de haberse detenido a tiempo.

–Bueno… –murmuró ella tratando de parecer tranquila–. Pareces empeñado en demostrar que conmigo sí podrías, pero tengo que declinar tu invitación. Gracias.

–¿Por qué? –replicó Jack con algo de arrogancia e incredulidad.

Era como si no pudiera entender por qué no se dejaba llevar por la tentación. La atracción entre los dos era tangible, imposible de ignorar.

Ella tampoco sabía muy bien por qué tenía que detener aquello antes de que fuera a más.

No era la misma Larissa de antes que solo pensaba en el presente y en aprovechar todos los placeres que le ofrecía la vida. No podía jugar con ese hombre sin terminar herida.

Se limitó a encogerse de hombros con la misma actitud despreocupada y superficial que todos le atribuían. Era su disfraz favorito. No iba a permitir que ese hombre viera más allá, en su interior. No pensaba mostrarle nada que la colocase en una posición más vulnerable aún, en una situación de la que solo podía salir malparada.

–Porque lo deseas demasiado –repuso ella mientras

se daba la vuelta y se acercaba a la chimenea–. Así es menos divertido.

Cerró un segundo los ojos y respiró profundamente, tratando de reunir sus fuerzas. Después, lo miró por encima del hombro con una pícara sonrisa.

Jack se arrepintió enseguida. Sabía que no había sido buena idea tocarla ni besarla. Podía ver la pasión en sus ojos verdes y estaba deseando iluminarlos aún más. Tenía los labios algo sonrosados tras el beso y estaba deseando volver a saborearla. Esa mujer era como una droga y le irritaba que siguiera jugando con él. Sabía que todo eran mentiras y más mentiras.

Lo que no entendía era que esa situación lo sorprendiera. Era exactamente lo que debería haber esperado de ella.

–Me sorprende que tengas tanto miedo –murmuró él para provocarla–. Creí que nada podía hacerte sentir algo así.

–Sí, los murciélagos –replicó Larissa rápidamente–. Y también los escorpiones. ¿Pero tú? A ti no te tengo miedo, Jack. Siento defraudarte.

–Sé por qué estas aquí –le dijo entonces sin poder controlar su enfado–. Será mejor que dejes de actuar y lo admitas cuanto antes.

Larissa volvió a mirarlo. Seguía frente a la chimenea y le pareció más atractiva que nunca. Su pelo estaba aún húmedo tras el baño y no podía dejar de imaginarla en la bañera. Le costaba entender cómo podía ser como era. Su aspecto era frágil y delicado, pero sabía que era muy fría y no tenía corazón. Aunque daba la impresión de que una fuerte ráfaga de viento podría conseguir llevársela, sabía que era indestructible.

Tampoco su mirada parecía corresponderse con lo que sabía de ella. No eran unos ojos fríos, su color le recordaba al mar, sobre todo a ese océano Atlántico que tanto amaba. Sacudido siempre por las tormentas y el fuerte oleaje, pero de gran belleza. De vez en cuando, aparecían sombras en su mirada que no lograba interpretar, pero la sensación solo duraba un instante.

–¿Por qué no me cuentas tú qué es lo que hago aquí? –repuso ella mientras volvía a fijarse en el fuego–. O podemos fingir que ya me lo has dicho. No te preocupes, me aseguraré de añadir los correspondientes insultos cuando recuerde una conversación que nunca existió. Será como si de verdad la hubiéramos tenido.

Parecía hablar desde la amargura y le sorprendió su tétrico sentido del humor. Le parecía demasiado profundo para alguien tan superficial como Larissa. Estaba de espaldas a él y lamentó no poder ver su cara. De haberse tratado de otra persona, habría llegado a pensar que había conseguido herir sus sentimientos, pero recordó que era Larissa y que ella no tenía sentimientos.

Aprovechó que estaba de espaldas a él para contemplar su cuerpo. Muy a su pesar, no podía dejar de mirarlo. Según la prensa, era una de las mujeres más bellas del momento y él había podido comprobarlo con sus propias manos. Conocía muy bien sus delicados y elegantes rasgos, la curva de su espalda, sus caderas y su delicioso trasero. Sabía también cómo reaccionaría Larissa si la besaba en la nuca. No podría evitar estremecerse ni suspirar.

Llevaba unos sencillos pantalones negros y una camiseta que se ceñía a su figura. Estaba descalza sobre suelo de madera y su apariencia le pareció más erótica y sensual que cualquiera de los atuendos mucho más sofisticados que solía llevar a diario. Aunque le resultaba difícil admitirlo, no parecía fuera de lugar. Pero no pensaba decírselo, estaba seguro de que ella acabaría usando esa información contra él. En sus manos, todo era un arma y creía que solo le interesaban la gente y las cosas que podía usar para su propio provecho. Eso lo sabía mejor que nadie.

Creía que era una especie de bruja, aunque otros habrían usado palabras mucho más hirientes para describirla, y se había pasado años tratando de entender cómo había conseguido hechizarlo. Muchas otras lo habían intentado, pero nadie había conseguido afectarlo tanto. Era algo sobre lo que había reflexionado a menudo, pero sin llegar nunca a una conclusión. De un modo u otro, creía que eso ya no importaba.

—Bueno, ya me siento suficientemente castigada —le dijo Larissa entonces.

Fue entonces cuando se dio cuenta de que no había contestado su pregunta. Larissa se giró para mirarlo. El calor de la chimenea había encendido sus mejillas y su mirada parecía algo más oscura. Pero sonreía como siempre. Era un gesto muy bello, pero falso. Sin saber por qué, sentía la necesidad de saber de verdad cómo era y poder entenderla. Aunque no le gustaba admitirlo, esa mujer lo fascinaba.

—¿Ves? Después de todo, no era necesario tener esa conversación. Ya te puedes ir —le dijo ella.

—El consejo de administración de Whitney Media se reúne el próximo mes —repuso él sin pensar demasiado en lo que decía.

Larissa abrió mucho los ojos al oírlo y le dio la impresión de que había dado en el clavo.

—Tal y como me temía, te has convertido en un hombre muy aburrido —le dijo Larissa adoptando la misma actitud desinteresada de siempre—. Whitney Media es lo último sobre lo que querría hablar cuando estamos atrapados en esta remota isla en medio de una tormenta.

—He oído algunos rumores —le dijo él mientras la observaba con atención—. Todo el mundo los ha oído.

—Bueno, los rumores abundan en Manhattan —le aseguró Larissa de manera despreocupada—. Es una ciudad que nunca duerme porque necesita cada hora del día y de la noche para esparcir los rumores y las mentiras. Y lo menos importante de todo es descubrir si esos rumores son verdad o no, por supuesto –añadió con amargura.

–Tienes que asistir a la reunión, ¿verdad? –contraatacó el–. Ha sido muy inteligente por tu parte mantenerte apartada unos meses para no aparecer en la prensa. Necesitas demostrarle a tu padre y al resto de los socios que te has vuelto una mujer respetable. De otro modo, te declararán incapacitada o nombrarán a un apoderado que represente tus intereses en la empresa.

Lo que le estaba contando era la información que estaba al alcance de cualquiera que leyera los artículos de opinión del *Wall Street Journal*. Aun así, vio en su mirada que sus palabras habían conseguido irritarla, pero Larissa le dedicó su famosa sonrisa.

–Lo dices como si hubiera estado intentando hacerme con el control de la compañía desde siempre, como si fuera la desesperada heroína de alguna telenovela –murmuró ella–. Siento llevarte la contraria, pero hace mucho tiempo que tengo un apoderado que vota en mi nombre en los consejos de administración –agregó con una sonrisa.

–Tu padre y tu exprometido se encargaban de administrar tus acciones –le dijo él sin prestar atención a sus palabras–. Pero tu novio ya no está en la empresa y todo el mundo sabe lo que tu padre siente por ti. Esa reunión debe de ser tu última oportunidad para hacerte con el control de lo que te pertenece y conseguir así proteger tu futuro.

Sabía que esa era la verdad y observó detenidamente a Larissa para ver cómo reaccionaba. Le pareció que se había sonrojado, pero no podía estar seguro.

Lo que tenía muy claro era que estaba allí, en esa isla, para conseguir algo y tenía que lograr que lo admitiera. Sabía lo que él podía representar para el plan de Larissa. Creía que iba a tratar de seducirlo y engañarlo para poder tenerlo a su lado. Estaba convencido de que eso mejoraría mucho la reputación de esa mujer y una parte de él sentía cierta compasión por ella. A él le estaba ocurriendo algo similar. Su abuelo le había ordenado que eligiera a la mujer adecuada y se casara cuanto antes. De hecho, había ido a esconderse a esa isla para tener un poco de tranquilidad y aceptar lo inevitable.

Pero Larissa suspiró y lo miró con impaciencia. Desapareció de repente toda la compasión que había sentido por ella. Él llevaba mucho tiempo dedicado a sus responsabilidades, tratando de convertirse en el sucesor del legado familiar. A Larissa, en cambio, solo le interesaba poder tener acceso al dinero de su familia para gastárselo.

–Tengo otras fuentes de ingresos –repuso ella mientras se sentaba en el sillón como si el tema no le preocupara en absoluto–. Era Theo el que estaba obsesionado con Whitney Media. A mi padre y a él les encantaba maquinar todo tipo de planes financieros. Yo me duermo cada vez que alguien me habla de esos temas. De hecho, me está entrando mucho sueño ahora mismo.

No pudo evitar echarse a reír. Se acercó a ella y colocó sus manos sobre los reposabrazos del sillón. Sus caras estaban demasiado cerca y notó que a Larissa no parecía gustarle sentirse atrapada.

–Voy a decirte lo que pienso de todo esto –le dijo él entonces.

–Si crees que debes hacerlo –repuso ella.

Se esforzaba por parecer tranquila e incluso aburrida, pero no podía engañarlo. Le gustaba estar en control de la situación y se acercó un poco más a ella.

–Creo que has venido a esta isla, sin que te preocupara el mal tiempo ni esta tormenta, porque pretendes meterme en esa batalla que te importa más de lo que quieres admitir.

Estaba tan cerca que su aroma volvió a envolverlo y no pudo evitar que su cuerpo reaccionara al instante.

–Como no te cansas de recordarme, me he vuelto una

persona muy aburrida, pero también muy respetable
–agregó él–. No tengo nada que ver con los canallas que
suelen acompañarte a las fiestas. Yo sería un aliado perfecto, ¿verdad, Larissa? Al verte conmigo, la gente creería que has cambiado y tendrías a tu padre comiendo de
la palma de tu mano.

Larissa se dio cuenta de que el plan que Jack acababa de describir era fantástico. Nada le gustaba más a
su padre que el dinero y los contactos con familias más
prestigiosas aún que la suya. A Bradford Whitney solo le
importaba proteger el legado familiar, sobre todo en
lo referente a su propia riqueza y a las posibilidades que
se le presentaban para aumentarla. Sabía que ella siempre lo había defraudado en ese terreno y en muchos
otros.

Cuando llevó a Theo Markou García a casa para que
lo conociera su familia, antes incluso de que se prome-
tieran, le había llamado la atención el hecho de que
fuera un hombre que se había hecho a sí mismo. Creía
que su padre nunca iba a perdonarle que se casara con
alguien que no procediera de una buena familia. Pero
pronto se dio cuenta de que había subestimado la ambición de Theo. No tardó en hacerse con el control de
la empresa y se convirtió en el hijo con el que Bradford
siempre había soñado. Y sabía que su padre nunca le
perdonaría que Theo rompiera con ella y dejara Whitney Media, una empresa para la que había conseguido
grandes beneficios durante el breve período de tiempo
en el que estuvo al frente de la misma.

Sabía que alguien como Jack conseguiría sanar el
ego de Bradford y mejorar la situación de la empresa.
Creía que a su padre le gustaría mucho poder unir a dos
de las familias más importantes de Nueva York. Todo
el mundo admiraba y elogiaba cuánto había cambiado
Jack. Que había pasado de vividor y juerguista a hom-

bre trabajador y digno sucesor de los negocios de su familia.

Trató de imaginar cómo se sentiría su padre si supiera que a alguien se le había ocurrido la posibilidad de unir las familias Whitney y Endicott. Sabía que sería el mejor regalo de Navidad para Bradford.

Pero Jack estaba equivocado, Larissa no tenía ningún plan. Había tratado de huir de todo lo que rodeaba su vida y su posición desde que se despertara del coma. No pensaba volver a Nueva York y, mucho menos, a Whitney Media. Lo último que se le pasaba por la cabeza era urdir un plan en el que Jack se viera involucrado para conseguir ser respetada.

Ese hombre era la última persona a la que habría recurrido porque le costaba mucho controlarse cuando estaba con él. Era algo que había recordado muy a su pesar esa misma noche. Pero no podía explicarle por qué no contaba con él. Lo último que quería era admitir el poder que tenía sobre ella. No podía hacerlo. Tenía demasiado que perder. Además, se había acostumbrado a que tuviera una pésima imagen de ella. Trató de convencerse de que ya ni siquiera le dolía.

—Te has quedado muy callada —murmuró Jack para tratar de conseguir una reacción en ella—. ¿De verdad pensabas que ibas a poder engañarme? ¿Que no me iba a extrañar que estuvieras aquí? Esta isla es uno de los lugares más inhóspitos de la costa. No hay ninguna razón para que estés aquí en esta época del año. Ninguna. Bueno, solo una.

—Eres un engreído —consiguió decir ella sin que le temblara la voz.

—Y tú eres muy mala actriz —replicó Jack.

Se agachó frente a ella. Seguía con las manos en los reposabrazos, impidiendo que se levantara y apartara de él. Lo tenía demasiado cerca, no podía dejar de observar su boca, su rostro… No se atrevía a moverse. Jack era una presencia grande, masculina y muy peligrosa. Quería levantarse y salir corriendo de allí. Pero le atraía aún más la idea de alargar la mano y tocarlo. Se sentía dividida y los dos caminos le parecían muy resbaladizos.

–¿Por qué no te limitas a admitir por qué has venido? –insistió Jack.

Larissa inspiró profundamente. Y entonces, sabiendo que no iba a creerla, que Jack solo veía lo que quería ver, decidió decirle la verdad.

–No sabía que fueras a estar aquí –murmuró con sinceridad–. No se me ocurrió que fuera a encontrar a un miembro de la familia Endicott en la isla del mismo nombre. Después de todo, en esta época del año apenas hay gente aquí. No estoy planeando nada ni trato de engañarte para convencer a mi padre de que he cambiado. La verdad es que intento no pensar en él ni en la empresa.

Jack se quedó muy serio. Era casi como si acabara de decepcionarlo. Era una expresión que encontraba a menudo en el rostro de los demás. Creía que había sido una estupidez por su parte esperar otro tipo de reacción.

–Claro –repuso con ironía–. Te han entrado de repente ganas de apartarte del mundo. Y, por alguna razón inexplicable, has elegido esta isla en vez de Río de Janeiro o la costa de Grecia.

Estaba claro que no la creía. No había esperado otra cosa. Por eso se sentía segura diciéndole la verdad. Creía que nada importaba porque ella no le importaba a nadie.

«Nadie me cree. Todos piensan que miento, incluso cuando digo la verdad», pensó ella angustiada.

–Puede que yo también esté intentando cambiar –le dijo ella con una sonrisa–. Y puede que esté aquí para reflexionar y tratar de encontrar mi camino. Una isla desierta y azuzada por tormentas otoñales. ¿Se te ocurre un lugar mejor para reflexionar sobre uno mismo?

Jack negó con la cabeza y movió las manos hasta colocarlas sobre sus piernas. Fue bajando por ellas hasta los tobillos. Sus caricias encendieron de nuevo la llama del deseo en su interior. Tomó entonces sus manos y ella se quedó sin aliento.

–Estás muy guapa cuando mientes –le dijo él casi con ternura–. Has conseguido convertirlo casi en un arte. Creo que deberías estar orgullosa de tu talento –agregó cruelmente.

Sus palabras le afectaron más de lo que esperaba, rompiendo su corazón en mil pedazos. No entendía por qué se sentía así, no tenía sentido pensar que Jack Endicott Sutton iba a conseguir ver más allá de la fachada que ella mostraba a los demás. Además, trató de convencerse de que no era eso lo que quería. Aun así, le seguía doliendo que Jack fuera incapaz de ver cómo era en realidad.

Aunque no quisiera admitirlo, siempre había habido algo entre los dos, algo que le hacía sentirse más viva cuando Jack la tocaba o cuando la miraba. Ese hombre le hacía desear que las cosas pudieran ser distintas, que ella pudiera ser distinta. Era una idea que le había parecido demasiado inalcanzable cinco años antes. No sabía por qué Jack se había fijado en ella entonces, pero estaba segura de que había echado a perder una gran oportunidad.

Era muy consciente de que parecía echar a perder todo lo que tocaba. Y Jack era una de esas cosas.

–Ahora lo entiendo todo –comentó ella mientras bajaba la mirada y contemplaba sus manos unidas–. A ti se te permite tener un pasado oscuro y cambiar cuando lo crees conveniente. Pero yo no tengo derecho a lo mismo. ¿Por qué? ¿Porque soy una mujer?

–No, porque eres Larissa Whitney –repuso Jack riéndose.

Pero el tono de sus palabras no consiguió que se relajara, sino que sintió más frío aún en su interior. Le habría encantado no tener que fingir nunca más y conseguir que Jack la creyera. Pensó que quizás pudiera hacerlo, pero no sabía si era lo suficientemente valiente como para intentarlo.

Creía que siempre había sido una mujer débil y se veía incapaz de cambiar. Solía elegir el camino más fácil, eso le permitía esconder cómo era en realidad y hacía que se sintiera más segura.

Era todo lo que tenía.

—De acuerdo, supongo que tienes razón —le dijo ella entonces.

Decidió seguirle la broma, como si ella también pensara que era absurda la mera noción de que Larissa Whitney pudiera llegar a cambiar.

A Jack le parecía algo tan imposible y absurdo como para echarse a reír. Ella sabía mejor que nadie que cambiar no era fácil.

—Ven a cenar conmigo —le dijo Jack de repente.

Su voz hizo que se estremeciera y logró que pensara en cosas que nunca iba a poder tener y que Jack nunca le ofrecería. Su corazón comenzó a latir más rápidamente. Era un gran seductor y era difícil negarse. Lo peor de todo era saber que en realidad no la deseaba. Jack anhelaba hacerla suya por lo que ella representaba, la misma fantasía que tenían sus muchos admiradores.

Ella, en cambio, sí lo deseaba y sabía que le iba a resultar muy difícil no caer en la tentación.

—Le dijo el zorro a la gallina —repuso ella con una sonrisa.

—Te equivocas. No soy yo el que trato de engañar a nadie —le dijo Jack.

Pero le dio la impresión de que, aunque pensara que estaba jugando con él, la idea no le molestaba en absoluto, todo lo contrario.

—¿Quién sabe? Puede que consigas convencerme para que participe en tu plan. ¿No quieres intentarlo?

Era el hombre más arrogante que había conocido y creía saber cómo era ella y cómo jugaba con los demás. La veía como una mujer mimada, fría y manipuladora. Nada más. No sabía si darle un puñetazo o echarse a llorar.

Decidió que era mejor no hacer ninguna de las dos cosas. Sabía que Jack no reaccionaría bien.

–¿Por qué iba a hacerlo? Parece claro que tú ya has tomado una decisión al respecto –le dijo ella.

–Intenta convencerme –repuso Jack con su voz más sugerente y deseo en sus ojos–. Atrévete –añadió con una gran sonrisa que consiguió que se estremeciera.

Capítulo 4

LARISSA contempló la gran mansión de los Endicott. Dominaba la parte sur de la pequeña isla. Era un símbolo de la grandeza de esa familia que había sido propietaria de esas tierras en el pasado. Un camino privado a lo largo de la costa llegaba hasta la casa principal. La propiedad estaba llena de altos pinos que parecían vigilar desde lo alto como inmóviles centinelas.

Había pasado toda su vida entre algodones y no era la primera vez que contemplaba una mansión de ese tipo, pero no pudo evitar que el corazón le latiera con más fuerza al llegar frente a la puerta. Detuvo el coche y se quedó observando la edificación a la que Jack se había referido como «la casa de verano de los Endicott». Como ocurría con muchas residencias de ese tipo, la familia le había dado un nombre a esa propiedad, se llamaba Scatteree Pines. Era la mejor manera de distinguir las distintas casas que solían tener por todo el mundo familias como la suya.

Jack y ella pertenecían al mismo mundo. Pero, sin saber por qué, se sentía fuera de lugar, como si ella no formara ya parte de esa ambiente.

La lluvia golpeaba con fuerza el techo del coche y los limpiaparabrisas no se movían con la suficiente rapidez para limpiar el cristal delantero. No entendía por qué, pero estaba muy nerviosa.

No sabía qué tormenta era más peligrosa, la que golpeaba en esos momentos la isla o la que se desataba en su interior.

Pero sabía que era mejor no pensar en eso. Se quedó con la mirada perdida en la casa, que parecía observarla con orgullo desde su grandeza, inmóvil y majestuosa en mitad de la inhóspita noche.

No entendía qué le pasaba ni por qué miraba esa casa como si no hubiera visto nada igual en su vida, como si fuera una joven de pueblo que nunca hubiera salido de su granja. En realidad, ella había crecido en una de las últimas mansiones que quedaban en la ciudad de Nueva York, todo un vestigio histórico de la edad de oro de Manhattan. La casa que tenía delante en esos momentos había conseguido impresionarla por distintas razones, parecía un lugar muy recluido y privado. Scatteree Pines estaba erigido en la parte más alta de una colina y debía de tener una vista envidiable del océano Atlántico y del pueblo de pescadores frente a la costa. Era una edificación inspirada en la época victoriana. Tenía un gran tejado central en pico y dos alas, una a cada lado de la entrada principal. Pero estaba en una zona muy apartada de la isla y en una de las islas más remotas de la Costa Este. No se parecía en nada a la residencia veraniega de los Whitney en Rhode Island. Estaba situada en la zona más turística del puerto y todos los visitantes tenían la oportunidad de contemplar con la boca abierta la grandeza y opulencia de su familia.

Pensó que la mansión de Scatteree Pines era el recordatorio que necesitaba. El atuendo con el que había visto a Jack esa tarde, una sencilla camiseta y vaqueros gastados, no se correspondía con la realidad. No debía olvidar que se trataba de uno de los hombres más ricos del mundo y que su familia era muy poderosa. Era el heredero de un legado de poder y dinero que había ido aumentando durante varios siglos y era ese un peso y una responsabilidad que parecía soportar con elegancia y facilidad. Tenía que recordar lo poderoso que era y el daño que podía llegar a hacerle.

Su propio padre era muy parecido a Jack. Había conocido a muchas personas así en su entorno. Ese mismo entorno del que había decidido huir hacía ya ocho meses. Aun así, había aceptado su invitación para cenar con él. Una invitación que le había parecido casi una orden. Sabía que la cena era una excusa y no había tenido la suficiente voluntad para negarse. Jack ni siquiera había tenido que intentar convencerla y le irritaba haber reaccionado como una obediente jovencita.

Una vez más, se sintió atraída como una mosca a la miel. Pero siempre parecían ser las situaciones más arriesgadas y negativas para ella las que conseguían cautivar su atención.

No sabía cómo explicar esa debilidad.

Jack la había besado de nuevo antes de salir de su habitación. Había sido un beso breve pero muy posesivo. Se estremeció al recordar cómo había agarrado su nuca para besarla, como si fuera suya y estuviera marcando su territorio. Después, salió del dormitorio maldiciendo entre dientes, como si se arrepintiera de haberla besado.

Lo peor de estar en una isla era no poder salir huyendo. Seguía paralizada dentro del coche y no se atrevía a salir. Pero tampoco podía dar media vuelta y volver a la posada porque sabía que Jack saldría a buscarla. Pensó que era mejor entrar con seguridad en su guarida que permitir que Jack la atrapara cuando volviera a la posada.

Suspiró y se echó a reír al darse cuenta de que sus dudas y preocupaciones tenían poco sentido.

Se había prometido no volver a engañarse a sí misma, aunque las mentiras fueran menos dolorosas que la verdad. Se sintió muy avergonzada en ese momento y se le hizo un nudo en el estómago. Era mucho más débil de lo que creía y, por mucho que intentara cambiar, no parecía ser capaz de hacerlo.

Llevaba meses tratando de esconderse, huyendo de su pasado y de ella misma. No quería volver a las andadas, recurrir a sus amigos de entonces ni volver a repetir sus errores. Había estado muy orgullosa de ese cambio al ver que era capaz de vivir otro tipo de existencia muy lejos de Manhattan.

Se pasó las manos por el pelo, aún no se había acostumbrado a su cambio de imagen. Algunas mañanas se despertaba y se sorprendía al ver en el espejo que ya no tenía su larga melena rubia. Se había impuesto ella misma esa especie de exilio y había llegado tan lejos como para cambiar su imagen y tratar de que nadie la reconociera.

Nunca había sido capaz de llegar a tanto por sus propios medios y su vida le había parecido entonces casi real. Eso era lo que había estado pensando mientras contemplaba la tormenta y disfrutaba de un café. Pero todo había cambiado en cuestión de segundos cuando se abrió la puerta y entró Jack Sutton en el restaurante. Ese hombre simbolizaba mejor que nadie su pasado y había conseguido destrozar en pocas horas lo que ella había tardado ocho meses en construir. Sentía que sus intentos se habían esfumado como el humo, era como si no hubiera ocurrido, como si no hubiera aprendido nada.

Le parecía increíble que pudiera tener tan poco control sobre su propia vida y sus decisiones. Se sintió desolada. Le parecía increíble que fuera capaz de ignorar todo lo que sabía y lo que había aprendido de sí misma por un hombre al que no le debía nada, todo lo contrario.

Tampoco encontraba una razón para explicar por qué estaba allí esa noche. Había aceptado su invitación echando así a perder todo lo que había conseguido durante esos últimos meses. Le dolía tener tan poca voluntad y sentido común como para caer tan fácilmente en los mismos errores del pasado. Sentía que ese era su primer reto y había fracasado por completo.

«Así soy yo, un absoluto fracaso», se dijo entonces. Y era como si se lo estuviera diciendo su padre.

Suspiró y se tapó la boca con la mano para tratar de controlarse cuando lo que quería era echarse a llorar. Se dio cuenta entonces de que no tenía por qué seguir adelante con aquello. Encendió el motor y colocó la palanca de cambios para dar marcha atrás. Pero antes de que pudiera quitar el pie del freno, se abrieron las grandes puertas de Scatteree Pines. Se quedó inmóvil.

Apareció Jack en el umbral de la puerta y vio que la miraba a los ojos. No pudo evitar estremecerse al ver cómo la observaba y se dio cuenta de que era inevitable.

Ni siquiera podía respirar y el corazón le latía con tanta fuerza que le dolía. Se dio cuenta de que tenía que irse. No podía permitir que la viera llorando ni quería hacer nada de lo que pudiera después arrepentirse.

Pero apagó el motor y puso el freno de mano.

Inhaló y espiró lentamente para tratar de tranquilizarse. Jack seguía observándola. Parecía estar muy seguro de sí mismo, como si supiera que Larissa iba a hacer exactamente lo que esperaba de ella.

Y lo que más le pesaba a ella era saber que Jack tenía razón.

Salió muy despacio del coche, respirando profundamente para llenar sus pulmones y tratar de calmarse. Se aseguró de que sus piernas podían sostenerla antes de comenzar a andar. La lluvia había amainado un poco, pero el viento seguía siendo muy fuerte. Olía a mar y al invierno que se acercaba.

También le llegó el aroma del humo de la madera y de los pinos. Era una noche oscura, sin estrellas. Era así como le gustaba. Estaba harta de las luces y los flashes.

Jack seguía observándola en silencio y no sabía qué podría estar pensando en esos momentos. Había algo que la atraía hacia él, de una manera casi primitiva que sentía en todo el cuerpo. Pero había aprendido que no debía confiar en las cosas que deseaba.

Trató de convencerse de que temblaba por culpa de

la fría noche y de la humedad. Estaba asustada, pero se
sentía también muy viva.

Nunca se había sentido tan insegura.

«Es el frío», pensó una vez más.

Pero Jack sonrió entonces y se dio cuenta de que estaba equivocada.

Larissa sabía muy bien lo que Jack esperaba de ella,
lo que todos esperaban de ella. Era una joven mimada
y superficial y decidió comportarse de esa manera. Estaba dando un gran paso atrás, pero decidió que no era
el mejor momento para preocuparse por eso. Respiró
profundamente y subió deprisa las escaleras de la entrada. Trató de que su rostro no reflejara lo que sentía.

–¿Es que no tienes servicio en la casa? –preguntó
mientras entraba en el vestíbulo–. No puedo creerlo.
Pensé que los herederos como tú preferían tener una
multitud de esclavos alrededor en todo momento para
no olvidar nunca quiénes sois.

Intentó moverse y hablar con seguridad, como si estuviera entrando en la fiesta más exclusiva de la temporada y vestida con un modelo de alta costura. En realidad, llevaba unos vaqueros gastados y un jersey de
cuello alto. Había decidido que era mejor cubrir su cuerpo
que tan fácilmente parecía traicionarla cada vez que
Jack estaba cerca.

–Tú lo sabrás mejor que yo –repuso Jack con frialdad.

Pero la miraba con tanta intensidad, que tuvo que
apartar la mirada. Nunca le había costado tanto mantener su papel.

Vio que llevaba los mismos pantalones vaqueros de
esa tarde, pero había cambiado la camiseta por un jersey
granate de cachemira. Le entraron ganas de tocarlo, parecía muy suave.

Jack le hizo un gesto para que le entregara el abrigo.

Ella se lo quitó y se lo dio. Sujetó la prenda sobre su brazo como si fuera un mayordomo. Al verlo en el restaurante esa tarde, le había resultado fácil imaginar que Jack era un hombre sencillo, un pescador que vivía en esa isla. Pero era imposible mantener esa fantasía viéndolo en la gran mansión familiar.

—Te vi sentada el coche —le dijo Jack entonces sin dejar de mirarla—. Parecías… ¿Has cambiado de opinión?

—¿Sobre qué? ¿La cena?

—Sí, también sobre eso.

Jack dejó su abrigo en un sillón y le hizo un gesto para que lo siguiera. Fueron por un pasillo que estaba en penumbra y miró a su alrededor. Le resultaba más fácil y seguro concentrarse en la decoración para no tener que mirar a ese hombre.

En algunas mansiones de ese tipo, los sueños descuidaban los muebles y las alfombras. Siempre le había llamado la atención la despreocupación que parecían tener las grandes familias del este del país con la decoración de sus casas. Era como si huyeran de la opulencia con esos gestos, como si les avergonzara tener tanta riqueza. Muchos llevaban años conduciendo los mismos coches y no se preocupaban por mantener y renovar sus propiedades. La ética del trabajo tan propia del puritanismo aún corría por las venas de sus familias. Y si hacían obras de caridad no eran vacías de contenido, como ocurría con otros millonarios. La familia Endicott, y sobre todo su implacable abuelo, siempre había sido así.

Scatteree Pines no era una residencia que estuviera en mal estado. Le pareció que estaba decorada con gusto y comodidad. Todo parecía de una gran calidad, pero sin excesos. El aspecto era cuidado, casi como si la residencia estuviera ocupada todo el año.

Entraron en el salón y se dio cuenta de que casi parecía un hogar, un sitio donde podría vivir una familia. Pero se dio cuenta de que se estaba dejando llevar por su imaginación. Aquello solo era una casa, nada más, tan vacía como todas las de sus amigos. Sabía que no tenía sentido añorar lo que siempre le había faltado ni anhelar cosas que no iba a tener nunca. Ese tipo de vida no era para gente como ella.

Trató de convencerse de que era el calor del fuego en la chimenea lo que le daba un aspecto hogareño a la estancia. Estaba nerviosa y decidió sentarse en el sofá.

—¿Quieres beber algo? —le ofreció Jack.

—Bebe todo lo que quieras —repuso ella con frialdad—. Yo prefiero mantener la mente clara cuando estoy a punto de cometer un error colosal.

Jack se echó a reír y fue a la mesa donde tenían las botellas y comenzó a servirse una copa.

—¿Desde cuándo?

—Como te puedes imaginar, es un hábito bastante nuevo —le dijo ella algo dolida—. Tú fuiste el que me recordó enseguida que acabo de salir de una clínica de desintoxicación.

Jack la miró con los ojos entrecerrados.

—¿Tratas de decirme que esta vez te lo has tomado en serio? —le preguntó con incredulidad—. ¿Tú?

«Claro, nadie puede creer que haya cambiado», pensó ella.

Le dolía que la gente no la viera capaz de cambiar ni de querer hacerlo. Y, lo que era peor aún, todos parecían empeñados en evitar que su vida cambiara.

—No sé por qué ibas a hacerlo —le dijo él.

—Puede que haya decidido seguir tus pasos —repuso ella sin dejar de mirarlo—. Quizás yo también quiera cambiar, restablecer mi mala imagen y empezar de nuevo. Igual que hiciste tú.

—No entiendo por qué ibas a querer hacerlo.

La miraba como si no la creyera, como si le pareciera imposible que Larissa Whitney pudiera cambiar. Jack, como muchos otros, también parecía estar convencido de que su vida era ya irreparable y estaba demasiado perdida como para poder salir del agujero.

Era algo en lo que solía pensar también ella misma, pero no le gustaba nada ver que Jack estaba de acuerdo.

–Bueno, parece que son muchas las cosas que no entiendes, ¿verdad? –repuso ella.

Jack la miró en silencio. Había mucha tensión en el ambiente y le costaba respirar. No se acercó a ella, se mantuvo donde estaba, pero no necesitaba tenerlo más cerca para que su presencia la afectara profundamente. Seguía observándola y a ella le costaba cada vez más mantener a raya sus emociones.

–Creo que te equivocas, lo entiendo mejor de lo que piensas –le dijo Jack–. Necesitas un nuevo prometido, alguien apropiado, y crees que vas a poder manipularme para llevar a cabo tu plan. No me extraña que lo intentes. Reconozco que eres muy buena en ese tipo de juegos y los dos sabemos que no sería la primera vez.

Sus palabras la dejaron helada.

–¿Crees acaso que te manipulé aquel fin de semana? –preguntó ella con un nudo en la garganta–. Solo recuerdo que fui yo quien te dejó –agregó con una sonrisa.

Notó que algo cambiaba en la mirada de Jack, pero solo duró un instante. Ella no podía dejar de temblar.

–Nunca haría nada que pudiera poner en peligro la confianza que mi abuelo ha depositado en mí –le dijo Jack con seguridad–. No es así como me comporté cuando era más joven y reconozco que tardé demasiado en darme cuenta de que debía cambiar. He dejado atrás mi tormentoso pasado y no voy a darle ninguna razón para que dude de mí. ¿Lo entiendes?

Se dio cuenta de que lo entendía demasiado bien y se le revolvió el estómago. Se sentía avergonzada y desolada. Sus palabras eran tan dolorosas como una bofetada en la cara.

–Supongo que te refieres a mí y a cuánto sufriría tu

reputación si alguien te viera en mi compañía, ¿verdad? —le dijo ella entonces tratando de ocultar el dolor que sentía—. Eso echaría a perder todo por lo que has luchado durante estos últimos años.

Jack la observó como si estuviera esperando algún tipo de reacción. Pero ella no le iba a dar la satisfacción de que la viera perdiendo los estribos o llorando. Tampoco pensaba tratar de cambiar de tema coqueteando con él.

—Si mis palabras han herido tus sentimientos, lo siento mucho —le dijo él con frialdad—. Pero es la verdad. No vas a conseguir lo que quieres de mí, Larissa. Ni esta noche ni nunca. Pase lo que pase.

—¿Qué es lo que crees que quiero? —susurró ella—. ¿Y qué crees que soy capaz de hacer para conseguirlo?

Jack se limitó a sonreír sin dejar de mirarla a los ojos. Había mucha electricidad entre los dos, habría sido absurdo ignorarlo. La miraba con mucha seguridad, tanta como para saber que podía insultarla sin que ella tratara de defenderse. Parecía creerla capaz incluso de ofrecerle su cuerpo con tal de conseguir sus propósitos.

Jack parecía convencido de que todo formaba parte de un plan. Creía que ella estaba tan obsesionada con la fortuna, las finanzas y la herencia de su familia como lo estaba él.

Tanto como para prostituirse con tal de conseguir sus intenciones.

Estaba furiosa y tuvo que respirar profundamente para tratar de calmarse y no gritar. Estaba enfadada con él por tener tan bajo concepto de Larissa Whitney y con ella misma por haberse ganado a pulso esa imagen con el tipo de vida que había llevado hasta entonces.

Se dio cuenta de que no solía enfadarse. Había aprendido a ignorar los insultos para que no le afectaran. Si sentía dolor o humillación, trataba de esconder esos sentimientos o incluso llegaba a actuar de la manera más inapropiada posible para distraer la atención de los demás.

Pero ya no era así. Aunque Jack no la creyera, había cambiado y no pensaba regresar a ese pasado.

Era liberador sentir que estaba en el buen camino y que era capaz de estar enfadada en ese momento y con ese hombre. Creía que era todo un progreso.

Pero sabía que de nada le iba a servir reaccionar con furia. Jack lo interpretaría como una muestra más de hasta qué punto tenía razón. Decidió calmarse y sonreír.

—No entiendo de qué sirve tener esta conversación –le dijo entonces–. Si no vas a participar, ¿para qué quieres meterte en el juego?

—Quiero saber hasta dónde estas dispuesta a llegar y si te queda al menos un poco de vergüenza, Larissa – repuso Jack.

Sintió que lo odiaba. Le parecía un hipócrita. Le hablaba como si él tuviera un pasado impoluto, pero sabía que Jack estaba mostrando más seguridad de la que sentía. Había mucha atracción entre los dos y sabía que él tampoco era capaz de controlar esa situación. No había podido olvidar lo que había habido entre ellos en el pasado y estaba segura de que Jack sentía lo mismo.

Él no era el único que podía controlar ese juego.

Se levantó lentamente del sofá, asegurándose de que Jack estuviera mirándola.

—No tengo vergüenza –le dijo ella con voz sugerente mientras lo miraba a los ojos–. Pero eso ya lo sabías.

Agarró la parte baja de su propio jersey y se lo quitó. Oyó que Jack maldecía entre dientes. Tiró la prenda al suelo y se acercó a él sin nada de cintura para arriba. No solía usar sujetador y vio que a Jack se le iban los ojos a sus pechos, grandes y firmes. Hacía mucho tiempo que no se sentía tan poderosa como en ese momento. Como una especie de diosa fuerte y vengativa con la que los hombres no deberían jugar nunca.

–Vístete –le ordenó Jack.

Pero vio que sus ojos estaban llenos de deseo y que todo su cuerpo parecía estar en tensión. Se terminó su copa de un trago y dejó el vaso en la mesa que tenía más cerca. Pero no se apartó de ella.

–Pobre Jack –lo provocó ella.

Le encantaba haber podido poner al descubierto su debilidad y ver que tenía aún algunas armas a su alcance.

–Hay muy pocas cosas que desees y no puedas tener, ¿verdad? Es una desgracia para ti que yo sea una de ellas.

Capítulo 5

TE HAS vuelto loca –le dijo Jack con frialdad. Sabía que era mejor apartarse de Larissa, pero no lo hizo. Le habló con más dureza y crueldad que antes. Había esperado que ella se quedara helada, pero parecía estar disfrutando mucho con la situación.

–Ya he probado lo que me ofreces –agregó entonces–. ¿No te das cuenta de que estás humillándote?

Pero recordó que era Larissa Whitney. No tenía vergüenza. La veía incapaz de sentir algo parecido. Sus ojos esmeraldas lo miraban con frialdad. Vio que se apoyaba en el reposabrazos del sofá sin dejar de sonreír, como si tratara de ofrecerle una vista mejor que su cuerpo.

Y él, para su desgracia, no podía dejar de mirar. Era tan perfecta como recordaba. Le encantaba el tono claro de su piel y sabía que era tan suave como parecía. Olía a vainilla y su cuerpo no había tardado en reaccionar al verla así. Estaba listo. Deseaba abrazarla y lamer esos deliciosos pezones hasta conseguir que se retorciera y gritara entre gemidos su nombre.

Pero no iba a hacerlo. Por muy excitado que estuviera, por mucho que la deseara, no quería dejarse llevar por la tentación. Sabía que esa mujer no le convenía.

–Yo no me siento humillada ni avergonzada –le dijo Larissa con dulzura–. ¿No es esto lo que querías? ¿Acaso no me invitaste esta noche a tu casa para poder tenerme desnuda y dispuesta frente a ti? O puede que no te gusten las medias tintas –murmuró ella mientras se llevaba las manos a la cremallera de sus pantalones.

–¡No! –exclamó él sin pensar.

Vio que Larissa lo miraba con los ojos entrecerrados y fue entonces cuando se dio cuenta de que estaba enfadada. Furiosa.

–No entiendo –le dijo entonces con frialdad–. ¿Cómo voy a poder intentar atraparte con mis malas artes y mi falta de escrúpulos si me quedo con la ropa puesta?

Se quedaron en silencio, con esas duras palabras suspendidas en el aire entre los dos. Frustrado, apretó los dientes. Le estaba costando mantener la cabeza fría y no acercarse a ella y terminar esa conversación de una manera mucho más directa.

–¿Qué es lo que quieres, Larissa? –le preguntó entonces.

Porque sabía que él no podía tener lo que quería de ella. Y, si de verdad era el tipo de hombre que quería ser, no podía permitirse el lujo de desearlo. Sabía que no le convenía desear a Larissa.

–Pensé que ya lo sabías y te encantaba decírmelo –replicó Larissa–. Como decidiste cambiar tu vida y todo el mundo te sigue el juego, te crees con derecho a mirarme por encima del hombro. Tienes mucha suerte –agregó mientras se levantaba para acercarse a él–. Bueno, aquí estoy, Jack. Vendiendo mi cuerpo. Tal y como predijiste –le dijo mientras inclinaba a un lado la cabeza con gesto pensativo–. Pero, si yo soy una prostituta, ¿qué eres tú entonces?

–Dijiste que no iba a poder tenerte –le recordó él mientras trataba de controlarse para no tocarla–. ¿Y ahora te ofreces desnuda a mí? ¿En qué quedamos?

–Bueno, a ti solo te faltó llamarme a la cara «mujerzuela» –replicó ella–. Pero fuiste también el que me besó. Eres tú el que no puede evitar tocarme cuando estoy cerca. Y a pesar de todo eso, que no se te olvide que fui yo quien te dejó.

–Creo que sería más inteligente por tu parte que no volvieras a repetirlo –le avisó él tratando de controlar su enfado–. No tengo buenos recuerdos de lo que hiciste entonces.

Decidió que él también podía mentir y hacerle creer que le molestaba que estuviera allí, en esa isla donde tanto le gustaba refugiarse.

–Es que esa es la raíz del problema, ¿verdad? –insistió Larissa con un brillo especial en sus ojos–. Te encanta controlarme y tratar de dominar la situación porque aún no has superado que tuviera la desfachatez de dejar a Jack Sutton Endicott, el soltero de oro. ¿Cómo puede haberse atrevido a tanto una pobre mujerzuela como yo?

No le gustaba que hablara así. Detestaba que se refiriera a sí misma en esos términos y que pensara que esa era la opinión que tenía de ella. Sin saber por qué, sentía la necesidad de protegerla de esos insultos. Quería obligarla a retractarse. No sabía por qué se sentía así, pero no parecía poder evitarlo.

–Yo nunca te he llamado… –comenzó él.

–¿No? –lo interrumpió Larissa con fuego en la mirada.

Le parecía increíble tenerla medio desnuda frente a él, bella como un animal salvaje y furiosa. Nunca la había deseado tanto como en esos momentos. Dio un paso hacia ella. Larissa se limitó a observarlo. Cada vez parecía más enfadada y se dio cuenta de que esa actitud estaba funcionando como un potente afrodisíaco.

–Larissa… –murmuró él a modo de aviso mientras apretaba con fuerza los puños para que no se le fueran las manos a sus pechos–. Ponte el jersey.

–He llevado menos ropa en las portadas de algunas revistas –repuso Larissa mientras se acercaba a él contoneando las caderas–. ¿Desde cuándo te has convertido en un ser tan puritano?

«Desde que te vi en mi isla y de vuelta en mi vida», pensó él.

Ya no le importaba saber qué hacía allí, solo podía

pensar en una cosa en esos momentos y tenía que evitar por todos los medios que fuera el deseo el que controlara sus movimientos.

Se agachó y recogió el jersey que Larissa había tirado al suelo. Se lo ofreció para que se lo pusiera y el movimiento hizo que rozara levemente la piel de su escote.

No pudo evitar que una corriente eléctrica lo atravesara al sentir su cálido y suave cuerpo. Notó que ella entreabría los labios y contenía el aliento. Ese gesto lo excitó más aún.

Se quedaron mirándose a los ojos en silencio. Fue un momento cargado de erotismo. La tensión era casi insoportable.

—Ponte el maldito jersey o lo haré yo –le ordenó con impaciencia–. No voy a permitir que te salgas con la tuya. Eso te lo aseguro.

Larissa frunció el ceño un segundo y se puso seria.

—Y yo te aseguro que no tienes ni idea. No sabes lo que quiero –replicó mientras tomaba el jersey que le ofrecía.

Notó que lo había hecho con cuidado para no tocarlo. Se lo puso tan rápidamente como se lo había quitado.

Larissa siguió mirándolo. Se dio cuenta de que su rostro parecía aún más bello e interesante con su nuevo corte de pelo y su cabello de un color oscuro. Hacía que resaltaran más sus pómulos y que su boca pareciera aún más sabrosa. Recordó entonces todo lo que Larissa le había contado esa tarde en la habitación de la posada. Palabras que él había ignorado, convencido de que eran solo mentiras diseñadas por esa mente perversa para conseguir engañarlo.

A pesar del bajo concepto que tenía de esa mujer, le pareció en ese momento más frágil y asustada que nunca. No le gustó verla así y no quiso analizar por qué parecía tener la necesidad de protegerla.

–¿Qué es lo que te ha pasado? –le dijo entonces él.

No había sido su intención hacerle esa pregunta. Creía que la había invitado a su casa esa noche para vengarse de ella, para humillarla. Quería hacerle ver que no tenía poder sobre él y que no podía involucrarlo en sus juegos. Lo cierto era que ya no le interesaba ese plan. No podía pensar en nada más. El salón parecía cada vez más pequeño y tenía la sensación de estar quedándose sin oxígeno.

Larissa sonrió entonces y, aunque no era su sonrisa falsa, vio que era bastante triste. No sonreía con los ojos.

–Sabes muy bien lo que me pasó –repuso ella con voz cansada–. Todo el mundo sabe qué me pasó. Está escrito en la prensa y allí quedará para la posteridad. De hecho, vuelven a sacar la noticia de vez en cuando para vender más revistas. Mi dolor entretiene a los demás.

–Theo –adivinó él–. Estuviste mucho tiempo con él. Supongo que te dolería perderlo.

No sabía por qué, pero no le gustó siquiera tener que pronunciar el nombre de ese otro hombre. Sabía que había estado con él casi cinco años.

–Me dolió, pero no por las razones que piensas –repuso ella riéndose.

Su risa tampoco era alegre, era un sonido vacío.

–Encontró a alguien que se parecía mucho a mí físicamente pero que, afortunadamente para él, no era yo. Y, claro, esa mujer le viene mucho mejor. No puedo culparlo por ello. Creo que nunca llegué a apreciarlo.

No le gustaron sus palabras y no entendía por qué le importaba tanto. Sus ojos le parecieron más grandes mientras hablaba y su boca, más frágil. De repente, Larissa era una mujer pequeña y frágil. Alguien roto en mil pedazos.

–Puede que fuera Theo el que no llegó a apreciarte a ti como merecías.

A Larissa le sorprendió oír sus palabras tanto como a él mismo.

–Si eso es verdad, nadie tiene la culpa. Solo yo –le dijo ella con una sonrisa y los mismos ojos tristes de antes.

Se quedaron en silencio y alargó hacia ella la mano. Trazó con un dedo su mejilla y sus bellos labios. Sintió entonces algo en su interior. Había necesidad y deseo, pero también algo más. Mientras tanto, Larissa lo miraba con sus inmensos ojos verdes. Parecía muy perdida, como si estuviera esperando a que él volviera a hacerle daño. Y no le gustó nada verla así.

–Creo que será mejor que me vaya –le dijo ella con voz algo temblorosa.

Le dedicó su sonrisa más famosa, enigmática y seductora. Tampoco le gustó ese gesto.

–No todo el mundo puede decir que se ha desnudado para Jack Sutton Endicott en su casa de verano de Maine. Tendré que añadirlo a mi lista de…

–Quédate –la interrumpió él sin pensar en lo que decía–. Quédate a cenar –se corrigió enseguida con una sonrisa–. Te prometí que te iba a dar de comer, ¿no?

Larissa se rio entonces y el cristalino sonido le sonó sincero.

–¿Cómo podría rechazar una invitación así? –repuso ella.

Recordó que esas mismas habían sido las palabras que le había dicho cinco años antes, cuando él sintió la necesidad de irse de la fiesta donde estaba con ella. Ya no recordaba quién había organizado el evento o si el objetivo era recaudar fondos para alguna de las muchas obras benéficas con las que colaboraba a menudo. Pero no se le había olvidado cómo la había tocado y besado. Recordaba perfectamente la sensación que le había producido su suave piel y el calor que desprendía su boca. Había sido un momento de pasión y deseo como no había conocido hasta ese momento. Esa mujer era un auténtico volcán y estar con ella había sido una experiencia increíble e inolvidable. Creía que representaba como nadie la excitación, el peligro, la adrenalina y el deseo.

La había conocido desde siempre. Nunca había perdido el tiempo leyendo las historias que contaban las revistas del corazón, ni siquiera cuando él era el protagonista de los artículos, casi siempre inventados. Aun así, habría sido imposible que se le pasara por alto que Larissa Whitney era la mujer más famosa del momento. Las revistas analizaban al detalle sus palabras, su ropa y su imagen. La destripaban a diario y normalmente con palabras muy poco delicadas. Cuando se reencontró con ella en esa fiesta, recordó cuánto le había sorprendido descubrir que se había convertido en una mujer divertida e inteligente.

Había ido con pocas ganas a ese evento, resignado a aguantar un par de horas muy aburridas antes de poder regresar a casa. Pero Larissa consiguió que se riera. Tras la fiesta, fueron a bailar a la azotea de un edificio desde el que se veía todo Manhattan. Recordaba lo increíble que había sido tocarla. Se había sentido lleno de vida. Su madre acababa de morir y llevaba unos días tratando de aceptar esa pérdida sin saber cómo sentirse. Aún no le había encontrado explicación al hecho de que, por algún motivo, Larissa le había parecido una especie de referente en esa difícil situación. Había sido la única persona que había conseguido despertar algo en su desolado interior, como un faro encendido al borde de un peligroso acantilado.

—Ven conmigo —le había dicho entonces.

Pero no podía recordar si se lo había pedido u ordenado.

Ella lo había estado rodeando con sus brazos y tenía sus pechos aplastados contra su torso. Le había parecido entonces una mujer mágica que había conseguido hechizarlo con sus ojos verdes y su delicioso cuerpo. Con ella entre sus brazos, también él se había sentido un ser especial.

Recordaba muy bien cómo se había reído Larissa. Creía que ella también había estado disfrutando de su compañía y no le preguntó adónde quería llevarla o qué quería hacer con ella. Se limitó a darle un beso y a contestar su sugerencia con otra pregunta.

–¿Cómo podría rechazar una invitación así? –le había dicho Larissa también entonces.

Recordó cómo había reaccionado su cuerpo al oírlo. No sabía si ella estaría pensando también en ese momento. Si lo hacía, su rostro no dejaba entrever sus pensamientos en absoluto.

Aunque no le había dado demasiadas razones para creerlo, seguía tratando de buscar algo en la mirada de Larissa, creyendo que tenía que haber más en su interior de lo que aparentaba.

Pero quizás estuviera solo dejándose llevar por sus deseos, no por la realidad.

Salieron del salón y la llevó hasta la cocina. La habían remodelado unos años antes para hacerla más cómoda y funcional. Fue al frigorífico y empezó a sacar cosas.

–¿Sabes cocinar? –le preguntó Larissa con sorpresa.

–Valoro mucho mi intimidad –repuso él encogiéndose de hombros–. Así que prefiero no tener servicio conmigo y no tener tampoco que pedir la comida por teléfono para que me la traigan a casa. No me ha quedado más remedio que aprender a cocinar.

–¿Qué dirían en Manhattan si supieran que eres tan competente? –comentó Larissa mientras se acercaba a él con una coqueta sonrisa en la boca–. Echarías a perder lo que la gente piensa de ti. Seguro que todos te imaginan con una cohorte de criadas y mayordomos a tu servicio, no como alguien dispuesto a hacer este tipo de trabajo.

–Todo depende de lo que tu consideres «trabajo»

–repuso él–. ¿Acaso estás pensando en otro tipo de cosas que nada tienen que ver con las compras y las fiestas? ¿Se te pasa por la cabeza tener otro propósito en tu vida que dilapidar la fortuna familiar? ¿Te parece eso demasiado trabajo?

–Sabes mejor que nadie que lo es –le dijo Larissa riendo y acercándose más aún.

Tuvo entonces una sensación muy extraña. Era como si ya hubiera vivido esa situación o la hubiera imaginado. Y lo más curioso de todo era que se sintiera así en una cocina, en su cocina, casi como si fuera una escena cotidiana, como si aquella fuera la vida de ellos dos, como si compartieran algo más que unos días de pasión que aún no había podido borrar de su mente. No entendía por qué se sentía de esa manera.

Vio que Larissa fruncía el ceño al ver los alimentos que él había sacado del frigorífico. Tenía un plato con salchichas frescas, un buen pedazo de queso, ajo, albahaca, tomates y un bote con pasta.

Ella lo miró entonces y le dio la impresión de que estaba teniendo la misma sensación que él, fantaseando con una vida con la que nunca se habría atrevido a soñar.

Deseaba a esa mujer. De hecho, creía que nunca había dejado de sentirse atraído por ella, pero estaba seguro de que se trataba solo de sexo, nada más. Sexo explosivo y apasionado que había llegado a confundir con algo más durante esos días. Pero creía que había sido su situación personal entonces, tras la muerte de su madre, la que había provocado que viera cosas que no existían.

Pensó que quizás fuera el hecho de tenerla allí, en la casa de Scatteree Pines, lo que estuviera confundiéndolo tanto. Ese sitio era su refugio personal, nunca lo había compartido con las personas de su pasado.

–Si quieres, yo puedo picar el ajo –le ofreció Larissa.

Era muy extraño. Pero, por otro lado, parecía encajar bien allí.

—No me hace mucha gracia dejarte usar un cuchillo
—repuso él.

Larissa sonrió y se dio cuenta de que era un gesto
distinto al que tantas veces había visto en las revistas.
Podía ver sus dientes y un hoyuelo en su mejilla. También estaba sonriendo con los ojos. Se dio cuenta de que
era una sonrisa de verdad y se quedó sin aliento. Tenía
la sensación de haber podido ver, durante unos segundos, a la verdadera Larissa.

Sintió en ese instante algo en su interior que le dejó
muy claro hasta qué punto acababa de complicar inne-
cesariamente su vida. Se dio cuenta de que no debería
haberla invitado a su casa. Por desgracia, Larissa Whitney siempre había sido su debilidad.

A Larissa le pareció que estaba viviendo un sueño.
Picó cuidadosamente el ajo y la albahaca. Después,
cortó en pedazos pequeños los tomates. La cocina se
había llenado de deliciosos aromas y risas, pocas veces
se había visto en un ambiente tan cálido. En esa situación, no era difícil fantasear con una vida feliz y compartida.

No podía dejar de observar a Jack. Manejaba sarte-
nes y ollas como si llevara toda la vida haciéndolo.
Poco a poco, fue tomando forma la salsa que estaba preparando. Cuando terminó, la sirvió sobre la pasta que
acababan de cocer.

Ella, tomó un par de cuencos sin que Jack tuviera que
decírselo y los llevó a la mesa. Era como si tuvieran en-
sayada esa coreografía, como si formara parte de su ru-
tina, algo que hacían cada noche. Le sorprendió darse
cuenta de que esos momentos que estaba compartiendo
con él eran los más íntimos que había tenido con nadie.

No pudo evitar estremecerse al pensar en ello. Y sintió que le temblaban las piernas y el suelo le parecía
menos estable.

–Bueno, me he dado cuenta de que ya habías cortado verduras alguna vez –comentó Jack.

Le dio la impresión de que estaba tratando de averiguar más cosas sobre ella, como si fuera un gran misterio o puzle que tuviera que resolver. Pero pensó que quizás tuviera el único objetivo de confirmar los prejuicios que ya se había hecho sobre ella.

Su experiencia le decía que debía de tratarse de una de las dos cosas y eran caminos que nunca terminaban bien.

Pero decidió que no iba a pensar en esas cosas esa noche. Esa cocina era lo más parecido a un hogar que había visto en mucho tiempo, se sentía protegida de la tormenta y del resto del mundo. La salsa olía fenomenal y le encantó poder sentarse a la mesa para disfrutar de una cena que había ayudado a preparar y poder compartirla con un hombre que se parecía mucho al de sus sueños.

Si se paraba a analizar ese preciso instante, sin pensar en el pasado ni en lo que había ocurrido en el salón, creía que podría fingir que aquello era real y disfrutar del momento.

–No sé cuándo fue la última vez que cociné –murmuró ella entonces.

Pero no dijo nada más al darse cuenta de que había hablado demasiado. Sus palabras delataban lo que Jack ya sabía, que no era nada más que una niña rica y mimada. No quería darle más razones para que siguiera con las recriminaciones y los insultos. Pero Jack se limitó a mirarla y no supo qué estaría pensando. Sus ojos parecían más oscuros que nunca y demasiado atractivos. Tragó saliva. Sabía que no era inteligente permitir que le afectara demasiado esa noche ni ese hombre. Tenía que mantener en todo momento la mente bien despejada y no confiarse.

–Mi madre tenía un ama de llaves en su casa de Francia que se llamaba Hilaire –le explicó ella entonces–. Era implacable y siempre estaba de mal humor, como una dictadora fuera de lugar.

Se quedó mirando los cuencos que había colocado en la mesa. La cerámica estaba decorada en tonos azules y amarillos. Le recordó a la Provenza francesa y casi pudo imaginarse de vuelta en el *château* en compañía de su madre. Había sido una mujer callada y nunca había tenido buena salud. De esos veranos, recordaba especialmente el cielo azul, los árboles y los campos de lavanda. Casi podía oír la voz malhumorada de Hilaire tratando de conseguir que una Larissa desafiante y mimada ayudara en las labores de la casa. Tenía que reconocer que eran momentos que guardaba en un lugar muy especial de su corazón, pero no podía admitirlo.

Levantó la mirada y vio que Jack seguía observándola mientras jugaba con su copa de vino. Nunca había estado así con él, se sentía cómoda y acompañada, pero prefería no analizar esos sentimientos.

–Hilaire pensaba que todas las mujeres deberían ser capaces de cocinar –agregó entonces mientras se encogía de hombros.

Era un gesto que hacía a menudo. Se había acostumbrado a fingir que nada le importaba. Cuando la realidad era muy distinta. Había pasado muchas horas encerrada en esa pequeña cocina, tratando de aprender a cocinar sin demasiada suerte. El ama de llaves no paraba de protestar y solía dedicarle unas cuantas parrafadas en francés que nunca entendía. A pesar de todo, eran días que recordaba con cariño. Aunque siempre estaba de mal humor, a esa mujer le había importado lo suficiente como para tratar de enseñarle a cocinar y lograr que mejorara con poco. Cada vez le costaba más despedirse de la Provenza al final del verano, pero nadie le había enseñado a expresar sus sentimientos y decidió que era mejor no volver a esa casa. Poco después, Hilaire dejó de trabajar para su madre. Desde entonces, solo había visitado el *château* muy de vez en cuando,

cuando se cansaba de las fiestas en los yates de Saint-Tropez o el bullicio de Cannes. Su vida había estado desde entonces muy vacía.

Sintió que se le llenaban los ojos de lágrimas, no podía creerlo.

Jack sonrió levemente y tomó su tenedor.

—Mi madre era igual —susurró Jack—. Solía decir que no permitiría que un hijo suyo creciera sin saber al menos cómo cocinar o cuidar de sí mismo.

Le gustó verlo sonreír, pero no pudo evitar sentir cierta envidia. Se preguntó cómo sería sentir que era ella la causante de esa sonrisa melancólica.

—Ella era una Endicott de pura raza, igual que mi abuelo. No le gustaban nada los excesos de la otra rama familiar, la de los Sutton.

—¿Y cómo eres tú? Supongo que estás a medio camino entre los puritanos Endicott y los Sutton, mucho más dados al lujo, ¿no?

Recordaba muy bien cómo había sido Jack en el pasado. Mujeriego, juerguista e irresponsable. Siempre había conducido los coches más caros y eran famosas las indecentes sumas de dinero que había llegado a gastarse en una sola noche. Había sido como el resto de ellos, los otros herederos de Manhattan, los amigos que habían tenido en común. Probó la pasta y suspiró encantada al sentir cómo se mezclaban los sabores en su boca.

Jack le dedicó entonces otra de sus sonrisas. Era perfecto, no le extrañó que se hubiera convertido en un soltero de oro. Ese hombre le afectaba más de lo que habría querido admitir y apartó la mirada.

—Toda la gente cambia, Larissa —le dijo Jack entonces—. ¿Qué otra alternativa tenemos?

—Pero muchas personas no cambian nunca —replicó ella—. La mayoría rechaza hacerlo y está dispuesta a hacer lo que sea necesario para no tener que cambiar nada, ni de su manera de ser ni su vida. Nada.

–Entonces, esas personas son como niños –le dijo Jack con firmeza–. Los adultos tienen que aceptar su responsabilidad y hacer lo que se espera de ellos. Si eso implica tener que cambiar, es necesario hacerlo. En eso consiste madurar.

–Pero no es nada común que una persona se despierte un día y, sin más, decida cambiar su vida –le recordó Larissa eligiendo con cuidado sus palabras para que Jack no pudiera saber que estaba hablando de ella misma–. Me da la impresión de que las personas capaces de hacer algo así llegan a esa situación después de sufrir algún trágico acontecimiento. De otro modo, no creo que nadie se arriesgara a perder tanto. Es demasiado doloroso –prosiguió ella–. Además, es difícil encontrar el apoyo de los demás cuando uno decide cambiar. De hecho, ocurre lo contrario. Los que te rodean, luchan con uñas y dientes para que no cambie nada y mantenerte exactamente en el sitio en el que te tenían. Nadie cambia por propia voluntad si tiene la manera de evitarlo. Nadie.

Jack se quedó callado unos segundos mientras la miraba con atención. Después, apartó un segundo la vista y poco a poco fue desapareciendo la tensión que llenaba el ambiente.

Hablaron de otras cosas, de la historia de esa isla y de los veranos que Jack había pasado allí siendo solo un niño. Eran temas mucho más seguros y les permitieron charlar mientras disfrutaban de la comida.

Cuando terminaron, Larissa llevó los cuencos al fregadero. Se dio la vuelta y vio que Jack estaba tras ella y muy cerca. Él apoyó las manos en la encimera, atrapándola así entre sus fuertes brazos.

Supo que debía hacer algo. Podía chillar o salir corriendo. Al menos, creía que debía protestar, pero se limitó a quedarse inmóvil, mirándolo a los ojos mientras sentía que le hervía la sangre en sus venas.

–¿Has cambiado tú, Larissa? –le preguntó Jack con

media sonrisa–. ¿Es eso lo que estás tratando de decirme?

Se echó a temblar al oír sus preguntas y no pudo evitar sentir miedo. Había cometido un grave error al olvidar lo peligroso que podía ser ese hombre. Se había distraído fantaseando con esa escena tan hogareña en la cocina y recordando los veranos pasados en la Provenza francesa.

–No hago anuncios sobre ese tipo de cosas –le dijo ella fingiendo más seguridad de la que sentía en esos momentos–. Eso me parecería muy confuso. ¿Acaso no has notado que, después de que alguien anuncie a bombo y platillo ese tipo de cosas, se descubre que en realidad no ha cambiado en absoluto?

–Es verdad –repuso Jack entonces–. Pero supongo que nadie tiene tanto camino por hacer en ese cambio como tú, ¿no?

Una parte de ella lo odiaba por hacerle un comentario tan cruel. Era la misma parte que hacía que se sintiera pequeña y vulnerable al haber permitido que un hombre como Jack pudiera hacerle daño. Después del rato tan agradable que acababan de pasar, habría esperado algo más de él, pero se dio cuenta de que había cometido un grave error. Era como si nunca aprendiera de esas cosas.

–No, claro que no –replicó ella tratando de fingir que sus palabras no podían herirla–. Después de todo, represento lo peor que puede haber en una persona, ¿verdad? Muchas gracias por recordármelo.

Normalmente, la protegía una fuerte muralla que había levantado a su alrededor. Solía ser impenetrable, pero sentía que ese hombre había conseguido romperla en mil pedazos con una simple cena en la cocina de su casa. Le parecía increíble que algo tan inocente pudiera llegar a afectarla tanto. Una vez más, sintió que su vida era patética y que ella también lo era.

Jack había conseguido que se sintiera cómoda y segura y ella se había confiado y había bajado sus defensas. Había hecho que creyera posible lo que solo era una fantasía.

Además, le había hecho recordar demasiado y sentir demasiado. Era lo mismo de lo que había huido la primera vez y de eso ya habían pasado cinco años. Era como si no hubiera aprendido nada y hubiera caído en el mismo error.

De alguna manera, creía que aquel lejano fin de semana con Jack la había empujado a dejarse llevar con el siguiente hombre que se cruzó en su camino y había acabado prometida con Theo.

–¿Por qué esta noche quiero creer lo que me estás contando, Larissa? –susurró Jack entonces.

Sus palabras le llegaron como una caricia que recorrió todo su cuerpo. Él se acercó un poco más y ella se quedó sin aliento. Era imposible ignorar lo cerca que estaba, lo sentía en cada célula de su cuerpo, en cada centímetro de su piel. No podía dejar de mirar su cara y le tentaban sus gruesos labios.

–Y si de verdad no eres quien creo que eres, ¿por qué no te defiendes de los ataques? –le preguntó Jack.

Se rio al oírlo, pero era solo una manera de distraerlo y rebajar la tensión del momento.

–Es mejor no defenderse ni dar explicaciones –le dijo ella fingiendo que nada de aquello la afectaba–. Creo que lo dijo alguien famoso, pero no recuerdo quién.

–Si no puedes defenderte, creo que sí deberías tratar de explicarte –susurró Jack con su boca cada vez más cerca–. Ahora mismo, no hay nadie más aquí, yo sería el único que lo sabría.

–Y yo –repuso ella.

Lo que menos entendía era que quería explicárselo todo, compartir con él todo lo que le había pasado. Le parecía una locura que no podía acabar bien. Creía que Jack no iba a hacer nada para tratar de ayudarla, sino que usaría esa información para ridiculizarla.

Y estaba convencida de que ella misma era la única que podía ayudarla a cambiar, nadie más. Costara lo que costara, estaba decidida a hacerlo.

–Larissa…

Jack dijo su nombre como si fuera una canción o una blasfemia. Tomó su cara entre las manos y dejó después que se deslizaran hasta enterrarlas en su pelo. No pudo evitar estremecerse al sentir que la tocaba.

Le tenía mucho miedo. Pero, por otro lado, nunca se había sentido tan viva como en ese instante. Jack hacía que se sintiera así y no era la primera vez que lo conseguía. Siempre había tenido el poder necesario para sacarla de su letargo.

–Cuando tienes una vida complicada, siempre va a haber gente que te odie y no puedes hacer nada para que piensen de otra manera –susurró ella mientras lo miraba a los ojos.

La mirada de Jack era tan oscura y magnética que no pudo evitar estremecerse. Creía que podría llegar a ahogarse en esos ojos y en ese momento le pareció que ya se había hundido para siempre en su mirada.

–Lo único que puedes hacer es seguir adelante y tratar de causar menos daño. ¿Qué otra opción tendrías en una situación similar?

–¿Menos daño? –repitió Jack–. ¿Menos daño? ¿Qué significa eso en una persona como tú? Ni siquiera puedo imaginarlo.

Larissa no pudo evitarlo, no pudo hacer lo que debería haber hecho. No pudo apartarse de él ni poner algo de espacio entre los dos. No pudo salir de la cocina y de esa casa. Tenía que reconocer que siempre había sido muy débil y no se le daba bien resistir las tentaciones. Jack Sutton era la tentación más peligrosa que se le había presentado nunca. Aunque sabía que le iba a hacer daño, no podía evitarla.

Estaba cansada de analizar su propia vida y su persona, harta de todo aquello. Jack siempre había sido su debilidad, en el pasado y también en el presente.

Se puso de puntillas, aceptó su destino y lo besó en los labios.

Capítulo 6

LARISSA notó una explosión de sensaciones en su interior en cuanto sus labios se juntaron. Le bastó con saborearlo para que el deseo se hiciera casi insoportable. Jack giró la cabeza para profundizar en el beso mientras la sujetaba con sus fuertes manos para tenerla aún más cerca.

Era demasiado. Y, a la vez, no era suficiente. Sabía que nunca podría serlo.

Quería sentirse más cerca aún de él, tocarlo y tenerlo bajo sus manos. Deslizó los dedos bajo el jersey de Jack y se estremeció al sentir sus marcados abdominales. Le ardía la piel y ella se sentía igual.

Jack murmuró entre dientes su nombre y lo hizo de nuevo como si ella fuera una maldición de la que no conseguía librarse. Se apartó un segundo para levantarla y sentarla en la encimera donde había estado apoyada. Ella apenas lo notó, se limitó a abrazarlo con sus piernas y a perderse en las sensaciones que la embriagaban. Era increíble que hubiera tanta química entre los dos y se dejó llevar por todo lo que estaba sintiendo, todo lo que Jack estaba consiguiendo despertar en su interior con sus labios.

No pudo evitar que, en medio de la neblina provocada por la pasión, su mente se llenara de recuerdos que había tratado de enterrar en el pasado y que parecían estar intensificándose con ese beso. El corazón comenzó a latirle con más fuerza en el pecho. Recordó lo increíble que había sido aquel fin de semana de pasión, lo bien que habían conectado sus cuerpos en todos los sentidos. Era increíble pensar en ello mientras sentía las caricias de Jack en el presente. Ni siquiera podía respirar.

Una parte de ella sabía que era un error, que no debía dejarse llevar y que tendría que pagar después muy caro el haber caído en la tentación. Pero lo cierto era que no le importaba. Intentó que le importara, pero no lo consiguió.

Jack dejó de besar sus labios para recorrer su garganta con la boca, dejando un rastro de fuego en su piel que le hizo sentirse más indefensa aún entre sus brazos.

Siempre había lamentado no haber evitado las tentaciones. Había cometido muchos errores en su vida que la habían llevado por un camino de destrucción y escándalos. Pero mientras besaba a Jack en su cocina, se dio cuenta de que ese error le iba a valer la pena por mucho dolor que le provocara después.

Jack volvió a atrapar sus labios con más deseo aún y dejándole muy claro quién llevaba la iniciativa. Pero aquello no era una lucha de poder para ella y estaba encantada dejándose llevar.

Decidió entonces que no debía seguir dándole vueltas a cosas que no iba a poder cambiar, al menos no esa noche. Se acercó un poco más a Jack y levantó su jersey para que se lo quitara. Él hizo lo que le indicaba y Larissa no pudo evitar suspirar al ver su torso. Parecía una escultura clásica con cada uno de sus músculos esculpidos en piedra. Pero su piel no era fría, sino todo lo contrario. Le encantó poder volver a tocarlo.

Una voz en su interior le recordó en ese momento que ese hombre podía llegar a hundirla aún más, pero ella ya se veía tan perdida que no le parecía posible que Jack pudiera empeorar su situación. Además, no encontraba motivos para negarse a disfrutar de ese momento. Creía que lo que estaba pasando había sido inevitable y había estado escrito en su destino desde que lo viera entrar en el restaurante de la posada esa misma tarde.

O cabía incluso la posibilidad de que esa noche fuera

la consecuencia de lo que habían compartido cinco años antes. Y ella no podía arrepentirse de aquel fin de semana ni de lo que estaba viviendo entonces. Jack era delicioso y nadie le hacía sentir tantas cosas como ese hombre.

Él comenzó a acariciarle la espalda y pudo sentir el calor de sus manos a pesar del grueso jersey que aún llevaba puesto. Después, las bajó hasta sus muslos, sujetándolos con firmeza mientras seguían besándose. Jack se acercó un poco más y pudo sentir su erección.

Se quedó entonces sin aliento y notó una oleada de deseo y fuego por todo su ser. Jack también parecía estar fuera de sí.

Dejó de besarlo para concentrarse en su torso, tenía que saborearlo y así lo hizo, recorriendo sus músculos con la lengua. Sabía a sal y a hombre. Su cuerpo era atlético y fuerte, tan poderoso como lo era su personalidad.

Jack era perfecto, creía que no había otra palabra que lo definiera mejor.

—Llevas demasiada ropa —le susurró Jack entonces.

Se estremeció al oír su voz, llevaban minutos en silencio, entregados por completo a su deseo.

Entre los brazos de ese hombre y en ese instante que parecía colgado en el tiempo, sintió que podía ser otra persona, que todo era posible. Fantaseó con la idea de cambiar y poder convertirse en quien ella quisiera.

Llevaba mucho tiempo tratando de sobrevivir con la idea que los demás tenían de ella. Con Jack, se sentía mucho más viva y llena de luz.

Se echó un poco hacia atrás mientras acercaba las caderas a la pelvis de Jack. Le gustó detenerse un momento para mirarlo a los ojos.

Sus rasgos parecían más pronunciados, como si el deseo los hubiera acentuado. Y sus ojos oscuros le parecieron casi negros. La miraban como si estuviera a punto de devorarla y el corazón comenzó a latirle más rápidamente. Se dio cuenta de que no había deseado tanto a nadie como deseaba a Jack en esos momentos. Era incluso más intenso de lo que lo había sido cinco años antes.

Sin dejar de mirarlo a los ojos, levantó los brazos y esperó.

Jack tomó su jersey y se lo quitó lentamente, muy lentamente. Fue sintiendo poco a poco el frío de la cocina en su piel. Sabía que estaba castigándola así por el semidesnudo con el que había tratado de provocarlo en el salón.

Cuando por fin se lo quitó y lo tiró al suelo, vio que se le iban los ojos a sus pechos. Alargó despacio la mano y tocó uno de ellos. Lo hizo casi con reverencia, como si fuera un valioso y delicado objeto. Comenzó entonces a jugar con el pulgar sobre cada pezón y ella no pudo evitar estremecerse y que su espalda se arqueara hacia él. Era una sensación maravillosa, exquisita. El placer era cada vez más intenso.

Pero perdió por completo el control cuando vio que se inclinaba para atraparlos con su boca. Echó entonces la cabeza hacia atrás y no pudo evitar gemir de placer.

Apretó con fuerza las piernas, quería estar más cerca de él. Todo le daba vueltas. Eran demasiadas las sensaciones y apenas fue consciente de que Jack la había levantado de la encimera. Lo hizo sin dejar de lamer y succionar sus pezones y el deseo la consumía.

–Agárrate con fuerza –le susurró entonces Jack.

Se aferró a su cuello. Era increíble sentir ese fuerte y suave torso contra su piel desnuda. Los dos parecían estar en llamas.

La tendió sobre una superficie antes de que pudiera evitarlo y tardó unos segundos en darse cuenta de que estaba en la mesa donde habían cenado, expuesta frente a Jack como si fuera su banquete.

Se inclinó entonces sobre ella, apoyando las manos en la mesa y mirándola de arriba abajo. Jack se incorporó y colocó las manos en uno de sus muslos. Fue bajándolas hasta llegar a su bota. Se la quitó lentamente e hizo lo mismo con la otra. Vio que tenía el ceño fruncido, como si desvestirla requiriera toda su concentración.

Contuvo el aliento cuando vio que se disponía a desabrocharle los pantalones vaqueros. Se limitó a levantar las caderas sin protestar para ayudarle. Ya estaba casi completamente desnuda, solo llevaba unas braguitas rojas, nada más.

Durante unos segundos, Jack se limitó a mirarla. Sus ojos ardían con la fuerza de su pasión y parecían más oscuros y brillantes que nunca. Era como un animal hambriento, contemplando la presa que acababa de cazar. No pudo evitar estremecerse al ver cómo la miraba. Estaba lista para él, húmeda y excitada. Volvió a sentir una corriente eléctrica en su interior, era casi como si ese no fuera su cuerpo, como si no tuviera control sobre él.

Sintió en ese instante que había pasado los últimos cinco años sin vivir de verdad porque le habían faltado sus manos, sus caricias y su boca. Tenía la sensación de que aquel hombre era lo único que importaba y que nunca iba a conocer a nadie como él.

Todo aquello era demasiado intenso, demasiado fuerte para que pudiera aceptarlo. Le parecía increíble sentir en esos momentos cuánto lo había echado de menos, casi con desesperación. Era casi imposible mantener la cordura en esos instantes. Una voz en su interior se negaba a permanecer allí, a su merced. Quería huir antes de que fuera demasiado tarde, le daba miedo ver hasta qué punto ese hombre le hacía perder el control. Pero no podía irse.

Se incorporó y apretó las caderas de Jack con sus piernas. Necesitaba tenerlo más cerca. Agarró la cinturilla de sus vaqueros y se estremeció.

Aquello era demasiado. Más de lo que podía soportar. Jack era demasiado.

Pero tampoco conseguía detenerse, no quería hacerlo. Sabía que iba a tener después tiempo para arrepentirse de lo que estaba pasando, pero no podía pensar en eso.

Era increíble ver cómo la miraba Jack. Nunca se había sentido tan deseada. Siguieron mirándose a los ojos mientras ella le desabrochaba los pantalones, bajaba lentamente la cremallera con cuidado para no tocar su erección. Podía oír la fuerza de la tormenta sacudiendo los cristales de la casa y el viento seguía soplando. Pero esas cosas parecían pertenecer a otra realidad que nada tenía que ver con ellos. Allí solo existía el sonido de sus respiraciones y ese hombre.

—No, ahora no —susurró Jack al ver que ella comenzaba a acariciar su erecto miembro.

Tardó unos segundos en entender sus palabras, estaba demasiado concentrada en lo que estaba haciendo. Se acercó más a él, como si estuviera a punto de tomarlo en su boca para saborearlo de verdad. Pero Jack gimió y le apartó las manos para que dejara de tocarlo. Se agachó sobre ella y volvió a besarla con más pasión aún.

Ella volvió a dejarse caer en la mesa y él la siguió. Los besos eran cada vez más ardorosos e íntimos. Jack apoyaba todo su peso en una mano. Con la otra, fue recorriendo lentamente su vientre, bajando poco a poco hasta llegar a su entrepierna. Apartó entonces sus braguitas y deslizó un dedo en su interior.

Por fin… Larissa se quedó sin aliento y arqueó su cuerpo hacia esa mano. No podía pensar en nada más, todo le daba vueltas. Estaba desesperada, fuera de sí.

—Jack… —consiguió gemir entonces.

Notó que ese gemido no hizo sino encenderlo aún más. Siguió acariciándola hasta que estuvo a punto de perder el control, pero se detuvo de repente.

Abrió los ojos y vio que Jack la observaba. Era como si le estuviera haciendo el amor con esa mirada, la sentía por todo su cuerpo, desde los pies a la coronilla. Era casi como si ya estuviera dentro de ella y la hubiera hecho suya. Se dio cuenta en ese instante de hasta qué punto era peligroso Jack. Ese hombre iba a robarle el alma, le pediría mucho a cambio y ella no iba a poder hacer nada para evitarlo.

Pero también sabía que el deseo que sentía por él era una especie de veneno que lo arrasaba todo. Rodeó sus caderas con las piernas y lo atrajo contra su cuerpo.

Creía que Jack era demasiado y, a la vez, nunca podría ser suficiente.

Se deslizó entonces en su interior y ella sintió que mil luces estallaban a su alrededor.

Jack esperó a que Larissa abriera de nuevo los ojos, esos ojos verde esmeralda en los que se había perdido. Fue entonces cuando comenzó a moverse en su interior.

Larissa era más perfecta aún de lo que recordaba. Llevaba cinco años soñando con ella, con sus suaves curvas, su cuerpo y una boca tan peligrosa como el veneno más letal. Se estremeció al escuchar cómo comenzaba a gemir. Lo envolvía su aroma de vainilla, que la hacía aún más deliciosa y tentadora.

Fue marcando el ritmo de los movimientos, cada vez más rápidos y seguros. Consiguió acercarla al clímax usando también su boca, su lengua y sus manos. Jugó con ella, con ese cuerpo perfecto. Nunca había llegado a imaginarse que iba a tener la oportunidad de volver a tocarlo, pero allí estaba, debajo de él para su disfrute. Larissa elevó hacia él sus caderas, le estaba clavando las uñas en la espalda, quería más intensidad y no la hizo esperar.

Nunca había deseado a nadie como la deseaba a ella. Deslizó la mano entre los dos hasta encontrar su centro de placer y comenzó a acariciarla sin dejar de moverse sobre ella. Sintió cómo se tensaba todo su cuerpo y Larissa no tardó en gritar su nombre.

Él alcanzó pocos segundos después el clímax y fue tan intenso y perfecto que se dejó caer sobre ella al terminar, totalmente ajeno a todo lo que lo rodeaba en esos momentos.

Cuando consiguió por fin recuperar el aliento, se apoyó en los codos para apartarse unos centímetros y poder mirar su bello rostro. Intentó, una vez más, descubrir qué había tras esos rasgos y tras esa mirada misteriosa.

Larissa seguía tendida y relajada sobre la mesa del comedor como un manjar de dioses. Su clara piel, sonrojada y los labios, entreabiertos.

No había visto nada tan bello como ella y no tardó en excitarse de nuevo. Aunque acababa de hacerla suya, el deseo volvió con fuerza. Larissa le hacía pensar en cosas en las que hacía mucho tiempo que no pensaba. Cinco años antes, cuando estuvieron juntos, también le habían confundido sentimientos a los que no estaba acostumbrado, pero había tratado de convencerse de que estaba así por culpa de la muerte de su madre y que esos sentimientos no eran reales.

Pero Larissa sí era real y estaba a su lado. Al menos durante esos momentos, esa mujer era suya.

No sabía si se estaba engañando de nuevo, pero prefería no pensar en ello y se convenció de que lo que sentía en su interior era excitación al saber que iban a pasar esa noche juntos. Nada más.

Se apartó de la mesa y se subió los pantalones.

Larissa se movió, pero no abrió los ojos. Parecía muy vulnerable y frágil. Sintió de nuevo la misma sensación en su interior y no tardó en ignorarla. Sabía que era mejor así.

La tomó entonces en sus brazos y salió con ella de la cocina. Subía las escaleras cuando Larissa abrió por fin los ojos.

–No te atrevas a llevarme la contraria –le dijo él con un nudo en la garganta–. Vas a quedarte.

Larissa se mordió el labio inferior y lo miró con los ojos entrecerrados, pero no dijo nada.

La llevó hasta el mejor dormitorio de la casa, una amplia suite que ocupaba gran parte del segundo piso. Tenía enormes ventanales y una vista inigualable del océano.

La dejó en la gran cama con dosel.

Ella no protestó. Recordó entonces que se trataba de una mujer que no solía mostrar arrepentimiento de ningún tipo. Era Larissa Whitney.

Se limitó a cerrar de nuevo los ojos y a estirarse como una gata. Él no podía dejar de mirar su delicioso cuerpo.

«Es mía», pensó entonces él.

Sentía que esa era la verdad, pero tampoco quiso analizar por qué se sentía así. Decidió que no importaba. No podía permitirse que le importara.

Con seguridad, se sentó a su lado en la cama. Abrió el primer cajón de la mesita. Larissa estaba desnuda y a su lado. No se arrepentía de lo que estaba a punto de hacer. Sacó unas esposas que había usado una vez para disfrazarse. Colocó una en la muñeca de Larissa que tenía más cerca y la otra en el cabecero de hierro forjado de la cama.

Ella abrió los ojos entonces. Vio que le sorprendió verse amarrada a la cama, pero no mostró alarma ni miedo. Se limitó a tirar de su brazo para comprobar que de verdad estaba atada.

–¡Qué pervertido! Y ni siquiera hemos acordado una contraseña que te pueda decir si deseo que me sueltes.

–No quiero que te hagas una idea equivocada.

–¿Una idea equivocada? ¡Pero si acabas de atarme a tu cama con unas esposas!

–Lo que quiero evitar es que te vayas sin despedirte –repuso él mirándola a los ojos–. Como hiciste la última vez.

Larissa se quedó callada, pero notó que había algo más de tensión en el ambiente.

–La mayoría de los hombres se habría limitado a pedírmelo –le dijo ella entonces.

–Yo no soy como la mayoría de los hombres –repuso él con seriedad mientras comenzaba a acariciar sus pechos con un dedo–. Y tú, Larissa, tampoco eres como la mayoría de las mujeres.

Ella lo miró con algo de tristeza en sus ojos.

–¿Qué tipo de mujer soy? –susurró Larissa.

Aunque estaba desnuda en su cama como si nada le preocupara y parecía muy segura de sí misma, tuvo la sensación de que necesitaba escuchar su respuesta, que era muy importante para ella.

Pero tampoco podía pararse analizar por qué Larissa parecía sentirse así.

Sabía que iba a tener que casarse con una joven que fuera del agrado de su abuelo. Se trataría sin duda de una mujer de buena familia, aburrida y anodina que no le recordaría al mar. Sentaría la cabeza con ella y llevaría una vida llena de responsabilidades y obligaciones. No iba a volver a sentirse como se sentía en esos momentos, subido a una montaña rusa de sensaciones y deseo. Trató de convencerse de que era eso lo que quería y debía hacer.

Pero por esa noche, dejó de lado sus responsabilidades. Solo podía pensar en la mujer que tenía tendida en su cama, esperándolo casi desnuda.

–Por ahora, solo sé que eres mía –le dijo él mientras la miraba como si sus palabras fueran casi una promesa.

Capítulo 7

JACK le soltó las esposas algún tiempo después. Fue una noche larga y muy intensa. Larissa no tardó en darse cuenta de que, aunque no la sujetara ya físicamente, la influencia que ese hombre tenía sobre ella era suficiente para conseguir que permaneciera a su lado. Era casi como si la hubiera hechizado.

Larissa se despertó a la mañana siguiente con dolor. No era dolor físico, creía que eso habría sido mucho más fácil de tolerar. Físicamente, se encontraba fenomenal, más viva que nunca y llena de energía. Era como si por fin hubiera entendido, después de mucho tiempo, que ese era el principal cometido de su cuerpo, hacer el amor con Jack.

El dolor que sentía era emocional y le entraron ganas de salir corriendo y esconderse en su habitación de la posada. Le apetecía prepararse un largo baño y quedarse metida en el agua hasta que se le olvidaran todas las cosas que estaba sintiendo.

Jack seguía dormido y la rodeaba con un abrazo. Lo apartó cuidadosamente para no despertarlo y se alejó de él. Sentía cierta desazón y pensó que sería frío, eso era al menos lo que esperaba. Vio que seguía lloviendo y que ya había amanecido. Era una mañana fresca y húmeda y recordó que iba a tener que ir hasta la cocina para recoger su ropa. Le bastó con pensar en ello para decidir quedarse en la cálida cama.

También ayudó que Jack se acercara entonces a ella y rodeara su cintura con el brazo. No pudo evitar suspirar feliz. Era increíble sentir de nuevo el contacto.

Le parecía increíble lo débil que podía llegar a ser cuando estaba con ese hombre. Tenía que reflexionar sobre lo que había pasado. Creía que esa noche le había afectado más de lo que quería admitir y que no era la misma persona esa mañana. Aunque no tenía muy claro en qué había cambiado.

Aun así, lo único que quería hacer era dejar que la abrazara y olvidarse de todo. Era como si nada más le importara cuando estaba cerca de él.

Pensó que tendría tiempo para pensar más tarde, cuando pasara la tormenta y se enfriara el fuego que había ardido entre los dos la noche anterior. Antes tenía que recuperar su sentido común y la cabeza.

–¿Tendré que atarte de nuevo a la cama? –le preguntó Jack con la voz ronca y medio adormilada.

–¿Esta vez me estás pidiendo permiso? –repuso.

Jack tiró suavemente de ella hasta tenerla aplastada contra su torso. No pudo evitar suspirar al sentirse de nuevo tan cerca de él y se estremeció cuando comenzó a besarle el cuello.

Podía sentirlo a su alrededor, sosteniéndola entre sus brazos mientras la abrazaba. No tardó en percibir la prueba de su excitación. Sabía que era un error, pero no tenía la fuerza de voluntad necesaria para evitarlo. Era increíble estar así con él. Ese hombre conseguía despertar su deseo sin que pudiera hacer nada para evitarlo. Después de la noche que habían compartido, creía que ya debería sentir que no necesitaba nada más. Pensaba que lo mejor que podía hacer era levantarse e irse. Aunque solo fuera por su propia cordura.

Pero no lo hizo. Se limitó a echar hacia atrás la cabeza y buscarlo con sus labios. El deseo estalló entonces con más fuerza.

–Quédate –murmuró Jack entonces dejando de besar sus labios para concentrarse de nuevo en su cuello–. Quédate a desayunar –añadió mientras comenzaba a acariciar sus pechos.

–Yo nunca desayuno –repuso ella con la voz entre-cortada.

No podía hacer nada para evitarlo, se entregó total-mente a él. El deseo la dominada por completo.

Se colocó sobre ella sin dejar de mirarla a los ojos. Ha-bía mucha sensualidad en su mirada y mucho deseo. Se deslizó entonces en su interior y ella se quedó sin aliento.

Sabía que no le convenía y que aquello no debía gus-tarle tanto como le gustaba, pero era la verdad.

–Bueno, no te preocupes. Si no desayunas, ya se nos ocurrirá alguna otra cosa que hacer –le susurró Jack con media sonrisa.

Larissa se dio cuenta enseguida de que Jack tenía un gran poder de convicción. Tampoco quiso que se fuera ese día ni el siguiente.

Pasaron mucho tiempo en esa casa. Para respirar un poco de aire puro, decidieron algunos días después dar un paseo por el bosque, pero no consiguieron dar des-canso a sus cuerpos y terminaron haciendo el amor con-tra uno de los abedules.

Después, la llevó a su coche y fueron hasta el pue-blo. Jack no le había dicho adónde iban, pero no tardó en entenderlo al ver la posada. Subió las escaleras hasta su habitación. Le parecía increíble estar allí de nuevo. Tenía la sensación de que Jack iba a dejarla y no sabía cómo evitarlo.

Además, pensaba que merecía sentirse así por haber permitido que ese hombre tuviera demasiada influencia sobre ella. Después de todo, esa apasionada aventura no podía terminar de otro modo.

–Haz la maleta –le dijo Jack entonces.

Vio que la miraba con frialdad y se veía incapaz de adivinar qué estaría pensando. Había mucha tensión en-tre los dos y le costaba respirar con normalidad. Trató de calmarse y prepararse para lo inevitable.

–¿Acaso ha llegado el transbordador al puerto? –le preguntó ella sin dejar que su voz la traicionara–. ¿Me estás echando de tu isla tal y como me prometiste el primer día?

No le gustó nada ver cómo la miró entonces. Giró la cabeza y la estudió con sus ojos inescrutables, como si ella fuera un puzle que estuviera tratando de resolver. Desde el umbral de la puerta, con los brazos cruzados y un gesto indolente, como si nada le importara. Pero sabía que no era así. Ella también tenía mucho cuidado para no bajar la guardia cuando estaba con él.

–¿Es eso lo que quieres? –le preguntó Jack–. ¿Deseas subirte en el transbordador que te lleve de vuelta a una vida más segura y sin sobresaltos?

No pudo evitar reírse al oírlo. Se cruzó de brazos y no le importó que él pudiera interpretar ese gesto como uno de debilidad. Se dio cuenta de que aún llevaba puesto uno de sus jerséis viejos. Casi podía imaginarlo de adolescente vestido con esa prenda, pero prefería no pensar en cómo había sido Jack entonces, un joven carismático y brillante, lleno de vida. Prefería no pensar en lo que significaba para ella esa ropa. Después de todo, sabía que solo era un jersey, pero le daba la impresión de que esa prenda lo conectaba aún más a él.

–Pensé que el transbordador solo llegaba hasta Bar Harbor –repuso ella con ironía.

Jack se quedó mirándola. Estaba inmóvil, como un depredador a punto de asaltar a su presa. No pudo evitar que se le acelerara el pulso al verlo así.

–Empiezo a entenderte mejor –le dijo entonces mientras la observaba con los ojos entrecerrados–. Contestas cada pregunta con otra pregunta y nunca dejas que nadie pueda adivinar lo que de verdad piensas o sientes. Todo el mundo piensa que eres así porque estás vacía por dentro.

En ese instante, lo odió con todas sus fuerzas. Odiaba

la manera en que la miraba, como si pudiera leerle el pensamiento, como si ella fuera un libro abierto.

–Puede que tengas razón. Pero al menos hablan de mí. De ti ya no lo hacen. Es una de las desventajas de convertirse en una versión domesticada y aburrida del antiguo Jack Endicott Sutton.

Vio que algo cambiaba en la mirada de Jack, pero no duró mucho. Seguía observándola desde la puerta, dominando con su presencia toda la habitación aunque ni siquiera estuviera dentro. Una vez más, se dio cuenta de que era demasiado peligroso y que quizás estuviera cometiendo un error al jugar de esa manera con él.

–Te limitas a desviar la atención y a cambiar de tema –le dijo Jack–. Lo haces cada vez que quieres evitar hablar de lo que deseas. Te limitas a reaccionar, pero nunca vas más allá –agregó él–. ¿Por qué?

Le hablaba con tranquilidad y muy despacio. Le pareció mucho más peligroso que cuando estaba enfadado. No pudo evitar sentir una oleada de pánico recorriendo su cuerpo.

–¿Por qué no me lo dices tú? –repuso ella como si ese tema le aburriera–. ¿No me acusaste de estar aquí para engañarte y conseguir que te convirtieras en mi nuevo prometido?

–Por supuesto –le aseguró Jack con frialdad–. Whitney Media y el dinero de tu familia. ¿Cómo he podido olvidarlo?

Sus palabras enfriaron aún más el ambiente y no pudo evitar sentir cierta suspicacia. Jack parecía estar demasiado interesado en Whitney Media. No entendía por qué seguía sacando ese tema. Se preguntó si él también sería como los demás y estaría deseando hacerse con sus acciones de la empresa familiar. Lo mismo le había ocurrido con Theo. Pero lo cierto era que a ella esos temas apenas le importaban. Aun así, no pudo evitar sentir cierto dolor al oírlo.

–Si quieres que me vaya, Jack, no tienes más que de-

cirlo. No hace falta que trates de analizar psicológica-
mente mis muchos defectos. Además, es demasiado trabajo, te lo aseguro –le dijo ella–. No querrás perder el
tiempo con esas cosas mientras disfrutas de tus vacaciones en la isla.

Jack la miró con más intensidad aún. Le costó mantener la calma y fingir que su presencia no la afectaba
de ninguna manera. Y era casi imposible conseguirlo
cuando su mirada estaba consiguiendo que su cuerpo
reaccionara como lo había hecho durante los últimos
días.

Una vez más, se traicionó a sí misma.

–¿Y si te digo que no quiero que te vayas? –le preguntó Jack en ese momento.

Tuvo que contenerse para no suspirar aliviada al oír
sus palabras. Comenzaban a nacer otros sentimientos
en su interior que no quería analizar, le asustaban mucho más que el intenso deseo que sentía por Jack.

–Es difícil creer que eres el mismo hombre que me
sujetó con unas esposas al cabecero de su cama –repuso
ella con la voz algo temblorosa–. Esperaba oírte hablar
con un poco más de desenvoltura y poder en situaciones
como esta. Me sorprende que des tantos rodeos para decirme lo que de verdad deseas. ¿Quieres que me quede
o que me vaya?

–Las cosas no son nunca blancas o negras, Larissa.
Sobre todo cuando se trata de ti –le aseguró Jack mientras daba un paso hacia ella.

–¿Acaso crees que tu conducta es más transparente
que la mía? –le preguntó ella sonriendo–. ¡Por favor,
Jack! Eres tan transparente como una ciénaga.

–Quiero que hagas la maleta, te metas en mi coche
y vuelvas a mi casa y a mi cama –le aseguró entonces
Jack con firmeza.

Sus palabras hicieron que se estremeciera y vio que
volvía la misma pasión de esos días a su mirada. Se
acercó más a ella y sintió que se quedaba sin aliento.

No fue consciente hasta ese instante de cuánto le había importado saber lo que Jack deseaba.

–¿Han sido mis palabras lo suficientemente claras? –agregó él con una pícara sonrisa.

Larissa recordó la conversación que había tenido con Jack cuando la llevó a la posada para que recogiera sus cosas. No sabía si sus palabras habían sido transparentes entonces, pero sí muy efectivas.

Tumbada en uno de los cómodos sofás del salón y tapada con una manta, se dio cuenta de que había perdido la noción del tiempo. Le pasaba cuando estaba con él y cada vez se veía más perdida.

Ya llevaba muchos días en Scatteree Pines y en ningún momento se había parado a pensar en las consecuencias que podía tener aquello ni en lo que significaba. Temía que ese cambio de rumbo echara a perder todo lo que había conseguido en los últimos meses. Esperaba que no fuera demasiado tarde para evitarlo.

La relación que tenía con Jack era la más intensa que había tenido nunca. Con él había descubierto cosas sobre su deseo y su cuerpo de las que no había sido consciente hasta entonces. Pero también había despertado ciertos sentimientos que iban más allá del sexo. Entre ellos, una esperanza que le asustaba más que ninguna otra cosa.

Aunque Jack estaba en el pasillo, podía oírlo desde el sofá del salón. No entendía sus palabras, pero su tono era frío y educado. Supuso que estaría hablando con su abuelo, un hombre estricto que no parecía estar nunca satisfecho con los logros de su nieto. No le costó nada reconocer su tono porque era el que solía usar ella cuando hablaba con su propio padre. Aunque ella normalmente no era tan educada.

Frunció el ceño al pensar en Bradford. Siempre le ponía de mal humor acordarse de su padre. Aunque estaba muy lejos de allí, podía sentir lo decepcionado que estaba con ella. Era una presencia negativa que siempre parecía acompañarla. Durante las dos últimas semanas, su padre le había dejado varios mensajes en el teléfono móvil, pero no había podido reunir las fuerzas necesarias para escucharlos.

Además, creía que no tenía sentido hacerlo. Sabía perfectamente lo que pensaba de ella y no necesitaba escucharlo una vez más. Para Bradford Whitney, su hija reunía tal letanía de defectos que no podía escuchar sus críticas sin sentirse pequeña y desolada.

Ya había pasado demasiado tiempo pensando en las personas a las que había hecho mucho daño con el tipo de vida que había llevado hasta entonces. Durante los últimos días, se había dado cuenta de que ya no necesitaba pensar en ese tipo de cosas. Era como si, al lado de Jack, pudiera por fin permitirse el lujo de ser ella misma. Lo último que quería era echar a perder esa sensación hablando con su padre.

Jack entró en el salón y ella prefirió no preguntarle nada. La miró sin que ella pudiera adivinar qué estaría pensando, pero no se sentó a su lado en el sofá.

Vio que iba directo a la chimenea. Tomó el atizador y comenzó a mover los leños que ardían en su interior con más fuerza de la necesaria. Sin saber por qué, le entraron ganas de acercarse a él por detrás para abrazarlo. Quería apoyar la cara en su fuerte espalda y tratar de consolarlo.

Le parecía absurdo pensar algo así. No se veía a sí misma como una persona capaz de consolar a otra. Y mucho menos si se trataba de Jack Sutton.

Tampoco pensaba que él fuera a permitírselo.

Se dio cuenta de que era peligroso para ella seguir en esa casa. Empezaba a imaginar cosas que no tenían ningún sentido. Estaba convencida de que aquello tenía un fin y estaba muy cerca. Solo podía terminar de una manera, muy mal. Aun así, no se movió de su sitio. No podía hacerlo. Necesitaba un poco más de tiempo.

Esos días había descubierto lo que se sentía teniendo sueños y esperanzas y no soportaba la idea de irse y enterrar para siempre esas sensaciones. Al lado de Jack había podido atisbar el tipo de vida con el que no se había atrevido siquiera a soñar.

Se dio cuenta de hasta qué punto había complicado su vida. Era algo que ya había adivinado cuando lo vio aparecer en el restaurante de la posada y que confirmó después cuando se besaron después de tanto tiempo.

Se quedó con la mirada perdida en su fuerte espalda. No se cansaba nunca de hacerlo. Tenía un cuerpo perfecto y se movía con elegancia. Llevaba sus vaqueros desgastados como si estuviera acostumbrado a hacerlo, cuando en Nueva York siempre llevaba trajes a medida. Se dio cuenta de que parecía formar parte de esa isla, como la mansión y los pinos que la rodeaban. Tenía un cuerpo esbelto, musculoso y tentador.

No sabía qué intenciones tenía Jack y qué pensaba de lo que estaba ocurriendo esos días en la isla. Tenía miedo de preguntárselo, no quería saber la respuesta. Deseaba más que nada poder permanecer allí para siempre y olvidarse de todo lo demás.

—Espero que saludaras a tu abuelo de mi parte —le dijo ella mientras bajaba la mirada y fingía estar leyendo la revista que tenía sus manos—. Hace mucho tiempo que no lo veo.

Al ver que no contestaba, levantó la cara y vio que Jack la miraba con el ceño fruncido.

—¿Es ese acaso tu objetivo, Larissa? —le preguntó con dureza y frialdad—. ¿Es que has venido a la isla para tratar de llegar hasta mi abuelo? No sé como no me lo he imaginado antes.

Sus palabras le dolieron como si la hubiera abofeteado. Afortunadamente, llevaba muchos años escondiendo sus emociones y no le costó hacerlo en esos momentos. Sintió que estaba pagando el precio de haberse relajado demasiado al lado de ese hombre. Había llegado a olvidar todas las cosas que Jack le había echado en cara, pero se dio cuenta en ese instante de que él no lo había olvidado. Seguía desconfiando y creyendo que estaba allí para manipularlo dc alguna mancra.

–Tengo que casarme –le dijo Jack entonces–. Y tiene que ser pronto. Mi abuelo ha elegido a unas cuantas candidatas de su gusto y espera que elija una de ellas para casarme y poder perpetuar así el apellido de la familia. Tú no estás entre las elegidas, así que supongo que tendrás que conformarte con mi abuelo, ¿no?

Sintió un gran dolor en su corazón en esos momentos, como si de verdad se le estuviera rompiendo en mil pedazos. No podía moverse ni respirar.

Jack la había acusado de ser una mujerzuela, pero después se había acostado con ella y lo había hecho muchas veces durante los últimos días. Se dio cuenta entonces de que le había dado la razón con sus actos y que no tenía derecho a sorprenderse al ver que volvía a tratarla con desprecio. De hecho, ella había hecho lo necesario para perpetuar la mala imagen que tenía de ella. Había estado tan ensimismada con la pasión que habían compartido y con los sentimientos que había despertado en su corazón que no había pensando en nada más.

Se le hizo un nudo en el estomago. Era una sensación tan real que creyó que estaba enferma y que estaba a punto de vomitar. Pero consiguió tranquilizarse y no dejar tampoco que cayeran por sus mejillas las lágrimas que sentía en sus ojos.

Pensó que, si así era el dolor que provocaban los sentimientos que empezaba a tener, habría preferido seguir como había hecho hasta entonces, viviendo sin dejar que nada le afectara, completamente insensibilizada.

Respiró profundamente y lo miró a los ojos. Estaba furiosa con él, pero no le iba a dar la satisfacción de que la viera así. Se dejó caer sobre los almohadones como si nada le importara. Jack pensaba de ella lo que ella misma había querido transmitirle a él y al resto del mundo.

Se había esforzado mucho para crear el mito de Larissa Whitney, incluso ella misma había formado parte de esa mentira.

Le había hecho creer a todo el mundo que había disfrutado mucho de ese tipo de vida llena de lujos y excesos, que era ambiciosa, superficial y perezosa, que no tenía más objetivos en la vida que divertirse. Creía que se había buscado esa situación y tenía que aceptarlo.

Se dio cuenta de que en realidad no estaba enfadada con Jack, sino con ella misma.

—¿Está soltero tu abuelo? —le preguntó ella entonces.

Fingió estar interesada en la idea, aunque en realidad aún le estremecía que Jack hubiera podido pensar algo así. Charles Talbot Endicott debía de tener unos ochenta y cinco años. Le parecía increíble que Jack pudiera tener tan mal concepto de ella para verla capaz de hacer algo así.

—Siempre me gustaron los hombres mayores y, en el caso de tu abuelo, no tendría que preocuparme que estuviera conmigo por mi dinero, ¿verdad? —agregó ella con una sonrisa—. Creo que haríamos muy buena pareja, ¿no te parece?

Jack la miró como si sintiera un gran desprecio por ella. Le dolía, pero mientras la mirara así, ella podría mantener la cordura. Era esa otra parte de él, la que le hacía soñar con la posibilidad de tener una vida normal, la que más miedo le daba.

«Me desea y le encanta acostarse conmigo, pero no le gusto», pensó ella entonces. «No le gusto a nadie y nunca debería haberlo olvidado».

—Siento decirte que mi abuelo no se acercaría nunca a una mujer como tú —le dijo Jack con frialdad.

—Cuando hablas de «mujeres como yo», supongo que te refieres a mujeres bellas y encantadoras —repuso ella de buen humor para que no pudiera ver cuánto le dolían sus palabras—. Además, no estés tan seguro. Tengo mucho éxito con los hombres.

Jack sacudió la cabeza como si no pudiera creer hasta qué punto ella lo estaba decepcionando. Se sintió satisfecha al ver que seguía siendo capaz de ofrecerle al mundo la imagen de Larissa Whitney que todos esperaban ver.

Pensó que quizás estuviera destinada a hacer siempre ese papel y que, por mucho que intentara cambiar o lo consiguiera, nadie vería más allá de lo que salía en las revistas.

Pero cada vez le costaba más soportar que Jack la mirara de ese modo y deseó poder desaparecer.

–Mi abuelo me ha dicho que quiere celebrar la cena de Acción de Gracias de este año en familia. Aunque te parezca normal, no lo es, y me parece muy sospechoso que quiera hacerlo así este año. No celebramos juntos las fiestas desde que enfermó mi madre –le explicó Jack.

–¿Acaso esperan que la prensa aproveche la ocasión para ilustrar la unión que hay en tu familia? –repuso ella–. Es así como nos gusta celebrar las fiestas en la mía. Acostumbramos a fingir esa unión para las cámaras.

–No, mi abuelo prefiere que esos asuntos se mantengan en la intimidad familiar –murmuró Jack–. No quiere que sus muchas quejas sean de dominio público, eso perjudicaría el buen nombre de los Endicott.

–Pero estoy segura de que no tiene ninguna queja sobre ti –le dijo ella–. Después de todo, te has convertido en un hombre virtuoso y decente, casi un santo. Haces obras de caridad y cuidas la imagen de tu familia. ¿Qué puede tener contra ti?

Jack fue hasta la mesa donde tenían las bebidas y se sirvió una copa. Después, fue a sentarse en el otro sofá, frente a ella. Vio que le brillaban los ojos y se estremeció al verlo así.

Quería acercarse a él y abrazarlo, pero sabía que era mejor no hacerlo. Jack aceptaría ese gesto pensando que quería acostarse con él, le resultaría impensable creer que ella solo quería consolarlo. Después de todo, sabía que para Jack no era más que una mujerzuela. Una con la que podía hablar, después de todo habían tenido vidas similares, pero que nunca podría llegar a tomar en serio. No tenía nada que ver con las mujeres que su abuelo había elegido para Jack. Le producía un gran dolor pensar en ello y no sabía por qué. Sentía ganas de llorar, pero no lo hizo. Levantó con orgullo la cara y lo miró, como si estuviera esperando la siguiente bofetada.

Jack tomó un buen trago de su bebida y se quedó mirando el vaso antes de contestar.

—Mi abuelo detestó a mi padre desde que lo vio por primera vez —dijo entonces Jack—. Le pidió a mi madre que no se casara con él, pero ella era joven y estaba muy enamorada. Por lo que he oído, a mi padre se le daba bien fingir.

—¿A qué te refieres? —preguntó ella.

Le alivió ver que Jack parecía dispuesto a hablar de otro tema durante al menos un tiempo. Era una tregua que necesitaba para poder tranquilizarse.

—Mi padre les hizo creer que había algo más que una encantadora fachada. Era un hombre atractivo y educado. Mi madre siempre decía que parecía iluminar con su presencia cualquier habitación cuando entraba en ella. Y no se dio cuenta hasta mucho después de que en realidad no tenía personalidad, solo un gran ego y mucha ambición. De no haber sido un Sutton, todos lo habrían conocido por lo que de verdad es, un estafador.

Larissa no dijo nada, se limitó a seguir mirándolo.

—Mi abuelo me ve como el fruto de un árbol envenenado desde el momento de mi nacimiento —le dijo Jack con una sonrisa amarga—. Y la verdad es que malgasté los treinta primeros años de mi vida dándole la razón. Supongo que mi padre estaría orgulloso de mí. Era más inútil incluso que él, más degenerado y vanidoso.

—¿Por qué estas contándome todo esto? —le preguntó ella.

Jack la miró a los ojos. Había hielo en ellos.

—Porque quiero que tengas muy claro qué es lo que está pasando aquí –repuso Jack con crueldad–. Mi madre fue la única persona que de verdad creyó en mí aunque no tenía ninguna razón para hacerlo, pero murió antes de que pudiera demostrarle que había estado en lo cierto. Mi abuelo nunca me lo ha perdonado –agregó entonces–. Me echa en cara ser hijo de ese padre que detesta y haberle defraudado durante tanto tiempo y a la vista de todos. Solo podría redimirme ante sus ojos casándome con la mujer adecuada, alguien de buena familia y conducta intachable.

Le sobrecogió la seguridad con la que se lo dijo, como si estuviera de acuerdo con su abuelo.

—No sé qué esperas que diga –susurró ella.

—Tú representas todo lo que detesta mi abuelo, Larissa –le aseguró Jack mientras la miraba con gesto triunfante–. Has manchado el apellido de tu familia y todos te conocen por tu pésima conducta. La gente habla de ti, pero siempre mal. Eres una pesadilla para mi abuelo.

No era la primera vez que oía esas palabras y no entendió por qué esa vez parecían estar provocándole más dolor.

—Soy una carga inútil para el legado de los Whitney, lo peor que le podía haber pasado a mi familia. Soy ingrata y todo un suplicio para mi pobre padre –agregó ella–. Me expongo demasiado, salgo demasiado, me gasto demasiado… Soy inmoral, estúpida, fácil. Es casi como si me conocieras de verdad –añadió con sarcasmo.

—Es que antes era como tú –le dijo Jack–. ¿No lo entiendes? No puedes hacer nada que vaya a escandalizarme porque ya lo he hecho yo antes.

—Creo que no termino de entender lo que quieres decirme, Jack. Eres demasiado sutil –le dijo con ironía–. ¿Acaso me estás diciendo que no vas a pedirme que me case contigo? ¿Que soy demasiado despreciable? No puedo creerlo, yo que ya estaba preparando el ajuar...

Cada vez le costaba más mantener esa actitud impasible. Estaba deseando estar sola y desahogarse. Tenía ganas de llorar, pero prefería morir antes de darle la satisfacción de que la viera rota de dolor.

—Tampoco vas a conseguir engañarme —continuó Jack—. No sé qué es lo que se trae entre manos, pero te aseguro que no vas a conseguirlo. Te conozco demasiado bien como para creer una palabra de las que salen de tu boca y mi abuelo nunca permitirá que ensucies el apellido de la familia. Nunca. Estás perdiendo el tiempo. Y eso no me preocuparía si no estuvieras también perdiendo el mío.

—No sé qué decir —repuso ella pocos segundos después.

Intentaba ser fuerte, pero cada vez le costaba más aguantar sus duras palabras. Trató de recordar que había estado en situaciones peores y había sobrevivido. Después de todo, solo era un poco más de dolor. Lamentó entonces haberse dejado llevar por algo que deseaba tanto. Era algo que nunca le había salido bien.

—Lo que he dicho es simplemente la verdad —insistió Jack—. Lo que no entiendo es por qué te empeñas en seguir viviendo de esta manera. Aunque te empeñas en esconderlo, sé que eres inteligente.

Pero Larissa sabía que había muchas verdades y ninguna era simple. No sabía si sentía en esos momentos más ira o vergüenza. Deseaba gritar, agarrarlo por los hombros y sacudirlo. Quería que la viera como ella empezaba a verse a sí misma, pero sabía que Jack no estaba preparado para ver esa verdad. Además, pensaba que así era mejor, por mucho que le doliera. Habría sido peor mostrarle la verdadera Larissa y que él la rechazara. De ese modo podía al menos mantener escondida su esencia. Creía que era todo lo que tenía, que no le quedaba nada más.

–Bueno, has descubierto todos mis planes –le dijo ella entonces–. ¿Qué voy a hacer ahora?

–¿Acaso crees que todo esto es una broma, Larissa? –insistió él con más firmeza aún–. No deberías estar aquí. No debería haber permitido que ocurriera esto. Ha sido sino una consecuencia de mi debilidad. Sé lo que eres y, aun así, te he traído a mi casa.

–Soy una vergüenza –le dijo ella mirándolo a los ojos–. Un ejemplo para que se fijen en mí las jóvenes herederas y vean lo que no hay que hacer. Soy lo peor, ¿verdad? Otros reflejan en mí lo que en realidad son sus defectos. Y, cuando me ven, se sienten mejor. Cuando otros tocan fondo en sus vidas, les consuela ver que yo estoy aún más abajo.

–¡Ya basta! –gruñó Jack como si sus palabras también le hicieran daño a él–. Solo estás consiguiendo empeorar las cosas.

–Lo que he dicho es simplemente la verdad –repuso ella repitiendo sus palabras–. Y puedo decirte algunas verdades más. Te odias ahora mismo por desearme. Odias que haya tanta química entre nosotros y lo pasemos tan bien juntos. Llevas años odiándome porque he hecho que veas cosas de ti que no querías ver.

Jack no pudo ocultar lo que estaba sintiendo, sus palabras le habían afectado. No sabía si estaba empeorando las cosas o si podría solucionarlo. Lo único que tenía claro era que seguía deseándola y lo hacía con la misma fuerza y pasión de siempre. Sabía que no le convenía y que acabaría por destruirlo, pero Jack tampoco parecía capaz de evitarlo.

–¿Qué quieres decir con eso? –le preguntó Jack entonces.

Pensó durante un segundo que quizás él también estuviera sufriendo con todo aquello, pero no tardó en darse cuenta de que no podía ser verdad y que era una tonta al pensar que aquello podía ser algo más.

–Fuiste tú el que me pediste que viniera –le recordó

ella entonces mientras se ponía en pie–. Puedo irme si es lo que quieres. Lo último que deseo es quedarme aquí sentada y ver cómo te compadeces de ti mismo.

Jack también se puso en pie y vio de repente que estaban muy cerca. No sabía si darle una bofetada o besarlo. Creía que las dos opciones la alejarían aún más de él.

Y, para complicar aún más las cosas y a pesar de la baja opinión que Jack tenían de ella, se quedó sin aliento al pensar en la posibilidad de volver a besarlo. Sintió que volvía a despertarse el deseo en su interior y que todo su cuerpo se preparaba para que Jack la hiciera suya una vez más.

No era la primera vez que se traicionaba a sí misma.

Jack la miraba como si fuera una tortura hacerlo. Alargó hacia ella la mano y acarició la mejilla con su pulgar. Fue un gesto tan tierno que le costó soportarlo en esos momentos.

–¡Maldita seas, Larissa! –exclamó Jack con la voz cargada de deseo–. Es que no quiero que te vayas.

JACK tenía la sensación de que estaba perdiendo la cabeza y que no necesitaba tener otra complicada conversación con su abuelo para que este se lo dejara claro. Estaba tumbado frente a la chimenea con el delicioso cuerpo de Larissa sobre él. Y aún estaba dentro de ella.

Lamentó no haberle dicho que se fuera cuando tuvo la oportunidad. Se le había pasado por la cabeza hacerlo, pero habían acabado desnudos y en el suelo, haciendo el amor frente al fuego con más pasión aún que otras veces.

Larissa tenía apoyada la cabeza en su torso y se distrajo escuchando cómo iba poco a poco recuperando la respiración.

No entendía por qué, pero pocas veces había sentido tanta paz como en esos instantes.

Le acarició la espalda, tratando de trazar con los dedos la cadena de huesos de su columna, deleitándose en la suavidad de su piel y en la deliciosa curva de su trasero un poco más abajo.

Aunque acababa de tenerla, la deseaba de nuevo. Nunca se cansaba de ella. A su lado, se sentía como un adolescente revolucionado por las hormonas y enamorado por primera vez. Larissa le atraía como no le había atraído ninguna mujer y no solo físicamente. Aunque sabía que no le convenía, no podía alejarse de ella.

Creía que era adictiva y que tenía el mismo poder destructivo de otras drogas. No podía creer que se hubiera vuelto a dejar llevar por esa mujer y que no tuviera la fuerza de voluntad necesaria para dejarla.

Larissa se movió entonces y gimió. Le estaba haciendo sentir cosas que prefería no analizar. Ella levantó la cabeza y se miraron a los ojos. No se cansaba de estudiar los de Larissa, eran de un verde poco común y en ese momento brillaban como nunca. A pesar de todo lo que sabía de ella, seguía siendo una mujer bellísima. Sabía que era letal, pero se dejaba llevar sin pensar en las consecuencias.

Vio que se mordía el labio inferior un segundo. Después, se incorporó y se cubrió con una de las mantas del sofá.

Se quedó mirándola. Tenía un aspecto casi mágico con la única luz de las llamas iluminando su rostro. Le habría encantado ser capaz de descubrir su interior con solo mirarla. No entendía cómo podían haber llegado tan lejos cuando la primera noche se había limitado a invitarla a cenar para dejarle muy claro que sabía lo que se traía entre manos y que no iba a poder engañarlo. Cada vez le costaba más recordar que esa mujer no le convenía. Solo tenían ojos para su exquisita belleza.

Se negaba a admitir la influencia que Larissa tenía sobre él, pero no podía dejar de mirarla. Su elegante cuello, sus delicados pómulos, la perfección de sus labios. Llevaba años deseándola, desde que la saboreara por primera vez no había conseguido olvidarla por completo. Lo que más le preocupaba en esos momentos era la posibilidad de que nunca pudiera llegar a olvidarla.

—Deja de mirarme así —le susurró Larissa entonces con la vista pérdida en las llamas—. ¿Es que estás esperando a que me transforme en el monstruo que crees que soy? ¿O acaso me ves siempre como un monstruo, haga lo que haga?

Sintió algo en su interior en ese instante, algo que lo dejó sin aliento y no sabía cómo reaccionar. Era como si esa mujer tuviera la capacidad de bloquearlo con su presencia. Se sentía perdido, distinto y vulnerable. Solo tenía ojos para ella, su rostro y cada una de sus curvas.

Larissa era una droga que podría acabar con él si se lo permitía. Había llegado el momento de aceptarlo.

–No eres ningún monstruo –le dijo él entonces mientras se sentaba.

Vio que Larissa se había sonrojado y supuso que sería por el calor del fuego.

–¿Qué soy, entonces? –le preguntó ella en voz baja.

Había cierto anhelo en sus palabras, como si le importara mucho la respuesta. Pero recordó entonces que era una mujer calculadora y que solo estaba actuando. Sabía que no debía olvidarlo nunca, por mucho que le costara a veces.

–Dímelo tú –le pidió Jack–. ¿No me dijiste el primer día que estabas aquí con la misión de reinventarte?

Larissa frunció el ceño al oírlo, después sonrió.

–Es verdad, eso es lo que dije.

–Entonces, háblame de ello. Quiero conocer todos los detalles sobre tu metamorfosis secreta.

No habría sabido explicar por qué, pero sentía la imperiosa necesidad de saber la verdad y esperaba que ella se la dijera. Sabía que no tenía sentido pretender ir más allá de lo meramente físico, que era mejor no mezclar los sentimientos, pero no pudo evitarlo.

Larissa volvió a quedarse con la mirada perdida en el fuego y vio que seguía sonriendo. Odiaba esa sonrisa. Quería ver la sonrisa de verdad, sabía que estaba allí, en alguna parte, enterrada bajo la falsa fachada que mantenía para todos los demás. Se le daba muy bien actuar y mentir. Había llegado a ver una vez esa sonrisa y quería volver a disfrutar de ella.

Se dio cuenta de que ese era el problema, quería demasiadas cosas. Siempre había sido así con ella. Y no entendía por qué se empeñaba en pretender que aquello podía ser algo más de lo que era.

–No estuve en una clínica de desintoxicación, sino en coma –le dijo ella.

Se quedó atónito al oírlo.

Vio que el cuerpo de Larissa estaba en tensión y que respiraba profundamente para tratar de calmarse. Le enterneció ese gesto, aunque no habría podido explicar por qué. No sabía si podía creerla o no, prefería no pensar en ello.

–Cuando por fin desperté, solo quería volver a la normalidad y fingir que nada había pasado. Estaba muy asustada. Me daba miedo que todo hubiera cambiado, que yo hubiera cambiado y no sabía cómo enfrentarme a ello. Lo peor de todo era que la gente supiera lo que me había pasado y se dieran cuenta de mi fragilidad. Me quedé inconsciente en público y eso fue lo peor.

Le sorprendió la intensidad con la que hablaba sin dejar de mirar el fuego. Lo observaba como si todos sus fantasmas estuvieran en esas llamas, todas las cosas que le habían hecho daño y él no pudo evitar preguntarse cómo serían esos fantasmas que llenaban sus pesadillas.

También deseaba saber si era verdad lo que le estaba contando. No sabía por qué, pero le importaba saberlo. Era la única mujer a la que había sentido la necesidad de proteger y creía que era la que menos protección necesitaba. Todo lo que se refería a Larissa le parecía una locura sin sentido.

–Larissa… –comenzó él sin saber qué iba a decirle.

–No me dolió que me dejara Theo –le dijo ella entonces–. ¿Qué dice eso de mí? A una persona de verdad, a una buena, le dolería saber que su prometido nunca había llegado a amarla, ¿no? Pero supongo que una persona de verdad no se habría comprometido con un hombre al que no amaba –agregó completamente perdida en sus pensamientos–. De un modo u otro, el caso es que me dejó.

–No tienes que contármelo si no quieres –le dijo él.

De hecho, habría preferido no saberlo. Era más fácil estar con ella cuando estaba representando su papel habitual, sonriendo y coqueteando con todos como la gente esperaba de ella. La Larissa que tenía delante en esos momento se parecía mucho más a la realidad que él habría preferido. Pero, aunque lo había deseado, no sabía cómo reaccionar al ver que de verdad estaba pasando y existía.

–Cuando salí del coma, todo seguía igual, normal. Era lo que quería, pero no tardé en darme cuenta de que yo sí había cambiado –le dijo ella suspirando–. No quedaba nada de la mujer que había sido antes. Debería haber muerto, pero sobreviví.

Se quedó callada y lo miró entonces a los ojos.

–¿Por qué? –le preguntó ella.

Contuvo el aliento al oírlo. Fue como si acabara de darle un puñetazo en el estómago.

Se quedaron unos segundos en silencio. No podía dejar de mirarla.

–¿Me lo estás preguntando a mí? –repuso él–. ¿O es una pregunta retórica?

Larissa sonrió. Y, aunque no era la sonrisa falsa que tanto odiaba, era una tan triste que le rompió el corazón.

–No tenía a quién preguntarle –le dijo entonces–. No podía hablar con mi padre que, como me has recordado, lleva años odiándome. Ni a mi madre, que lleva medicada y drogada desde que yo tenía nueve o diez años. Tampoco a mis amigos, ya sabes cómo son. A ellos es a los que menos les importa lo que pueda pasarme. Se estuvieron riendo al recordar lo que llaman «mi noche más salvaje». Lo único que querían era seguir yendo de fiesta en fiesta y olvidar lo que había pasado.

Jack conocía muy bien a sus amigos. Sabía cómo eran, sus obsesiones, sus adicciones y sus juegos. Muchos de ellos también habían sido amigos de él. Lo que le estaba contando Larissa no le sorprendía y tampoco le extrañó que su familia hubiera ocultado la verdadera naturaleza de su condición. Era así como funcionaban las familias de su círculo social.

No podía dejar de mirarla y se le encogía el corazón verla tan vulnerable. Le entraron ganas de protegerla y tratar de rescatarla.

Pero sabía que no tenía sentido hacerlo y que era ella la culpable de estar en esa situación. Recordó entonces que Larissa Whitney no era su responsabilidad.

–Son imbéciles –susurró él entonces–. Siempre lo han sido.

–Tardé tres semanas en darme cuenta de que a nadie le importaba el hecho de que había estado a punto de morir –le dijo ella en voz baja.

Le entraron ganas de abrazarla, pero no sabía cómo hacerlo y algo le decía que Larissa no iba a permitírselo.

–Y una semana más en entender que, si me quedaba allí, tampoco me importaría a mí lo que había pasado. Me pareció que no tenía sentido seguir sin cambiar nada, que habría sido mejor morir después de todo –añadió Larissa sin dejar de mirarlo–. La gente me mira y ve lo que espera ver. Nada más, nada menos. Así que decidí que lo mejor que podía hacer era evitar que me vieran, esconderme.

–¿Por eso cambiaste tu imagen? –preguntó él mientras señalaba su pelo.

Larissa se pasó las manos por el cabello. Recordó la versión anterior, con su largo y maravilloso pelo rubio. Era tan famoso como ella, todo el mundo estaba obsesionado con su melena. Las jóvenes trataban de copiar su imagen, el rasgo más distintivo de su apariencia. No le extrañaba nada que Larissa hubiera decidido deshacerse de su melena antes que de ninguna otra cosa. No pudo evitar sentirse más cerca de ella.

–Decidí que quería descubrir quién era cuando no era Larissa Whitney –le dijo ella–. Cuando no estaba en Manhattan, cuando no me comportaba como la oveja negra y la vergüenza de mi familia, cuando era yo, solo yo, nada más.

Deseaba creerla más que nada en el mundo. Y, en

parte, la creía. Sabía que era una mentirosa, estaba convencido de ello. Se le daba tan bien engañar a la gente como a su padre.

Su progenitor acababa de casarse con su quinta esposa, que era diez años más joven que Jack.

Llevaba mucho tiempo sin creer lo que le contaba su padre y con Larissa le pasaba lo mismo.

–¿Y has sacado algo en claro de tu experimento? –le preguntó él–. ¿Ha funcionado?

–Me estaba yendo bien hasta que apareciste tú –repuso Larissa.

No pudo evitar echarse a reír.

–¡Tonterías!

Vio que Larissa palidecía y todo su cuerpo parecía estar en tensión de repente, pero decidió ignorarlo.

–Puedes jugar a ser otra persona si eso es lo que quieres, cortarte el pelo y teñirlo de todos los colores del arcoíris, pero eso no cambia nada.

–Claro que no –repuso ella con dureza–. Porque soy un monstruo, ¿verdad?

–No, porque eres Larissa Whitney –replicó él–. Tu padre parece un tipo muy desagradable. El mío también lo es. ¿Qué importa eso? Hay cosas más importantes en juego que las pésimas relaciones que puedas tener con tu familia. ¡Por el amor de Dios, Larissa! Te quejas de que la gente te trate como si fueras un monstruo…

–Yo nunca me he quejado –repuso ella.

Vio que parecía importarle mucho que Jack lo entendiera.

–No directamente, pero actúas como una niña malcriada y sufres una pataleta de seis meses cuando ves al despertarte del coma que no te gusta la situación en la que estás. Una situación que has creado tú misma.

–Eso nunca lo he negado –le dijo Larissa–. No te estoy contando esto para que te apiades de mí, Jack. Sé quién soy y lo que he hecho. Lo sé mejor que nadie.

–Ya imagino que eso es lo que te dices a ti misma

–repuso él mientras se pasaba las manos por el pelo para no tener la tentación de acariciar su cuerpo–. Puede incluso que te lo creas.

–Siento decepcionarte –murmuró Larissa encogiéndose de hombros–. Pero parece que no me conoces tan bien como piensas.

Fingía que nada le importaba, pero empezaba a entender que no era así.

–Sé que podrías hacer muchas cosas por mejorar este mundo si te lo propusieras. Son cosas que solo están al alcance de los que hemos nacido con los mismos privilegios que nosotros –le dijo él–. Tienes a tu disposición una enorme cantidad de dinero con la que podrías tener el mismo poder, lo único que tienes que hacer es dejar de esconderte.

No dejaba de mirarla como si así pudiera llegar a ver lo que había debajo de su máscara, tenía la extraña necesidad de ayudarla a cambiar. Aunque sabía que nadie podía cambiar de vida solo porque otra persona así lo quisiera, dependía de uno mismo.

Y sabía que a nadie le costaría tanto cambiar como a Larissa Whitney, una mujer egoísta y engreída.

–No sabes de qué estás hablando –protestó Larissa.

–Nadie lo sabe mejor que yo –repuso él–. ¿Has olvidado con quién estás hablando? Whitney Media te corresponde por nacimiento. Esa empresa es tuya. Si tratas de eludir tus responsabilidades y lo que te corresponde porque tienes problemas con tu familia, no estás actuando con valentía, estás siendo una cobarde.

–¿No me digas que tú también quieres mis acciones? Tengo que decirte que no eres el primero –le dijo ella con una sonrisa amarga.

–Nada me importa menos que esa empresa, Larissa –le dijo él sorprendiéndose de lo cruel que podía llegar a ser con ella–. Bueno, hay algo que me importa menos aún, tú.

No entendía cómo podía ser así con ella. Era como

si disfrutara haciéndole daño cuando, al mismo tiempo, sentía la necesidad de protegerla.

Larissa se quedó mirándolo en silencio y no pudo descifrar lo que vio en sus ojos. Cuando habló, lo hizo con cuidado para que su voz no reflejara lo que sentía. Por primera vez, pensó en cuánto le costaría tener que estar siempre fingiendo. Le parecía una tarea inconmensurable.

–Tiene gracia –le dijo ella entonces–. Justo cuando pensaba que no puedes decir nada peor sobre mí, que la opinión que tienes de Larissa Whitney no puede ser más baja, me sorprendes con una crítica más dura aún.

–No estoy intentando insultarte –le aseguró él.

La verdad era que no entendía qué estaba tratando de hacer. No podía dejar de mirar esos bellos ojos, su rostro de sirena y soñar con cosas que nunca iba a poder tener. Cosas que ni siquiera podía admitir. Creía que estaba demostrando muy poca inteligencia deseando cosas que no le convenían.

–Te limitas a huir, Larissa. No te has enfrentado nunca a nada. Prefieres dejarte llevar por cualquier cosa que te haga olvidar la realidad, las cosas que no te gustan, las que no puedes controlar. ¿Quieres saber de verdad quién eres, Larissa? Pues fíjate en lo que haces.

Cuando terminó de hablar, vio que ella bajaba la cabeza. Tenía los labios apretados y le brillaban los ojos, pero vio que no estaba llorando.

–Gracias.

No pudo evitar sentir cierta satisfacción al notar que a Larissa le temblaba la voz, le gustó ver que había conseguido atravesar su muralla y que, después de todo, no estaba vacía.

–Estoy segura de que me has dicho todo esto porque quieres ayudarme. ¿O será acaso porque tú eres una de las cosas de las que he huido?

Aunque estuviera herida, seguía siendo peligrosa. Tenía que admitirlo y no pudo evitar admirar sus agallas. Fue entonces cuando se dio cuenta de que debía de ser una mujer muy fuerte, más fuerte de lo que había pensado. De otro modo, no habría podido aguantar tanto tiempo fingiendo ser lo que no era.

–Sí –le dijo él entonces para poner las cartas sobre la mesa–. Es verdad, me dejaste después de pasar ese fin de semana juntos hace cinco años. Mi madre acababa de morir y yo fui lo bastante estúpido como para creer que lo que había ocurrido entre los dos significaba algo –agregó con una fría sonrisa–. Pero no te preocupes, Larissa. Hace mucho tiempo que dejé de creer en ti.

Larissa pasó esa noche en vela, pensando en la conversación que habían tenido. No tardó en darse cuenta de que había sido un error quedarse a dormir con él después de lo que le había dicho.

Jack dormía a su lado, pero ella no conseguía conciliar el sueño. Tenía la vista pérdida en el oscuro océano que se veía por los ventanales del dormitorio. No podía creer que hubiera perdido tanto el control cuando llevaba algunas semanas tratando de retomar las riendas de su vida. Tampoco comprendía que, después de oír todo lo que Jack pensaba de ella, hubiera decidido quedarse. Lo más triste era que ni siquiera había intentado marcharse.

Era como si ella tampoco creyera en sí misma.

Se había limitado a canalizar toda esa furia, dolor y frustración en la única cosa que parecían tener en común, su pasión. La simple verdad de una piel contra la otra, sus bocas unidas, sus cuerpos moviéndose a la par… Sentía que eso era lo único que tenían, pero sabía que no era nada más. Solo sexo.

Él descansaba plácidamente. Ella, en cambio, tenía un nudo en el estómago y no conseguía tranquilizarse. Desde que Jack reapareciera en su vida unos días antes, había tratado de evitar la verdad y se había escondido en la poderosa sensualidad de su conexión y en la pasión de sus caricias. Pero no podía seguir escondiéndose. Esa noche, sentía que algo había cambiado dentro de ella y no podía seguir fingiendo. No se veía capaz de seguir viviendo anestesiada, como si nada le importara. No podía mentirse a sí misma.

Jack la odiaba.

Suspiró entonces mientras una oleada de angustia la golpeaba. Se tumbó de lado en la cama. Se había dado cuenta de que esa era la verdad. Jack la odiaba, llevaba años haciéndolo. Sabía que le gustaba la química que parecía haber entre ellos y que no conseguía dejar de desearla, pero solo era algo físico, nunca podría ser nada más.

Lo peor de todo no era darse cuenta de que él la odiaba, sino aceptar por fin que sus propios sentimientos eran muy distintos. Lo que sentía por Jack Sutton no tenía sentido ni razón de ser. Era demasiado grande, demasiado caótico. Le dolía. Llevaba toda su vida evitando sentir algo así, quizás porque ella había imaginado que le haría sufrir. Había dejado de visitar la Provenza porque era doloroso irse al final del verano. Entonces, no había sabido interpretar el dolor que sentía en su corazón. Empezaba a darse cuenta de lo que implicaba ese sentimiento y una parte de ella creía que habría estado mejor sin llegar nunca a experimentarlo.

Deseaba a Jack como no había deseado nunca a nadie, de un modo que nunca habría creído posible.

Jack le producía ese dolor. No quería perderse en el placer de su conexión física. Lo que de verdad quería era que él llegara a conocerla y la viera tal y como era. Quería que Jack entendiera todas las cosas que nunca se había atrevido a decir en voz alta y que nunca se arriesgaría a decirle.

Y era increíble que se sintiera así cuando se había pasado toda la vida asegurándose de que nadie viera su interior ni conociera a la verdadera Larissa.

Cada vez que miraba a Jack le costaba más trabajo seguir fingiendo, le producía más dolor y le dejaba cicatrices más profundas. Y la verdad era que estaba cansada de vivir de ese modo.

Harta del personaje que había creado, de su imagen y de lo que la gente pensaba de ella.

Lo más doloroso había sido darse cuenta de que Jack era el que peor imagen tenía de Larissa Whitney. Y era un sufrimiento que se hacía más insoportable cuanto más tiempo pasaba con él. No podía seguir así, soportando sus desprecios.

Estaba siendo víctima de su propio juego. Ella le había mostrado siempre a la gente lo que quería que vieran, pero todo había cambiado y sentía una angustia horrible en su interior al ver que Jack tenía tan bajo concepto de ella.

Tenía la respuesta y no podía aceptarla. Le parecía imposible. Era una verdad que le daba terror, pero que también había provocado una enorme sensación de alegría que no había sentido hasta entonces.

Había palabras para describir lo que estaba sintiendo, pero no se atrevía a usarlas. Creía que esas palabras no eran para ella. Después de todo, era Larissa Whitney. Había tomado una decisión en la vida e iba a tener que vivir con ella. Sabía que no había finales felices en su futuro, ni un hogar, ni casas con jardín y columpios.

Los más dóciles de su círculo social podrían aspirar al tipo de vida que sus padres hubieran decidido antes incluso de su nacimiento. Estaban abocados a matrimonios sin amor, hijos que perpetuaran el apellido familiar, algún escándalo de vez en cuando que tratarían de ocultar y poco más. Sus vidas discurrirían entre bailes benéficos, cotilleos y mentiras.

Ese era el tipo de matrimonio que Jack iba a tener. Estaba segura de ello. Su abuelo elegiría a alguna heredera inofensiva y joven con la que nunca iba a compartir la pasión que había vivido con ella.

Pero ese futuro no era el que le esperaba a Larissa, ella no iba a tener esa suerte. Había destacado por sus correrías y era demasiado famosa.

Se incorporó en la cama y colocó muy despacio los pies en el suelo. La madera estaba fría. Miró a Jack una vez más, tratando de no derramar las lágrimas que llenaban sus ojos. Tenía un nudo en la garganta y el corazón le latía con fuerza. Miró a la ventana y vio que las nubes se movían deprisa, descubriendo una luna que iluminó en ese instante el cuerpo de Jack. Era perfecto. Ese hombre era todo lo que siempre había deseado sin siquiera saberlo. Seguía siendo el mismo joven carismático y brillante. Su pasado no lo había manchado como a ella. Creía que no tenía posibilidad de redención.

Pensaba que podría llegar a tenerlo si encontraba la manera de ignorar lo que Jack sentía por ella, si fuera capaz de cerrar los ojos y tolerarlo. Pero no podía fingir que no le dolía, no iba a resignarse a vivir como la mujer que él pensaba que era en vez de la mujer que era en realidad.

Le asustaba ver cuánto le tentaba la idea de quedarse. Le habría encantado volver a meterse en esa cama y acurrucarse a su lado. Podía dejar que la tratara como quisiera, pero sabía que no debía hacerlo.

Le costaba confiar en sí misma, pero sabía que debía aprender a hacerlo y que no podía quedarse.

Durante mucho tiempo, se quedó donde estaba, completamente paralizada. No quería hacerlo, pero sabía que no tenía más remedio. Esa vez, Jack no iba a tratar de evitarlo. Estaba dormido. Tenía que decidirlo por sí misma, sin que nadie le dijera lo que tenía que hacer.

Respiró profundamente cuando pudo por fin reunir la fuerza necesaria y se levantó. No podía mirarlo, sabía que era mejor así. Se distrajo imaginando sus ojos, su pasión, los momentos de ternura, sus caricias, su deliciosa boca. Pero tampoco podía olvidar sus palabras, unas veces crueles y otras, amables.

No se veía capaz de dejarlo. Otra vez.

Recordó lo que había ocurrido la primera vez. Entonces, no había tenido las cosas tan claras como en ese momento, pero ya se había dado cuenta de que Jack Sutton era una amenaza para ella. Ni siquiera habría podido explicar por qué se había sentido así, pero había sabido que tenía que irse a pesar de que seguía deseándolo.

Había salido de su apartamento aprovechando que él estaba duchándose, como una furtiva, como si tuviera algo de lo que sentirse culpable. Después, había tomado el primer vuelo posible a Europa y de allí a las islas Maldivas.

Cuando regresó a casa semanas después, Jack ya había dejado de buscarla. Recordó cómo se había convencido entonces de que eso era exactamente lo que había querido que ocurriera. Y también decidió poco después que debía aceptar la propuesta de matrimonio de Theo.

Se dijo que ese fin de semana no tenía importancia, que simplemente se había dejado llevar con Jack. Pero creía que, inconscientemente, siempre había sabido la verdad.

Ese hombre era demasiado. Demasiado peligroso.

Era el único hombre del que podía imaginarse enamorada. De hecho, temía estar ya enamorada de él, aunque nunca podría haber nada entre ellos.

Era algo que ya había sabido cinco años antes y de lo que era más consciente aún en esos momentos. Había podido fantasear durante esos días en Scatteree Pines con una realidad que nunca iba a existir y eso hacía que la separación fuera más dolorosa esa vez.

Esa casa estaba llena de vida. Sus paredes habían visto crecer a muchas generaciones de su familia y podía imaginarse viviendo en esa isla llena de paz y sin reporteros. Jack y ella podrían vivir allí siendo exactamente quienes eran. Sabía que era imposible, pero creía que no hacía daño a nadie soñando con ello.

Pero su vida era demasiado complicada y Jack quería ganarse la aprobación de su abuelo en todo lo que hacía, incluso a la hora de elegir esposa. Si fuera distinta, alguien de quien Jack pudiera sentirse orgulloso en vez de avergonzarse de ella...

Inspiró profundamente y sintió un gran dolor en el pecho, cuando soltó el aire se dio cuenta de que estaba llorando y se tapó la boca con las manos para que Jack no la oyera.

Ya no iba por la vida anestesiada, todo lo contrario. Esa vez, sabía a qué estaba renunciando y le parecía increíble que pudiera dolerle tanto.

Parte de ella habría hecho cualquier cosa en ese momento por olvidar lo que sentía y poder quedarse a su lado, pero no podía ignorar sus sentimientos.

Sin quererlo, Jack le había enseñado que merecía más, no le había ofrecido nada, pero ella se había dado cuenta de que no iba a conformarse con menos de lo que merecía.

Ocho meses antes, habría sido capaz de quedarse con alguien que la odiara, pero ya no podía, había cambiado. Aunque aún no hubiera descubierto quién era, sabía qué tipo de persona quería ser. Era la primera vez que lo veía con tanta claridad desde que se despertara del coma.

Ya no se odiaba a sí misma y no podía quedarse con alguien que la odiara.

Se vistió deprisa y sin hacer ruido a la luz de la luna de noviembre. Después, metió sus cosas en la pequeña bolsa de viaje que había usado durante esos últimos meses.

Lo miró una última vez, contuvo el aliento para no llorar y sintió que se le partía el corazón en dos.

Le dolía ver todo lo que nunca iba a tener y lo que Jack pensaría de ella cuando se despertara y viera que se había ido.

Pero creía que era mejor así.

Tenía que serlo.

Un transbordador salía del puerto esa madrugada. Jack se lo había dicho nada más verla unos días en el restaurante de la posada y no pensaba perderlo.

Capítulo 9

JACK estaba muy aburrido. Creía que nunca lo había estado tanto.

El Museo Metropolitano de Arte de Nueva York era un sitio increíble y lo conocía a la perfección. De hecho, algunos de sus antecesores habían contribuido a crearlo a finales del siglo XIX. Había pasado tanto tiempo en ese sitio que lo conocía como la palma de su mano. Pensó que podría alejarse del resto de los invitados que, elegantemente vestidos, estaban participando en el baile benéfico que estaba teniendo lugar en la sala de Charles Engelhard. La fiesta de esa noche no tenía nada de especial, era como muchas otras a las que había asistido en ese mismo lugar. Sabía que podría cerrar los ojos e ir hasta la sala de esculturas medievales sin abrirlos. Y, como ya era el mes de diciembre, sabía que podría encontrar allí una reproducción de la Natividad del siglo XVIII iluminada por la luz de las velas.

Creía que el hecho de que estuviera pensando en esas cosas cuando nunca le habían interesado las Navidades ni las tradiciones asociadas a esos días, le confirmaba lo que ya había sospechado desde el momento en el que decidió con quién iba a asistir a ese evento. Miró a su acompañante y se dio cuenta de que, por mucho que lo quisiera su abuelo, no iba a casarse con la señorita Elizabeth Shipley Young. Ni siquiera sabía cómo iba a sobrevivir hasta el final del baile en su aburrida compañía. Sobre todo cuando su abuelo los vigilaba como un halcón.

–¿Estás bien? –le preguntó ella.

Tenía la voz aguda y reía demasiado a menudo. Supuso que estaría nerviosa y no le extrañaba. Tenía que reconocer que él no le había dado motivos para relajarse desde que fuera a recogerla a su casa. Había estado distraído y pensativo y apenas le había dirigido la palabra. La había tratado con corrección, por supuesto, pero con poco interés. Tenía fama de encantador y supuso que la joven estaría algo confundida. Él también se notaba distinto, como si hubiera dejado parte de ese encanto y parte de sí mismo en la isla de Endicott.

–Por supuesto, no podría estar mejor –mintió él forzando una sonrisa.

No tenía que mirar a su izquierda para saber que su abuelo estaba allí sentado observando sus movimientos y gestos con el ceño fruncido. Era casi como si creyera tener suficiente poder en su mirada para obligarlo a casarse con esa joven.

Jack dejó de sonreír en cuanto su acompañante se excusó para ir al tocador de señoras. Aunque sabía que estaba rodeado de pirañas que estarían también observándolo para tener así la oportunidad de esparcir más rumores sobre él, no se tomó la molestia de fingir que estaba teniendo una velada agradable en compañía de Elizabeth.

–Esta noche estás tan encantador como un sepulturero –gruñó su abuelo en cuanto se quedó solo.

No tenía paciencia para él en esos momentos, estaba demasiado cansado.

–Estoy aquí, ¿no? –repuso Jack mientras lo miraba a los ojos–. Tal y como me ordenaste.

–Es que no debería tener que mandártelo. Tienes que recordar en todo momento la responsabilidad que tienes como heredero de esta familia –comentó su abuelo.

Eran las mismas palabras que ya le había dirigido en innumerables ocasiones. Pero Jack estaba esa noche más impaciente e irritable que de costumbre. No conseguía escuchar sus quejas y aceptarlas con donaire como solía hacer siempre.

–No tienes que preocuparte. Sabes muy bien que estoy comprometido con mis obligaciones –le dijo a su abuelo entre dientes–. Quieres preocuparte y no sé por qué. No tienes motivos para hacerlo. Hace mucho que tengo la impresión de que te produce un gran placer controlarme de esta manera. Si no es eso, no lo entiendo.

Le hablaba con educación, pero también con frialdad.

Su abuelo se quedó un buen rato fulminándolo con la mirada. Fue un momento muy tenso y Jack se preparó para un estallido de furia. No sabía cuándo ni cómo se había convertido en alguien tan imprudente como para hablarle de esa forma. Hasta entonces, siempre se había andado con cuidado y la relación que había tenido con su abuelo había estado dominada por el respeto, pero también por cierta distancia entre los dos.

Su abuelo no contestó. Se dio media vuelta y se puso a hablar con la persona que tenía sentada a su lado.

Jack se acomodó en su silla y se distrajo contemplando a la gente que había a su alrededor. Pero apenas se fijaba en lo que veía. Tenía que admitir que llevaba algunas semanas sintiéndose distinto, aunque le costaba pararse a analizar las razones que habían provocado ese cambio. Y sabía muy bien por qué se negaba a hacerlo. Algo dentro de él había cambiado desde que se despertara una mañana para descubrir que Larissa Whitney se había ido de su lado.

Otra vez.

Y era algo que no conseguía superar.

Había seguido con su vida como si no le importara lo que había pasado. Trató de convencerse de que era así. Cerró la casa de Scatteree Pines y regresó a Nueva York. Había sido bastante duro sobrevivir el día de Acción de Gracias en la casa que su abuelo tenía en el centro histórico de Boston. Le había asegurado entonces que estaba dispuesto a sentar la cabeza y casarse para perpetuar el apellido familiar.

A su padre, que había asistido a la cena en compañía de su última esposa, había preferido ignorarlo.

Mientras su abuelo le detallaba las ventajas y desventajas de cada rica heredera de menos de cuarenta, Jack no había podido dejar de pensar en Larissa. Solo podía pensar en sus tormentosos ojos verdes, su deliciosa boca y una inteligencia que se empeñaba en ocultar.

Mientras su abuelo le hablaba de cuánto le convenía unirse con otras familias de renombre para reforzar el legado del que eran responsables, él solo podía revivir en su cabeza algunas escenas del tiempo que habían compartido en Scatteree Pines, como cuando ella se quitó el jersey la primera noche, ofreciéndose a él en el salón como una poderosa diosa.

Mientras daba vueltas a la cena de Acción de Gracias en su plato, había reflexionado sobre lo difícil que le resultaba la idea de casarse con la mujer más apropiada cuando no se quitaba a Larissa de la cabeza y aún podía saborearla en sus labios y sentir el tacto de su piel en los dedos.

Pero eran esas cosas que no había podido contarle a su abuelo.

Se sentía como si hubiera sido hechizado, no encontraba otra explicación. Larissa era tan adictiva como había temido y él era tan dependiente de esa droga como lo había sido siempre. Había pensado que iba a poder controlarse, pero se había equivocado. Incluso en esos instantes, después de que ya hubieran pasado varias semanas sin que la hubiera visto y lo dejara sin decirle adiós y a pesar de encontrarse rodeado de algunas de las mujeres más atractivas de Manhattan, seguía deseándola. No podía pensar en nada más, estaba obsesionado.

Vio que regresaba su acompañante y se levantó caballerosamente para retirarle la silla y ayudarla a sentarse. Aunque le sorprendía el hecho de que no pudiera quitarse a Larissa de la cabeza, no era algo que le molestara. Había regresado a su vida en Nueva York y a su trabajo en la Fundación Endicott, pero ella ocupaba sus pensamientos de día y protagonizaba de noche sus sueños.

Sentía que Larissa era su fantasma y se le aparecía a menudo.

Por eso no le sorprendió oír a la gente murmurar a su alrededor y ver que estaban hablando de Larissa, que acababa de llegar a la fiesta. Era casi como si él la hubiera conjurado con sus pensamientos. Sintió su presencia como una corriente eléctrica que lo recorrió de arriba abajo. Y por primera vez en mucho tiempo, no tuvo que forzar una sonrisa.

Estaba guapísima, no habría esperado menos en ella. Se había convertido en un icono de belleza para las mujeres de su generación y no le sorprendía que lo fuera. Recordó entonces que la versión de Larissa que había visto en Maine no era la habitual. Había pensando entonces que se había disfrazado para tratar de engañarlo y manipularlo.

Le costaba hacerse a la idea de que fuera la misma mujer con la que había estado en Scatteree Pines. Una sin una gota de maquillaje en el rostro y ropa muy cómoda. La mujer que tenía delante en esos instantes iba vestida a la última y dedicaba su famosa y falsa sonrisa a los fotógrafos y a los invitados. Daba la impresión de estar muy cómoda en ese ambiente, como si le encantara ser el centro de atención de todo Manhattan.

–Tiene mucha cara esa Larissa Whitney –le susurró Elizabeth Shipley Young al oído con tono altivo–. Viendo cómo se comporta, es difícil adivinar cómo es en realidad. Cree que está por encima de la gente…

Jack se quedó mirando a su acompañante. Le entraron ganas de agarrarla por los hombros y decirle lo que pensaba de ella, pero no creía que a su abuelo le gustara ese tipo de actitud. Además, era un caballero y eso no podía olvidarlo.

—No tenía ni idea de que conocieras a Larissa —le dijo entonces con frialdad.

Elizabeth se sonrojó al ver cómo le había hablado.

—Bueno, la verdad es que no la conozco personalmente —repuso ella algo avergonzada.

—Entonces, no sé cómo puedes atreverte a decir cómo es Larissa Whitney en realidad —replicó enfadado—. Creo que deberías pensártelo dos veces antes de hablar de la gente sin conocimiento. Es un tipo de actitud más propio de las personas que se dedican exclusivamente a calumniar y esparcir rumores sobre los demás.

Elizabeth abrió sorprendida la boca y se sonrojó aún más.

Notó que su abuelo lo estaba fulminando con la mirada, pero no consiguió que su gesto reprobatorio le importara en esos momentos. Tampoco le preocupaba echar a perder la posibilidad de que hubiera algo más entre su acompañante y él o la necesidad que tenía de casarse para darle un nuevo heredero a su familia. Estaba demasiado ocupado tratando de analizar por qué había reaccionando como lo había hecho cuando escuchó el comentario de Elizabeth. La verdad era que él mismo le había dedicado palabras mucho más duras a Larissa y había tenido incluso el descaro de decírselo a la cara. No entendía por qué le molestaba tanto que otra persona hiciera lo mismo que él.

Buscó a Larissa con la mirada. Se abría paso entre la gente y vio que sonreía a todo el mundo, como si esperara la admiración de todos, como si fuera una especie de aparición divina, un ángel que hubiera bajado de los cielos para iluminar a todos con su presencia. Llevaba un maravilloso traje largo en un color azul marino que dibujaba su perfecta anatomía como una segunda piel. Las lentejuelas de su vestido relucían con cada paso que daba.

No pudo evitar suspirar al verla así. Era aún más bella de lo que recordaba. Le encantó ver cómo se había arreglado para destacar sus hermosos ojos verdes y su pelo corto y negro. Aunque siempre había sido conocida por su maravillosa y larga melena rubia, le dio la impresión de que su nueva imagen le confería una apariencia más sofisticada y elegante.

Le parecía una mujer que destilaba misterio, sensualidad y algo más que no sabía cómo definir.

Pero no tardó mucho en adivinar de qué se trataba. Era su pedigrí, la importancia de sus raíces familiares. Durante siglos, el legado de los Whitney se había transferido de generación en generación y, aunque le parecía algo que Larissa no había querido aceptar hasta ese momento, le daba mucha seguridad y un aire casi regio. Se movía entre sus admiradores y detractores con valor, como si hubiera aceptado el hecho de que, hiciera lo que hiciera, acabarían criticándola.

Se dio cuenta de que solo había una mujer como ella. Por muy famosa que fuera y muy escandalosa que hubiera sido su vida, seguía siendo una Whitney. Cuando la miraba, no podía evitar sentir que le pertenecía, que esa mujer era su mujer. Le parecía una locura, pero todo su cuerpo parecía estar de acuerdo.

Se dio cuenta de que Larissa Whitney había vuelto a casa.

Y él estaba deseando volver a tenerla entre sus brazos.

Algún tiempo más tarde, Jack alcanzó a Larissa cuando esta salía del museo y bajaba la famosa escalinata que daba a la Quinta Avenida. Ella iba bien abrigada para protegerse del frío de diciembre. Él, en cambio, no necesitaba nada. Después de pasarse toda la velada viendo cómo bailaba con todo el que se lo pedía y sonriendo sin descanso, no necesitaba nada más para entrar en calor. Esa noche, se había comportado como la perfecta heredera, pero él no se creía nada de lo que había visto.

–Más despacio, Cenicienta –le dijo cuando estuvo lo suficientemente cerca como para tocarla.

Había alargado la mano para hacerlo, pero se contuvo en el último momento. Sabía que, si quería controlarse, no podía tocarla.

Ella giró y, durante unos segundos, tuvo el inmenso placer de ver a la verdadera Larissa, la que había conocido, sin la máscara que llevaba en sociedad. Lo notó en sus ojos y en cómo le temblaron los labios.

–Jack –repuso ella con una sonrisa–. ¿Te parece buena idea acercarte como lo has hecho a una mujer que camina sola y de noche por Nueva York?

–¿Adónde vas? –le preguntó él.

Sintió que estaba al borde del abismo, a punto de cometer alguna locura, como un depredador esperando el momento propicio para atrapar y devorar a su presa. Estaba nervioso y angustiado. Vio que Larissa tragaba saliva antes de contestar.

–Eso no es asunto tuyo –le dijo ella–. ¿De verdad vas a arriesgarte a que alguien te vea hablando conmigo? Estamos en la escalinata del Museo Metropolitano de Nueva York, uno de los sitios más concurridos de Manhattan. Cualquiera podría verte. No creo que sea buena idea que estés tan cerca de mí. Recuerda que podrías contagiarte.

Le hablaba con un tono dulce, pero había hielos en sus ojos y no pudo evitar sentirse dolido. El último recuerdo que tenía de ella había sido en su cama, con Larissa gritando de placer. Le bastaba con recordar ese momento para excitarse de nuevo. Pero sabía que era mejor no pensar en ello, esos recuerdos no estaban haciendo sino empeorar las cosas.

–Me parece increíble que estés huyendo del baile después del gran esfuerzo que has hecho para aparentar que has cambiado y que ya no eres la rebelde e inmoral heredera de una de las familias más importantes de la ciudad –le dijo él entonces–. ¡Qué sorpresa! –agregó con ironía–. ¿Hay algo de lo que no huyas?

A pesar de lo que le estaba diciendo, le dio la impresión de que no se trataba de la misma mujer con la que había compartido días de pasión en Maine. Sus ojos no expresaban nada, no reaccionó al oír sus palabras. Se limitó a sonreír y no le gustó que lo hiciera.

–Ya no me interesa que trates de analizar mi perfil psicológico. He cambiado desde que nos vimos por última vez –le dijo Larissa–. Es un placer verte de nuevo, por supuesto, sobre todo porque así he podido comprobar que ya no te disfrazas de pescador y que vuelves a lucir tus galas habituales –añadió mientras lo miraba de arriba abajo–. Pero, por desgracia, tengo que irme.

–¿Cómo se llama?

Su intención había sido fingir que Larissa no le importaba, pero no pudo evitar que hubiera cierta tensión en su voz. Larissa se quedó callada unos segundos, pero no apartó la mirada.

–¿Me estás preguntando por mi acompañante? –repuso ella–. He venido sola, Jack. No sé si lo sabías, pero algunas veces las mujeres vamos solas a los sitios. Incluso yo.

–Hablaba del hombre con el que has quedado ahora, pareces tener mucha prisa –le dijo él–. Del hombre por el que abandonaste mi cama.

Larissa soltó de golpe el aire que había estado conteniendo. La delató el frío, que formó una nube de vapor frente a su boca. Sonrió al verlo, no sabía por qué le resultaba tan fácil ser cruel con ella. No se reconocía, pero no parecía ser capaz de dejar de hacerlo.

–¿Es acaso ese imbécil con el que has bailado cuatro veces esta noche? –le preguntó él–. No podías haber elegido mejor. Pensó que mi abuelo era un camarero –añadió con ironía.

–¿Chip van Housen? –contestó ella riendo–. No, en absoluto.

–Entonces, ¿de quién se trata?

Larissa lo miró de arriba abajo.

–Pareces empeñado en pensar que voy al encuentro de algún hombre. Pero claro, es justo lo que esperas de una mujer como yo, ¿verdad? Crees incluso que me dedico a ello de manera profesional –le dijo ella fuera de sí–. Maldito seas, Jack –añadió entre dientes–. De un modo u otro, no es asunto tuyo.

No estaban solos en mitad de la noche. A pesar de la hora, había mucho tráfico, ruido de cláxones, autobuses y cientos de personas recorriendo las aceras. Pero él solo veía sus maravillosos ojos verdes y cómo le temblaba levemente el labio. Era casi imperceptible, pero lo notó. Quería tomarla en sus brazos y llevarla a algún sitio. Pero no sabía si deseaba tenerla en su cama o quedarse simplemente abrazándola. La segunda opción le parecía mucho más peligrosa. También quería disculparse y retirar sus palabras. Parecía empeñado en hacerle daño, cuando deseaba todo lo contrario.

Pero se quedó callado, no sabía cómo decírselo.

–¿De verdad crees eso, Larissa? –le preguntó él mientras se acercaba más a ella–. ¿De verdad crees que te basta con salir corriendo para conseguir que todo termine? ¿Otra vez? ¿Crees que voy a dejar que te salgas con la tuya también ahora?

–¿Qué es lo que quieres, Jack?

Por fin había conseguido que le hablara la verdadera Larissa y que abandonara sus juegos.

–No lo sé –repuso él con la voz entrecortada.

–¿De verdad quieres que te hable de Chip Van Housen? –le dijo ella con cierta angustia–. Solía gustarme salir con él para hacerle daño a Theo. Así conseguía hundirme un poco más y herir a mi prometido. Era la mejor manera de matar dos pájaros de un tiro –le confesó Larissa–. Chip piensa que le debo algo, pero no me preocupa. Es un tipo consentido y con demasiado dinero. De hecho, cree que todo el mundo le debe algo.

—¿Y no le debes nada?

No pudo contenerse y apartó de su frente un mechón de pelo. Vio que ella se estremecía y que separaba levemente los labios.

Era increíble volver a tocar su suave piel.

—No, y tampoco a ti —repuso ella con un poco más de firmeza—. ¿Qué precio crees que tengo que pagar? Porque pareces convencido de que debo pagar por mis pecados.

—No es eso lo que quería decir.

—No eres la única persona que puede decidir cambiar y mejorar su imagen —prosiguió Larissa—. Lo que pasa es que, cuando lo haces tú, te reciben con aplausos y una gran fiesta. Algunos tenemos que reinventarnos sin nadie que nos apoye o nos crea.

—Veo que sigues intentando convencerme de que estás tratando de cambiar —repuso furioso—. ¿Por qué te empeñas en seguir jugando así con la gente, Larissa? ¿Qué es lo que esperas ganar?

Durante unos segundos, Larissa lo miró como si acabara de abofetearla. Vio que le costaba respirar y no tardó en esconderse bajo su máscara.

—Tu acompañante es preciosa —le dijo ella entonces para cambiar de tema—. Estoy segura de que se convertirá en la esposa perfecta, pudorosa y obediente, a imagen y semejanza de lo que tu abuelo quiere.

No le gustaron sus palabras.

—¿Crees acaso que tú estás más capacitada para elegir a la que será mi esposa? —replicó él.

—No, es perfecta. Me ha parecido que estaba completamente sobrecogida por la situación. No creo que le importe que tengas aventuras extramatrimoniales, a lo mejor ni siquiera se entera. Puede incluso que se sienta aliviada, no me ha parecido una mujer muy aventurera.

—Tú, en cambio, eres completamente distinta —le dijo

mientras la miraba de arriba abajo–. ¿Acaso te estás ofreciendo para ser mi amante?

–No –le dijo ella–. No seré yo. Estoy segura de que habrá alguien más, pero no seré yo. Nunca.

–Eres una mentirosa –replicó él en un tono demasiado alto–. Y yo soy un cobarde. ¿De verdad crees que vas a poder seguir huyendo de todo? ¿O crees que te bastará con fingir que te has vuelto una mujer respetable?

–Ya estoy harta de… –comenzó ella.

Pero él no podía seguir fingiendo. La detuvo para que no dijera nada más de la única manera que se le ocurrió, besándola con toda la pasión y la ira que había acumulado durante esas semanas.

La besó hasta que se olvidó de todo y solo existía Larissa, su sabor y su aroma. Encajaban a la perfección. Tomó su cara entre las manos y la besó una y otra vez. Poco a poco, fue desapareciendo su ira y encendiéndose la llama de la pasión en su interior.

La besó hasta olvidar dónde estaban y quiénes eran. Olvidó que alguien podría estar viéndolos así.

Solo podía pensar en ella y en cuánto deseaba hacerle el amor. Se imaginó sobre ella, bajo ella, a su lado. Estaba deseando enterrarse en su interior y unir sus cuerpos hasta que no supieran dónde empezaba uno y terminaba el otro. Habría dado cualquier cosa en ese momento por poder estar con ella una vez más.

Pero Larissa gimió levemente y se apartó de él.

–En realidad no me deseas, Jack –le dijo ella sin aliento–. Deseas lo que crees que soy, lo que ves cuando me miras, pero no a mí.

–¿Cómo puedes saber lo que quiero?

Poco me importa lo que tú quieras –replicó Larissa–. Lo que me importa es lo que quiero yo y no es esto. No quiero besar a un hombre que me odia y hacerlo en secreto, en medio de la oscuridad, mientras que la joven con la que va a casarse lo espera en otro lugar lleno de gente, luces y un entorno mucho más apropiado.

–Pero te deseo a ti –insistió él acercándose un poco más.

Pero Larissa se apartó y lo fulminó con la mirada.

–No me conoces –le dijo ella–. Lo que deseas es una fantasía que no existe, como todos los demás. No tiene nada que ver conmigo.

–Te conozco mejor de lo que crees –repuso él con el corazón en la garganta.

–No, no es verdad. Pero yo sí te conozco a ti. Te crees con derecho a juzgarme e insultarme. Te gusta recordarme cada fallo que tengo cuando lo único que haces tú es bailar al son que te marca tu abuelo. Nunca vas a conseguir terminar de cumplir la penitencia que te ha impuesto. ¿No te das cuenta, Jack? Nunca vas a poder recuperar a tu madre ni conseguir que tu abuelo te trate mejor.

–¡Cállate! –exclamó él con dureza.

–Prefieres pasar el resto de tu vida amargado y sin posibilidad de ser feliz antes que enfrentarte a tu abuelo –insistió Larissa–. Estás incluso dispuesto a casarte con quien él elija, como si estuviéramos en el siglo XIX. ¿Cómo puedes atreverte a decirme que mi vida es patética? Puede que sea muy débil y una vergüenza para mi familia, pero al menos yo no finjo ser quien no soy –agregó mientras levantaba orgullosa la cara–. Con defectos o sin ellos.

–¿Cómo puedes hablar así? Te has empeñado durante toda tu vida en menospreciar lo que te corresponde por nacimiento –replicó él fuera de sí.

–No puedes hablar de mí, Jack. No me conoces y nunca llegarás a hacerlo –le dijo Larissa con tristeza.

Se le encogió el corazón al ver cómo lo miraba. Sintió que la estaba perdiendo en ese momento, que la había decepcionado. Larissa era la que lo abandonaba una y otra vez, pero se dio cuenta de que él era el que la estaba empujando.

Le brillaban los ojos y sus labios temblaban, pero se apartó de él. Se dio cuenta de que no iba a volver a su lado. Ni esa noche ni nunca.

–Larissa… –susurró desesperado.

Pero ya era demasiado tarde. Ella se había dado la vuelta y bajaba los escalones hasta la calle.

Lo dejó donde estaba, solo y confundido. No entendía qué acababa de pasar ni qué iba a hacer.

Capítulo 10

LARISSA esperó a su padre en el mismo frío salón de la mansión Whitney donde había pasado muchos momentos desagradables durante su juventud.

Estaba en el segundo piso de la gran casa que ocupaba una manzana entera del centro de Manhattan y frente a la que se detenían aún muchos turistas para hacer fotografías de la conocida fachada.

Sabía que ese salón era el favorito de Bradford. Era relativamente pequeño y allí su voz llenaba todo el espacio. Y estaba bastante apartado, lejos de los oídos del servicio de la casa. Así podía decirle a su hija lo que pensaba de ella sin que nadie lo oyera.

Sabía que le bastaría con cerrar los ojos para recordar esa misma escena repetida docenas de veces. Solo cambiaba su edad, el resto seguía igual. Había pasado demasiado tiempo sentada en esa misma silla y mirando el mismo cuadro de Mary Cassatt mientras su padre le hablaba.

Esa vez no cerró los ojos, temía que se le viniera a la cabeza una imagen muy distinta, la de Jack.

No había dormido nada y estaba agotada. No había dejado de pensar en el beso que le había dado Jack la noche anterior en la escalinata del Museo Metropolitano. No podía dejar de pensar en sus ojos de chocolate ni en su bello rostro.

Era una mañana muy fría que parecía colarse en el salón por los grandes ventanales. Se estremeció y lamentó haberle entregado su abrigo al mayordomo que la recibió y acompañó hasta el salón.

Se abrió de repente la puerta y entró su padre. Le dedicó una mirada nada más verla que consiguió que la temperatura del salón bajara aún más. Tenía el mismo aspecto de siempre. Aunque iba vestido de manera muy distinguida y elegante, su expresión era gris y sombría.

—No has conseguido engañarme con tu cambio de actitud, Larissa —le dijo Bradford a modo de saludo mientras la miraba con desdén.

Después, fue a sentarse frente a ella, al otro lado de una mesa de centro que llevaba en esa mansión y en ese mismo lugar desde el siglo XIX. Suspiró al darse cuenta de que la historia se repetía una y otra vez. Tal y como había esperado, su padre se había sentado en el mismo sillón de siempre y se preparaba para enumerar todos sus defectos. Algunos años, esas conversaciones terminaban entre lágrimas o con ella gritando. Otras veces, se había limitado a ir hasta la ventana y fingir que su padre no estaba allí. Recordó que una vez había tenido incluso la osadía de fingir estar dormida mientras le hablaba.

De un modo u otro, nunca había conseguido nada. Sintió en ese instante un profundo pesar al ver el tiempo que su padre y ella habían perdido. Eran momentos que nunca iban a poder recuperar.

—No sé a qué te refieres —repuso ella.

Lo sabía perfectamente, pero quería que se lo dijera él. Si tanto le avergonzaba su comportamiento, no podía evitar sentir cierta satisfacción al obligarlo a describir en voz alta lo que había hecho.

—Me refiero a todos esos bailes benéficos a los que has asistido y en los que te has comportado como si fueras una dama —le dijo Bradford—. Sé que no es nada más que un juego y que lo único que pretendes es engañar a todo Nueva York para que piensen que has cambiado y te has convertido en una mujer decente. Aunque cam-

bies tu modo de vestir, nadie va a olvidar las escanda-
losas prendas que has lucido en el pasado. No te va a
bastar con vivir unas cuantas semanas de esa manera
para que la gente olvide tu pasado.

Larissa pasó la mano sobre sus elegantes pantalones
grises y tuvo que contenerse para no ajustar el jersey negro de cuello alto que llevaba esa mañana. Había ador-
nado sus orejas con unos sencillos pendientes de diamantes. Sabía que su aspecto era elegante y algo conservador.
Su padre no podía saber lo dolida y humillada que se sentía, aunque era en parte el culpable de que ella albergara
esos sentimientos. Bradford solo veía lo que ella le mostraba, igual que todo el mundo, y decidió no mostrarle
nada en esos momentos.

—Imagino que tus palabras son una manera de darme
la bienvenida, papá —le dijo entonces con ironía—. Muchas gracias.

—El portero de tu edificio me ha dicho que volviste
a la ciudad hace unas semanas —repuso Bradford—. Tuve
que revisar entonces las últimas revistas del corazón para
saber dónde habías estado, pero no encontré nada. No
sé qué has estado haciendo, Larissa, pero estás consiguiendo el mismo efecto de siempre. No me gusta nada
tu actitud.

—Me encuentro bien, gracias por preguntar —repuso
ella como si acabara de preguntarle por su salud—. Los
meses que he estado fuera, después de pasar un trago
tan duro, me han ayudado mucho a aclarar mis ideas.
Te agradezco que te intereses por mí. Como siempre,
me emociona ver cuánto te preocupa tu hija.

—Mucho cuidado con tus palabras, Larissa —la amenazó Bradford.

—¿Qué vas a hacer? ¿Acaso crees que mi reputación
o mis circunstancias podrían ser aún peores? Creo que
ya no te queda nada con lo que amenazarme.

—Tu vida es un melodrama que dejó de interesarme
hace mucho tiempo —le aseguró Bradford con frialdad—.

La próxima vez que trates de terminar con tu vida en uno de esos clubs o en alguna fiesta, asegúrate de hacerlo bien. No lo dejes a medias. No es nada fácil arreglar los líos en los que te metes y ocultarlos para que no afecten aún más al prestigio de esta familia y de Whitney Media –agregó sin importarle el efecto que pudieran tener sus crueles palabras–. No puedo permitirme el lujo de perder a otro director general por tu culpa. ¿Lo entiendes? ¿Estoy siendo lo suficientemente claro?

Se quedó sentada sin decir nada y respiró profundamente, era lo que los médicos le habían dicho que hiciera ocho meses antes, cuando Bradford le causó un ataque de nervios en ese mismo salón y por culpa de un tema muy parecido. Entonces, había tenido la sensación de que estaba a punto de sufrir un infarto. Lo había pasado muy mal y no pensaba darle a su padre la satisfacción de reaccionar esa vez de la misma manera.

–Muy claro –le dijo ella con su sonrisa más falsa–. La próxima vez que pierda el conocimiento y entre en un estado de coma, me aseguraré de morir. Te lo prometo –añadió mientras lo miraba a los ojos–. ¿Estás contento ahora?

–Eres la mayor decepción de mi vida –le dijo Bradford como si le estuviera hablando del tiempo.

–Llevas diciéndome lo mismo desde que tenía seis o siete años –repuso ella.

Le enorgullecía ser capaz de escuchar todas esas cosas sin reaccionar de ninguna manera, como si sus palabras no pudieran hacerle daño.

–Te aseguro que sé perfectamente lo que sientes por mí. Y, si no lo hubiera sabido hasta ahora, me lo acabas de dejar muy claro al sugerirme que trate de quitarme la vida con más acierto que la última vez.

–Espero que hayas disfrutado de tus vacaciones, Larissa –le dijo Bradford entonces con absoluta frialdad–. No tengo ni idea de qué has podido estar haciendo durante tanto tiempo, pero la verdad es que tampoco me importa.

Lo único bueno que puedo decir esta vez es que has conseguido no salir en la prensa, pero supongo que las facturas serán desorbitadas, como siempre.

Ella pensó entonces que sí, había gastado mucho durante esas semanas, pero había sido un gasto emocional, no económico. No pensaba decirle la verdad, sabía que nunca la creía.

–Si has superado tu presupuesto trimestral, no pienses que voy a sacarte las castañas del fuego. Estoy harto de solucionar tus problemas.

Vio algo distinto en sus ojos en ese instante y se quedó sin aliento. Se preguntó si su padre tendría sentimientos después de todo.

–¿Sabes lo que ha supuesto para la empresa el perder a alguien como Theo Markou García? ¡Y todo por tu culpa!

Se dio cuenta de que había estado conteniendo el aliento para nada. Le parecía increíble guardar aún en su corazón la esperanza de que su padre pudiera ser distinto. Se sintió muy estúpida en esos momentos.

–Sabes que la empresa y tú no sois la misma entidad, ¿verdad? –le dijo entonces ella–. A veces pienso que estás perdiendo la cabeza.

–Después de lo que hiciste la última vez que tuvimos reunión del consejo, agradéceme que no te haya sacado completamente de la empresa –le aseguró Bradford entonces–. No he olvidado lo que trataste de hacer. Estuviste a punto de echar a perder nuestro futuro con el único objetivo de causarme más problemas aún. La próxima vez que decidas cambiar tu testamento, será mejor que te mueras de verdad. De otro modo, haré que te arrepientas durante el resto de tu vida.

Sus duras palabras se quedaron colgando en el aire entre los dos. Le parecía increíble que pudiera hablarle con tanto odio.

–No habrá necesidad. Es algo que ya has conseguido

después de tenerte como padre durante mis veintisiete años de vida.

—Lo único que tenías que hacer era casarte con Theo —le dijo entonces su padre—. Y ni siquiera pudiste hacer eso, ¿no? No vales para nada y eso no va a cambiar nunca. No puedo creer que no hubiera boda después de ver cómo ese pobre hombre te perseguía durante años.

Ella pensaba que Theo había hecho lo más inteligente escapando a tiempo de esa familia. Ella también soñaba con poder huir de su realidad y, durante los últimos ocho meses, había estado a punto de conseguirlo. Pero Jack le había enseñado al menos una cosa, no podía huir de quien ella era en realidad.

—No estoy aquí para que hablemos del pasado —le dijo ella—. La verdad es que casi no me acuerdo —mintió—. ¿Qué es lo que querías decirme? No creo que me hayas hecho venir para hablar de Theo, ¿verdad?

Bradford se quedó mirándola unos segundos antes de contestar.

—La reunión anual del consejo de administración es este jueves —le dijo entonces—. Sé que tus abogados han estado tratando de ponerse en contacto contigo durante varias semanas. O puede que incluso meses. Muy a mi pesar, vas a tener que estar presente.

—¡Qué invitación tan sincera! ¿Cómo podría negarme? —murmuró ella—. Pero ya sabes que los negocios me aburren, sobre todo los tuyos.

Lo observó para ver cómo reaccionaba, no se cansaba de examinarlo así para ver si descubría, aunque fuera por casualidad, que su padre era humano. A pesar de todo, no perdía la esperanza.

Ver a su padre le ayudaba a entender por qué era ella como era. De hecho, le sorprendía no haber terminado peor. Y se sintió orgullosa al sentir que estaba empezando a hacer algo para cambiar su vida y volver a tomar las riendas. Bradford nunca había sido un buen ejemplo para ella, todo lo contrario.

–Tienes que ir para cederme de manera oficial tus acciones –le dijo entonces su padre con firmeza–. No veo motivo alguno para que sigamos como hasta ahora. Está claro que no tienes ningún interés en la empresa y, si me cedes las acciones, ya no será necesario que tengas un representante en el consejo de administración. Es mejor para todos. En cuanto firmes los papeles, ya no tendrás que preocuparte por Whitney Media. Y yo no tendré que preocuparme por ti.

–¿Acaso esos papeles van a poner fin también a nuestra relación de parentesco? Eso no puedo perdérmelo.

–Espero que no hagas una escena, Larissa –continuó Bradford con dureza–. Te limitarás a firmar los papeles, anunciar al consejo tus intenciones de seguir viviendo la vida a tu manera e irte. ¿Lo tienes claro?

Volvió a sentir dolor en su interior y anheló cosas que nunca había tenido ni iba a tener. Le habría gustado ser una persona más fuerte y ser capaz de creer que el monstruo era su padre, no ella. Pero seguía importándole lo que pensara de ella.

Había cometido el error durante toda su vida de pensar que podría llegar a cambiarlo y conseguir que la quisiera. Pero Bradford se había limitado a tratarla como si fuera una carga y una responsabilidad de la que estaba deseando librarse.

Sintió que ella había cambiado, pero su padre seguía siendo el mismo. Por culpa de ese hombre, su madre había decidido pasar el resto de su vida en la Provenza y anestesiada por los opiáceos. Y por culpa de ese hombre también, ella había decidido destruir su vida por todos los medios posibles, quizás con la esperanza de conseguir despertar su interés.

Lo miró y supo que él nunca iba a darse cuenta de que había cambiado.

–No te preocupes, papá –le dijo ella con cuidado de

que su voz no reflejara las emociones que estaba sintiendo en esos momentos–. Te entiendo perfectamente.

Supo en ese instante que aquello era un adiós.

Unos días después, Larissa se encontró a Jack esperándola en el vestíbulo cuando ella entró corriendo en su edificio para resguardarse de esa fría noche. Una vez más, volvía de un baile benéfico al que había asistido. Se quedó sin aliento al verlo. Llevaba un abrigo negro que le hacía parecer más alto aún y la miraba con el ceño fruncido.

Le bastaba con observarlo para darse cuenta de que era un hombre poderoso, pero trató de tranquilizarse y recordar que a ella no le afectaba.

Pero no podía engañarse. Se le hizo un nudo en el estómago y no pudo evitar que despertaran las llamas del deseo. Saludó al portero con una sonrisa y fue al encuentro de Jack.

–¿Por qué estas aquí? –le preguntó.

Jack estaba apoyado en una de las columnas de mármol del gran vestíbulo. Se quedó mirándola unos instantes sin contestar. No podía evitar sentir mil cosas cuando lo veía, no entendía cómo podía seguir afectándole tanto su presencia.

–No lo sé –repuso Jack con sinceridad.

Era una respuesta simple, pero en esos instantes le resultó casi abrumadora. Se quedó inmóvil, sin saber qué hacer. Sabía que tenía que seguir respirando y fingir que no le importaba verlo allí.

–Esto empieza a parecerse a una forma de acoso –le advirtió ella–. Aunque tratándose del gran Jack Endicott Sutton, supongo que no podría considerarse acoso, sino persistencia. O quizás sea persuasión. De un modo u otro, supongo que debería sentirme halagada –agregó con ironía–. ¡Qué suerte la mía!

–Pensé que, si te llamaba, ignorarías el teléfono –repuso Jack sin dejar de mirarla con sus maravillosos ojos castaños.

Se le olvidó de repente el frío de esa noche de diciembre.

–Eres muy listo, Jack –le dijo ella–. Es una de las cosas que más admiro de ti.

Llevaba zapatos de tacón alto y eso hizo que se sintiera más poderosa, estaba a su altura. Creía que así le resultaría más fácil mantenerse firme y no rogarle de rodillas que la amara. Pero estaba demasiado cerca para que su presencia no le afectara y le entraron ganas de abrazarlo. Deseaba poder saborear de nuevo sus labios y le dolía saber que ya no era posible.

A pesar de los nuevos sentimientos que albergaba en su corazón, nunca iba a poder tenerlo. Había dejado de ser una mujer vacía y superficial y ya no podía conformarse con las migajas que le dejaran otros.

Le costaba aceptar esa nueva realidad, pero trató de recordar que era mejor así.

–Invítame a subir a tu casa –le dijo Jack.

No era una sugerencia, sino una orden y vio deseo en sus ojos. Sabía lo que quería él y lo que su cuerpo también deseaba.

–No creo que sea una buena idea –repuso ella algún tiempo después.

Era casi imposible negarse cuando Jack la miraba de esa manera y metió las manos en los bolsillos de su abrigo para no tener la tentación de tocarlo.

–Nada de lo que ha ocurrido entre nosotros ha sido fruto de una buena idea –le recordó Jack con media sonrisa.

Pero ella creía que, si de verdad quería cambiar, tenía que mantenerse fuerte. Si quería ganarse el respeto de los demás y el suyo propio, iba a tener que ser consecuente y no dejarse llevar por ese tipo de situaciones.

–Lo siento –le dijo ella mientras iba hacia los ascensores–. No puedo hacerlo, Jack. Ha sido una semana muy larga y tengo una reunión en Whitney Media mañana por la mañana. Tengo que enfrentarme al consejo de administración sin un prometido a mi lado que me saque las castañas del fuego. Además, estoy cansada.

–Espera –le pidió Jack entonces–. Por favor.

Se dio la vuelta al oír sus últimas palabras y le sorprendió aún más su expresión. Vio que Jack parecía tan perdido como lo estaba ella. Era como si también a él lo sobrecogiera esa situación. Como si…

Pero sabía que era mejor no soñar con imposibles. Aun así, el corazón le latía con más fuerza aún, casi con esperanza.

–Demos un paseo. O, si lo prefieres, podemos ir a tomar una copa –le dijo Jack como si le fuera la vida en ello–. Podemos ir al bar más popular de Manhattan, si así te sientes más segura.

Pero ella sabía que no le iba a servir de nada. Nunca iba a poder sentirse segura cerca de Jack porque deseaba algo que él nunca iba a poder darle y no estaba dispuesta a seguir haciéndose más daño.

Se acercó entonces a él, conteniéndose para no tocarlo. Notó que Jack contenía el aliento cuando ella se inclinó para darle un beso en la mejilla. Cerró brevemente los ojos mientras lo hacía y dejó que su aroma la transportara a otros momentos. Después, se apartó de él.

–Adiós, Jack –susurró entonces.

Antes de que pudiera ir hasta los ascensores, él agarró su brazo con firmeza para no permitir que se fuera.

–¿Cómo puedo descubrir quién eres en realidad, Larissa? –le preguntó Jack mirándola directamente a los ojos–. ¿Cómo va a conseguirlo nadie si sigues huyendo y escondiéndote?

No supo qué decir. Le parecía increíble poder amar tanto a ese hombre cuando sabía que poseía la habilidad de destruirla por completo. De hecho, ya había empezado a hacerlo y ella se lo había permitido. Había sido su cómplice.

–Para empezar, puedes usar tus ojos para ver cómo soy, no tus prejuicios –le dijo ella con la voz entrecortada.

Lamentó no poder controlar mejor su voz en esa situación y fingir que nada le importaba, pero era imposible hacerlo cuando Jack la miraba de esa manera y había tanta tensión entre los dos.

–Enséñame –susurró Jack–. Enséñame a hacerlo.

Seguía siendo muy débil y estaba enamorada de él. Creía que esos dos factores acabarían por destruirla por completo, pero no podía controlar lo que le pedía su corazón.

Jack estaba frente a ella y pensó que quizás mereciera la pena dejarse llevar una vez más por esa situación.

–De acuerdo –susurró ella sin pensárselo dos veces.

–¿De acuerdo? –repitió Jack.

Parecía algo confuso, pero brillaba ya en sus ojos una luz distinta, era consciente de que había ganado esa batalla.

–Puedes subir –le dijo ella con el corazón en la garganta–. Pero no puedes quedarte –añadió mirándolo a los ojos.

Capítulo 11

A LA MAÑANA siguiente, mientras Larissa se pintaba los labios y se preparaba para la reunión con los otros ejecutivos de Whitney Media, trató de convencerse de que había sido un error, pero no lo consiguió.

Sabía que tenía que serlo, no podía ser otra cosa, solo un error más que añadir a su larga lista.

Cerró los ojos un instante y recordó lo que había ocurrido esa noche. No pudo evitar que su cuerpo despertara al pensar en ello. Se habían abrazado en cuanto entraron por la puerta de su piso. Después de semanas separados, el reencuentro había sido mucho más apasionado. Se besaron y tocaron con frenesí mientras iban despojándose de su ropa.

Se estremeció al recordarlo, no parecía ser capaz de controlar lo que sentía por él. Jack era letal, mucho más peligroso de lo que había imaginado nunca.

No llegaron más allá de la alfombra persa del vestíbulo.

Algún tiempo después, ella lo llevó hasta su dormitorio. Tenía una bella vista de Central Park y volvieron a hacer el amor con las luces de Manhattan como testigos.

Suspiró al recordar cómo la había acariciado Jack, cómo había recorrido con los labios todo su cuerpo y cómo se había arrodillado frente a ella para besarla de la forma más íntima posible. En esos instantes, había sentido que se derretía y no había podido evitar gritar su nombre en el momento más álgido.

No podía dejar de pensar en él y su cuerpo la traicionaba cada vez que recordaba esos momentos. No entendía cómo podía amar las cosas que más daño le hacían.

Se concentró en la imagen que le devolvía el espejo. Se había maquillado con sobriedad y quería peinarse para tener una imagen lo más seria y profesional posible. Había elegido su ropa con el mismo criterio. Llevaba una falda recta de color marrón y una blusa blanca.

Creía que había conseguido el efecto deseado, pero sabía que a la gente le iba a costar olvidarse de su pasado.

—¿Por qué vas a ir a la reunión del comité de Whitney Media? —le había preguntado Jack la noche anterior—. Pensé que esas cosas te aburrían.

Fue después de que hicieran el amor una segunda vez, mientras descansaban juntos en su cama. Le había dado la impresión de que él sentía cierta curiosidad, nada más.

Abrió la boca con el objetivo de decirle que en realidad no le importaba, pero decidió que había llegado el momento de ser sincera.

—La verdad es que no sé si me voy a aburrir o no —le confesó ella—. Nunca he ido a una de esas reuniones. Mi padre y Theo preferían encargarse de todo y que yo no asistiera. No me importaba demasiado que no me incluyeran, lo prefería así —agregó sonriendo.

Aunque apenas podía verlo, notó que Jack la miraba con atención e interés. Sus ojos eran tan poderosos como sus caricias. Se giró para mirarlo y solo fue capaz de distinguir el brillo en sus ojos. Estaban solos en mitad de la noche y le pareció un momento casi mágico, muy íntimo. Casi como si no existieran ni el tiempo ni el espacio.

Eso era al menos lo que había querido creer.

—Mi padre quiere que le ceda mis acciones —le había dicho ella entonces—. Al parecer, tiene la impresión de que, si corto mi relación con Whitney Media, ya no tendrá que ocuparse tampoco de mí. Y supongo que tiene razón. Está encantado con esa posibilidad.

Oyó entonces que Jack suspiraba y se preparó para lo que iba a decirle. Había pensado que criticaría su actitud, pero no lo hizo.

–Pasé el día de Acción de Gracias con mi padre –le había dicho Jack entonces mientras apartaba un mechón de pelo de su cara–. Él es una de las razones por las que no soporto ese tipo de celebraciones. Mi abuelo aprovechó la ocasión para darme consejos y criticar mi actitud, como hace siempre. También tuve que soportar cómo se terminaba mi padre todo el whisky que había en la casa y cómo aprovechaba cualquier ocasión para coquetear con su nueva esposa. Creo que ha olvidado que existo y ni siquiera le preocupa romper toda relación conmigo.

Se quedaron los dos en silencio, compartiendo un momento muy especial y ella se quedó sin aliento. No podía dejar de mirarlo a los ojos. Deseaba abrazarlo y no moverse hasta que se disipara todo el dolor.

–¿Qué vas a hacer? –le había preguntado Jack poco después.

Su pregunta llegó cuando ella había estado pensando en la posibilidad de atreverse a dar el siguiente paso. Le parecía increíble que estuviera siquiera contemplando la posibilidad de que Jack también sintiera algo por ella.

Le aterrorizaba querer algo con tanta fuerza después de haber pasado sola la mayor parte de su vida. Aun así, deseaba estar con él, siempre lo había deseado.

Pero había sufrido mucho por culpa de sus decisiones, siempre equivocadas. Quería cambiar y también reconocer sus errores, pero no sabía si podía confiar en él.

–Me temo que Larissa Whitney no sabe nada de negocios ni finanzas –le había contestado ella–. Es inconstante, caprichosa y no creo que sea demasiado inteligente.

–Larissa Whitney estudió en una de las mejores universidades del país y procede de una familia muy poderosa, forma parte de su genética –le había contradicho Jack con una sonrisa mientras acariciaba tiernamente su mejilla–. Creo que sería capaz de hacerlo.

Esas palabras le habían dado la fuerza que necesitaba para enfrentarse a la reunión que tenía esa mañana. Tomó su bolso y salió de su piso.

Después de esa conversación, habían dormido abrazados. Algún tiempo después, ella le había pedido que se fuera.

Le agradaba pensar que Jack la veía capaz de ocupar su lugar en la empresa familiar. Había tratado de recordar que sus palabras no importaban, que solo eran algo que le había dicho en mitad de la noche, que no podía tomárselo en serio.

Temía que, a pesar de todo, Jack siguiera odiándola.

Cuando llegó al edificio donde estaban las oficinas de Whitney Media, subió directamente al piso donde se encontraba la presidencia de la empresa. Desde allí se veía todo Manhattan y el interior también era impresionante. Las paredes estaban decoradas con obras de arte que reflejaban el legado histórico de la familia Whitney y todos los logros de la empresa familiar en el mundo de la prensa, la televisión y el cine.

Había estado allí en innumerables ocasiones. De pequeña, había tenido que ir alguna vez para posar frente a la cámara. Su papel entonces había sido el de humanizar al poderoso presidente de la compañía. Más tarde, había tenido que soportar, como cualquier otra adolescente malhumorada, eventos de todo tipo. Durante los últimos años, se había acercado a las oficinas para recoger a su prometido. Se dio cuenta de que era la primera vez que pisaba esos despachos con otro objetivo en mente, como alguien que tenía derecho a estar allí. Ya no era simplemente un accesorio. Le gustó sentirse poderosa.

Miró su reloj y vio que lo había planificado a la perfección. Sonrió a la secretaria que esperaba junto a las puertas de la sala de conferencias. Agarró el pomo de la puerta y respiró profundamente para prepararse.

Pensó en ese instante en las manos de Jack y en cómo la había acariciado la noche anterior. Le había dado casi la impresión de que había ternura y algo más en sus caricias.

Recordó su voz y cómo había tratado de convencerla para que reclamara lo que era suyo, aunque no lo quisiera. La había retado para que lo intentara y se decidiera a considerar la posibilidad de llevar una vida completamente distinta.

«Puedo hacerlo, puedo hacerlo», pensó ella.

Abrió entonces las puertas y entró.

La sala olía a testosterona. Vio que era la única mujer presente. A su alrededor, trajes oscuros hechos a medida y carísimos zapatos italianos. Esos hombres eran verdaderos tiburones de las finanzas, hacían y deshacían a su antojo sin que les importara arruinar a otros para alcanzar la cima. También era la más joven de los presentes.

–Buenos días, caballeros –los saludó mientras les dedicaba su sonrisa más famosa–. Espero no haberles hecho esperar.

Murmuraron una respuesta con poco interés. Poco le importaba. Sabía lo que tenía que saber de esos hombres y no le intimidaban tanto como los reporteros que la habían perseguido con sus cámaras durante años. No necesitaba que la trataran con educación, no los necesitaba en absoluto.

–Llegas cinco minutos tarde –le dijo su padre–. Pero no hay necesidad de alargar más aún las cosas, los papeles están preparados para que los firmes –agregó mientras los señalaba con un dedo.

Larissa se sentó frente a ellos. Miró el primero por encima y también hojeó unos cuantos más. El lenguaje era complicado, no estaba familiarizada con ese tipo de conceptos.

–Ahora mismo, tengo en mis manos el control de Whitney Media, ¿no es así? –preguntó ella simulando poco interés mientras miraba las páginas que tenía que firmar.

Notó que muchos de los presentes se quedaban sin aliento y la miraban con más atención. Levantó la vista y vio que fruncían el ceño. Eran hombres poderosos que no estaban acostumbrados a tener que lidiar con jóvenes como ella. No le sorprendió, era así como Bradford la había tratado siempre.

Estaba disfrutando mucho con esa situación.

–Limítate a firmar los papeles, Larissa –le dijo su padre–. En cuanto lo hagas, podrás marcharte. Tenemos asuntos importantes que tratar.

–Tengo el cincuenta y un por ciento de las acciones si no me falla la memoria, ¿verdad? –preguntó ella–. ¿O era acaso un cincuenta y dos por ciento? Recuerdo que Theo me entregó sus acciones cuando dejó la empresa. Fue todo un detalle por su parte, sobre todo cuando acabábamos de romper nuestro compromiso.

–¿A qué está jugando? –le preguntó uno de los hombres presentes.

Sabía que manejaba unos cuantos fondos de inversión y era propietario de varios inmuebles en la zona baja de Manhattan. Pero no le intimidaba, se limitó a mirar a su padre. La fulminaba con la mirada y vio que parecía furioso.

–Nadie está jugando a nada –intervino Bradford con frialdad.

Ella se limitó a sonreír.

–Me parece increíble que hayas entregado tanto tiempo y energías a esta empresa y no hayas pensado en proteger su futuro –le dijo ella como si se le acabara de ocurrir–. No me parece un modo de actuar muy práctico, papá. ¿No te parece?

–El futuro de esta empresa era Theo y, por culpa tuya, no está aquí –replicó Bradford–. Pero imagino que no te importa. ¿Qué estás intentando hacer, Larissa? ¿Acaso los reporteros ya no te prestan atención? Deberías desmayarte en público más a menudo, puede que así consigas las portadas que necesitas. Haz lo que creas conveniente, pero no nos hagas perder el tiempo.

–No creo que esto sea una pérdida de tiempo –le dijo ella sin dejar de sonreír mientras miraba a su alrededor–. Esto es una reunión de la directiva de la empresa y yo soy la accionista mayoritaria. Mis abogados me han dicho que el accionista que detenta el mayor número de acciones debe estar presente en las reuniones del comité. Por eso estoy aquí, a vuestro servicio.

Todos empezaron a hablar a la vez, pero ella los ignoró. Se limitó a mirar a su padre, que la fulminaba con la mirada. Supo que, de haber podido hacerlo, la estaría estrangulando en esos momentos con sus propias manos. Era muy triste, pero le gustó tener ese poder. Por fin conseguía alguna reacción de su padre, aunque no fuera la deseada.

Creía que a ella nunca la había querido, pero la empresa era toda su vida. Era lo único que había tenido.

–Has usado a alguien que te represente en estas reuniones durante años. ¿De verdad crees que vamos a tomarte en serio ahora? –le preguntó su padre.

–Creo que ya no necesito un representante –le aseguró ella sin dejar de sonreír–. Pero muchas gracias por mostrar tanta preocupación.

–Que no se te olvide que eres famosa por tus escándalos y tu inmoralidad –le dijo Bradford con frialdad–. Está claro que no eres la persona más adecuada para ocupar este papel.

La miraba como si hubiera ganado la batalla.

–Es una pena que no haya una cláusula en los estatutos de la empresa por la que pueda apartarse a un miembro del comité si su conducta no es la adecuada. Si la hubiera, ninguno de estos hombres formaría parte del comité, ¿no te parece?

–¡Limítate a firmar los malditos papeles! –insistió su padre.

Fue como si estuvieran solos Bradford y ella y no hubiera nadie más allí. Sintió un gran dolor en su corazón al ver lo poco que le importaba, pero trató de recordar que eso ya no le afectaba.

–Lo siento, papá, pero no voy a hacerlo.

Otra noche más, otro baile benéfico.

Jack consiguió que su rostro no reflejara el aburrimiento que sentía. Estaban su abuelo y él en el jardín del Museo de la Ciudad de Nueva York. Desde allí, podían contemplar la Quinta Avenida y Central Park. A la anfitriona de esa noche, Madeleine Doremus Waldorf, nunca le había importado el clima y el mes del año en el que organizaba sus fiestas. Estaban varios grados bajo cero, pero no parecía preocuparle ese detalle. Había mandado colocar varios radiadores para que sus invitados pudieran estar cómodamente en el exterior de la casa y las damas presentes pudieran lucir sus mejores galas sin temor a resfriarse.

Pero él no tenía ojos para ninguna de ellas, solo podía pensar en Larissa Whitney.

Sabía que iba a asistir a esa fiesta, pero aún no la había visto. Habían pasado dos días desde que pasara la noche en su piso y no podía pensar en nada más. Ella le había pedido que se fuera y lamentaba haberla obedecido. Habría preferido quedarse, pero al final decidió respetar los deseos de Larissa.

Creía estar más perdido que nunca.

–Esto es de locos. ¿A quién se le ocurre organizar una fiesta al aire libre en el mes de diciembre? ¿Acaso así va a poder reunir más dinero para sus obras de caridad? –gruñó su abuelo–. Lo más seguro es que muramos de hipotermia.

Decidió ignorar su comentario, llevaba toda la noche

haciéndolo. También había aprendido a ignorar lo que sentía por la mujer más inapropiada de todo Nueva York. Pensó que quizás llevara cinco años ignorando sus sentimientos.

Su padre también estaba en esa fiesta. A él no le costaba ignorarlo, lo hacía encantado.

–Felices fiestas, abuelo –murmuró Jack entonces con tanta sinceridad como pudo reunir en ese momento.

Su abuelo lo miró con el ceño fruncido.

–Serían mucho más felices si pudiera morir en paz, sabiendo que el apellido familiar no va a terminar contigo –le dijo el hombre–. Pero parece que prefieres ofender a todas las herederas de Manhattan y no aceptar tu responsabilidad.

Estaba cansado de tener esa misma conversación con su abuelo. Pero la vio entonces y no pudo pensar en nada más.

Estaba abriendo las puertas que daban a la terraza y vio que llegaba rodeada por algunas de las herederas más conocidas de Manhattan, jóvenes más interesadas en las obras benéficas que en las fiestas. Hablaban animadamente y le dio la impresión de que Larissa parecía estar muy a gusto con ellas. Le llamó la atención ver que su vestido era apropiado y que ya no intentaba escandalizar a nadie con sus atuendos.

Estaba bellísima y parecía iluminarlo todo con su presencia. Llevaba un vestido de color fucsia que resaltaba cada curva de su torso hasta la cintura. Adornaba su escote un collar de brillantes que rivalizaba con las estrellas del cielo.

Aunque estaba a muchos metros de distancia, se quedó sin aliento y todo su cuerpo reaccionó al verla.

Una vez más, se dio cuenta de que estaba mucho más perdido de lo que habría creído posible.

Esa nueva Larissa parecía haber llegado para recuperar su hueco en la sociedad. Se sentía orgulloso de ella, pero también le aterraba la situación. Le daba la impresión de que la había perdido para siempre.

–Esa no podría ser nunca una de las candidatas –comentó entonces su abuelo mientras miraba a Larissa–. No, señor. Esa solo nos traería problemas. No ha hecho otra cosa desde el día que nació.

–No la conoces, abuelo –la defendió Jack–. A lo mejor, su actitud es fruto de las circunstancias en las que ha tenido que vivir. Creo que deberías sentir más compasión por ella.

–No te confundas, la conozco muy bien –le dijo su abuelo mirándolo a los ojos–. Es igual que tu padre, no tiene moral ni le importa. Será mejor que te obsesiones con alguna otra.

En ese momento, sintió Jack que algo estallaba en su interior y lo vio todo mucho más claro.

Miró a su abuelo, seguía observándolo con el ceño fruncido y gesto de reproche.

Se fijó entonces en Larissa y vio que Chip van Housen se había vuelto a acercar a ella. Aunque estaba muy lejos, supo que la sonrisa de ella no era real.

Estaba harto. Harto de todo.

–¡Ya basta! –le dijo con firmeza a su abuelo.

No lo hizo en voz alta, pero sí con seguridad. Cuando miraba a su abuelo, se sentía culpable de cosas que no iba a poder cambiar nunca. Su madre nunca llegaría a ver el hombre en el que se había convertido y no podía cambiar que su padre fuera como era. Llevaba demasiado tiempo llevando a sus espaldas esa pesada carga y se había acostumbrado a ello.

–¿Como has dicho? –le preguntó su abuelo.

–Lo siento, sé que no soy el nieto con el que soñabas y siento no poder cambiar lo que sientes por mí. Cuando veo cómo es mi padre, no te culpo, pero creo que ya he pagado mi penitencia durante demasiado tiempo y no quiero seguir haciéndolo.

–¿Tiene esta reacción algo que ver con esa joven?

–le preguntó su abuelo con incredulidad–. No te conviene acercarte a esa mujer. Solo te traerá problemas.

–Yo decido lo que me conviene –repuso Jack con seguridad–. Te he obedecido durante años por lealtad y respeto, pero no me has dado nada a cambio. Ya me he cansado.

–Jack… –comenzó su abuelo.

–Siento que me odies tanto, de verdad que lo siento. Pero no puedo permitir que eso me condicione. No puedo cambiarlo y estoy cansado de intentarlo. Soy el futuro de la familia Endicott, abuelo, lo quieras o no. Vas a tener que confiar en mí.

Su abuelo se quedó mirándolo con los ojos muy abiertos. Pasara lo que pasara, no se arrepentiría de estar aclarando las cosas con él. No quería hacerle daño, pero no podía evitarlo. Se dio cuenta de que debía haberlo hecho mucho antes.

–Yo no te odio –le aseguró entonces su abuelo–. No te odio, Jack. Pero la echo mucho de menos.

Vio que su tono de voz era distinto y, de repente, le pareció un anciano, más viejo y cansado que nunca. Supo que le hablaba de su madre, Laurel Endicott Sutton.

–Yo también, abuelo. Siempre le echaré de menos.

–Lo sé, lo sé –susurró su abuelo.

Tuvo claras entonces muchas cosas como no había sido capaz de ver antes. No había visto la verdad hasta ese momento.

Rodeó con su brazo los hombros de su abuelo. Era mucho más frágil de lo que había pensado. Se dio cuenta de que no podía cambiar el pasado, pero sí podía tratar de mejorar el presente y estaba dispuesto a hacerlo.

–Todo va a salir bien, abuelo –le dijo entonces con seguridad–. Todo va a salir bien.

Larissa no tardó en darse cuenta de que Chip van Housen no iba a aceptar un «no» por respuesta. Sin dejar de sonreír, siguió bailando con él.

–No vas a poder ignorarme toda la vida, Larissa –le dijo Chip.

El aliento le olía alcohol y no le agradaba que le dedicara tanta atención. No entendía cómo podía haber pasado tanto tiempo con él durante esos años. Trataba de no pensar en esos días, habían cambiado muchas cosas desde entonces.

Era una noche preciosa y fría, pero habían conseguido que ese maravilloso jardín estuviera aislado del resto del mundo. Habían decorado todo con luces y farolillos y, si cerraba los ojos para no ver con quién estaba bailando, podía fingir que estaba pasándoselo bien.

Pero Chip no parecía dispuesto a respetar sus negativas. La tercera vez que intentó besarla, decidió que no iba a aguantarlo más. Se apartó de él y se alejó de donde estaban todos. Decidió esconderse en un apartado rincón del jardín, para que nadie los viera. Sabía que no podría librarse de Chip sin que le hiciera una escena.

–¿Quién crees que eres para alejarte así de mí? –le dijo Chip mientras agarraba su brazo.

Consiguió zafarse y mirar a su alrededor. Algunos invitados podían verlos allí, pero esperaba que al menos no escucharan su conversación.

–No lo sé, pero acabo de hacerlo –le dijo ella con tranquilidad–. No quiero bailar contigo, Chip. Solo intentaba ser educada, pero ya no me apetece seguir siéndolo. No vuelvas a pedírmelo.

Recordó lo atractivo que había sido unos años antes, pero ya no lo era. Había mucha crueldad en su mirada.

–No voy a dejar que me rechaces –repuso Chip.

–No estés tan seguro, acabo de hacerlo –le dijo ella.

–Tú nunca te niegas, Larissa –insistió mientras se acercaba a ella y la miraba con desprecio–. No te niegas nunca. ¿A qué éstas jugando ahora? ¿De verdad piensas que la gente va a creer que has cambiado?

Jack le había hecho la misma pregunta y no le había gustado, pero le desagradaba más aún viniendo de Chip.

Levantó la cabeza orgullosa, fingiendo más fuerza y valentía de las que sentía. No le había resultado tan difícil enfrentarse a su padre, pero era muy distinto tener que recordar lo peor de su propio pasado, lo que representaba Chip.

—Voy a tratar de ser muy clara —le dijo ella—. Quiero que me dejes en paz y preferiría no seguir hablando del tema.

—No puedes decirme lo que tengo que hacer... —repuso Chip acercándose amenazadoramente a ella.

—No me asustas —mintió ella—. A lo mejor no te has dado cuenta todavía, pero no soy la misma persona que conociste. Esa Larissa Whitney no va a volver, así que tendrás que buscarte otra compañera para tus sórdidas aventuras.

Chip se quedó mirándola un instante. No fue hasta ese momento consciente de cuánto lo odiaba. De hecho, se dio cuenta de que siempre lo había odiado y que él había sido su principal cómplice en el camino de autodestrucción en el que había estado metida. No sabía cómo no lo había visto antes ni cómo había permitido que ese hombre débil y desagradable la manipulara durante tanto tiempo.

—Todo eso es muy bonito, Larissa —le dijo Chip—. Pero me parece patético ver a la mayor mujerzuela de la ciudad vestida como si fuera una dama. ¿Cuánto tiempo crees que vas a poder mantener esta fachada antes de acabar de nuevo en la calle? Nadie se lo cree —agregó riéndose—. Nadie.

Sintió terror y vergüenza en esos momentos y supo que Chip tenía razón. Bajó la mirada para no tener que ver las caras de los invitados. Supuso que estarían observándolos y riéndose de ella. Temía que ellos tampoco la creyeran capaz de cambiar y siguieran considerándola un despojo humano, igual que había hecho siempre su padre.

Le daba terror pensar que no hubiera servido de nada

todo lo que había intentado cambiar durante las últimas semanas.

Sintió un nudo en el estómago, no se encontraba bien. Trató de respirar profundamente para calmarse.

Lo miró entonces a los ojos y pensó que, de ellos dos, ella era la única que sabía quién era en realidad. Decidió que era mejor que ese hombre que, por muy y elegante que fuera vestido, tenía un interior grotesco.

–¿Quién te crees que eres? –le espetó Chip en ese momento.

Se dio cuenta de que en realidad no le importaba lo que Chip van Housen pensara. Era ella la que tenía que decidir quién era en realidad, no los demás.

–Soy Larissa Whitney –repuso ella con firmeza y sin que le importara quién pudiera estar escuchándola–. Y no me importa en absoluto lo que pienses de mí.

Chip se quedó con la boca abierta y no le dio tiempo a que reaccionara. Se dio la vuelta para alejarse de allí y fue entonces cuando vio a Jack.

La observaba con el ceño fruncido, como si llevara algún tiempo allí.

Como si hubiera escuchado esa horrible conversación.

Capítulo 12

UNA VEZ más, Larissa deseó que se la tragara la tierra en esos momentos. Le dolía tener que enfrentarse al hombre al que amaba cuando las horribles palabras de Chip aún resonaban en sus oídos, ensuciándolo todo.

Toda la fuerza y el poder que había tratado de reunir en su interior desaparecieron de repente y notó que le temblaban las rodillas. Jack alargó la mano y tomó su brazo. Se estremeció al sentir su cálida piel y lo miró a los ojos.

Creía que de nada le iba a servir cambiar su vida si no podía tener a ese hombre. Sabía que Jack no podía tener una opinión peor de ella y Chip acababa de confirmarle todo lo que ya imaginaba de Larissa.

Intentó contener las lágrimas. Aunque no pudiera estar con el hombre que quería, iba a tratar al menos de salir de ese paso con algo de dignidad.

—Después de todo, parece que tenías razón cuando me criticabas —le dijo ella con una sonrisa triste—. Estarás contento.

Jack no dijo nada. Se limitó a mirarla como si estuviera tratando de traducir sus palabras para poder entenderlas, como si ella fuera un complicado jeroglífico.

Vio que miraba a Chip por encima de su hombro y se tensó la mano con la que aún sujetaba su brazo. No pudo evitar estremecerse. Sobre todo, cuando Jack volvió a mirarla a los ojos. Parecía estar muy decidido. Fue entonces cuando sonrió.

Se quedó sin aliento al ver ese gesto, parecía feliz.

—Baila conmigo —le dijo Jack.

Había imaginado mil respuestas posibles y la que acababa de oír no era una de ellas. Se quedó perpleja.

—¿Que baile contigo?

—Sí, sé que sabes hacerlo —le aseguró Jack sin dejar de sonreír—. Te he visto bailar.

Recordó entonces al joven Jack, radiante y carismático, del que todas estaban enamoradas. Un apuesto y encantador adolescente que acaparaba las miradas de todo el mundo.

—¿Quieres que baile contigo? —insistió ella sin poder creerlo.

No sabía qué pensar. Habría preferido esconderse en un rincón y esperar a que se fueran todos los invitados. No podía moverse.

—Se me da muy bien bailar, Larissa —le dijo Jack desplegando sus muchos encantos—. Fue mi abuelo el que se encargó de que así fuera.

Fue entonces cuando entendió qué estaba pasando. Se sintió muy aliviada. Creía que Jack estaba tratando de ayudarla. No había mejor manera de repudiar a Chip. Estaba tratándola como a una mujer que merecía la atención del famoso Jack Sutton.

Pero no entendía por qué se molestaba en ayudarla.

Dejó que la llevara hasta la pista de baile y comenzaron a bailar. Tenía frío y calor al mismo tiempo y le costaba mantenerse en pie. Lo miró a los ojos y sintió que todo le daba vueltas.

Las familias más importantes de Nueva York rodeaban la pista de baile y los observaban. Jack y ella pertenecían a ese mundo, pero habría cambiado todo ese lujo y prestigio por la casa de una aislada isla de Maine sin pensárselo dos veces.

Colocó una mano sobre el hombro de Jack y dejó que la guiara. Estaban tocando un vals y él era muy buen bailarín. No podía ignorar la mano de Jack en la parte baja de su espalda, hizo que se sintiera muy viva.

No pudo evitar sonrojarse, también su cuerpo reaccionaba al tenerlo tan cerca. Aun así, no olvidaba las palabras de Chip.

Supo que aquel iba a ser su primer y último baile. No podía ser otra cosa. Jack se tomaba muy en serio su responsabilidad y tenía que reconocer que nunca la había mentido.

Por mucho que le doliera, tenía que admirar esa parte de él.

—Gracias —le dijo ella sin mirarlo a los ojos—. Es todo un detalle que hayas querido sacarme de esa situación. En nombre de todas las mujerzuelas de Nueva York, te doy las gracias.

Jack la buscó con la mirada y ella tragó saliva al ver sus ojos. Supo que estaba demasiado cerca y le pareció que la miraba con ternura.

—¿Qué crees que está pasando aquí? —le preguntó Jack.

—No tengo ni idea.

Le costaba entender por qué la estaba torturando de esa manera, alargando aún más la agonía.

—Usa tu inteligencia, Larissa —le sugirió Jack—. He oído que la usaste muy bien ayer para recuperar tu sitio en la empresa.

Le agradó que lo supiera, pero creía que eso no cambiaba nada.

—No puedo jugar contigo, Jack —susurró ella—. Tu abuelo nos va a ver juntos y no te conviene. Ya he visto que algunas de tus pretendientas están presentes en la fiesta.

Jack la atrajo entonces contra su cuerpo. Se quedó sin aliento al ver cómo la miraba.

—Pero ellas no me interesan —le dijo Jack—. Tú, sí.

—No, no es verdad —protestó Larissa al oír lo que acababa de decirle.

Jack estuvo punto de echarse a reír, pero vio cuánta angustia había en sus ojos y no lo hizo.

–Ya lo he probado una y otra vez –le aseguró él–. Me ofende que no te hayas dado cuenta.

–Estás hablando de sexo –susurró Larissa con la voz quebrada–. ¿De qué ibas a estar hablando si no?

Le dolió oírla hablar de esa manera. Le entraron ganas de ir en busca de Van Housen y darle un buen puñetazo en su cara.

–¿Por qué le haces caso a ese…?

–Hace muchos años que no me importa lo que diga Chip van Housen –lo interrumpió Larissa–. Pero a ti sí te he hecho caso –agregó con lágrimas en los ojos.

En ese instante, recordó los insultos y sus crueles palabras. No entendía cómo había podido portarse así con ella. Era como si hubiera querido castigarla al verse hechizado por esa mujer.

–Larissa... –susurro él.

–Me odias –le dijo Larissa con seguridad–. Crees que soy una mujerzuela, nada más.

Se quedaron los dos en silencio mientras seguían bailando. De repente, pensó en los días que habían pasado en la isla de Endicott desde otro punto de vista, el de ella.

Pensó que, si Larissa le había dicho la verdad desde el principio, contándole por qué estaba allí, si todo eso era cierto, él se había comportado con ella de una manera horrible.

Vio mucho dolor en su rostro y le costó comprender cómo, a pesar de todo lo que le había hecho, seguía allí, bailando con él en vez de mantenerse tan alejada de su verdugo como le fuera posible.

–No te odio –le dijo él con más sinceridad que nunca–. Te quiero.

Larissa frunció el ceño al oírlo.

–¿Pretendes que me lo crea? ¿Piensas que eso lo cambia todo?

Uno de los dos dejó de bailar, no habría sabido decir

cuál. Él se veía incapaz de seguir bailando cuando Larissa parecía estar a punto de salir corriendo. Y temía que esa vez fuera para siempre. No le importaba que los estuvieran observando ni que su abuelo estuviera también allí.

Larissa era la única persona que le importaba.

Agarró sus caderas para que no se moviera de su lado.

—Soy un imbécil —le dijo él entonces—. Eres la única mujer por la que he sentido algo.

—Soy la única que te ha dejado.

—Y más de una vez —confirmó él—. Aun así, no puedo estar lejos de ti. No lo soporto. Creo que he estado enamorado de ti desde que nos encontramos en esa fiesta de hace cinco años.

—¡No sabrías lo que es el amor aunque te mordiera! —exclamó Larissa.

Parecía enfadada, pero vio que se estaba formando una tormenta en sus ojos. Le recordó a la isla en la que habían compartido unos momentos maravillosos.

—Entonces, muérdeme tú, Larissa, y ya veremos qué pasa —le sugirió él.

Larissa se sonrojó y él suspiró aliviado. Tomó sus manos y se las llevó al pecho. Sin dejar de mirarla a los ojos, besó una y después la otra.

—Te quiero. Es la verdad. No sé cómo demostrártelo, pero es así. Dame una oportunidad y lo haré, te lo prometo —le dijo él con firmeza.

Ella se quedó mirándolo sin decir nada. Después, soltó el aire que había estado conteniendo y miró a su alrededor. Estaban en medio de la pista de baile. Era una de las fiestas más importantes del año y todos los observaban. Podía oír cómo murmuraban.

—Estás montando una escena —le susurró Larissa.

Pero vio que ya no estaba enfadada y que había otra luz en sus ojos. Era la verdadera Larissa, la que solo él conocía.

–No me importa –repuso él.

Larissa le dedicó entonces una sonrisa maravillosa, una de verdad. Era preciosa y real. Habría podido iluminar todo Manhattan.

–Eso dices ahora, pero no sabes lo horrible que es ser el protagonista de los rumores y cotilleos de la gente.

–Si van a hablar de nosotros, será mejor que les demos un poco más de material –le aseguró él.

La tomó de nuevo entre sus brazos y le dio un apasionado beso delante de lo más selecto de Nueva York.

Eran las primeras horas del día de Año Nuevo y ya estaban juntos en la cama de su dormitorio en Scatteree Pines. Seguía nevando, pero allí dentro estaban a salvo y no tenían frío, todo lo contrario.

Larissa nunca se había sentido así. Era feliz y se sentía completa. Le parecía increíble estar de nuevo en esa casa, haciendo el amor con Jack, sintiéndolo dentro de ella.

–Te quiero –murmuró medio dormida algún tiempo después.

Tenía la cabeza apoyada en su torso y vio que cada vez nevaba con más fuerza. Era feliz en esa isla y no pudo evitar sonreír.

Jack le acariciaba la espalda, el momento no podía ser más perfecto.

–Vas a tener que casarte conmigo –le dijo entonces él como si llevara mucho tiempo pensándolo.

No le sorprendieron sus palabras, las había estado esperando. Eran muy parecidos. Habían crecido en los mismos círculos sociales y tenían pasados similares. Se había dado cuenta de que solo había un futuro posible para ellos y que podía ser feliz. Ya no tenía ninguna duda.

–Solo si me prometes una cosa –repuso ella mientras levantaba la cabeza para mirarlo a los ojos.

–Lo que quieras –le dijo Jack.

No terminaba de acostumbrarse a estar así con él. Lo amaba más de lo que habría creído posible y se sentía también muy amada.

–Quiero una gran boda con cientos de invitados –le dijo ella–. Tienen que estar todas las grandes familias de Nueva York. Invitaremos a los Rockefeller y a los Roosevelt. Quiero un vestido con una larga cola y docenas de damas de honor.

Jack se echó a reír.

–¿Por qué ibas a querer algo así? –le preguntó–. Parece una auténtica pesadilla.

–Es que no quiero que nadie tenga ninguna duda –susurró ella–. No quiero que piensen que te he engañado para que te cases conmigo.

–Pero la verdad es que lo hiciste. Llevo cinco años hechizado –repuso Jack dándole un beso en la boca–. Y he estado perdido desde entonces.

–Quiero que sea una boda como las de los demás, como la que espera tu abuelo. Después de todo, se trata de la fusión de dos fortunas y dos importantes familias de este estado.

–No esperaba algo así de ti –le dijo Jack–. Yo quiero casarme contigo, Larissa, no con la versión de ti que otros esperan.

Sabía que lo decía de verdad y le emocionó.

–Sería una especie de regalo de bodas para nuestras familias –dijo ella.

Abrió el primer cajón de la mesita de noche hasta encontrar lo que buscaba. Tomó las esposas y sonrió a Jack. Era una sonrisa de verdad, bastante traviesa, pero real.

–El matrimonio, en cambio, es solo para nosotros –le susurró ella mientras enganchaba una mano de Jack al cabecero con ayuda de las esposas.

Comenzó a acariciar su torso y no tardó en sentir que se excitaba una vez más. Las llamas del deseo se avivaban cada vez que estaban cerca. Nunca se cansaban el uno del otro.

Dejó de acariciarle y lo miró a los ojos, esperando que protestara, pero Jack se echó a reír.

–Ya te lo dije una vez. No puedes hacer nada que no haya hecho yo antes. No puedes escandalizarme, Larissa –le dijo Jack con un brillo especial en su mirada–. Pero puedes seguir intentándolo…

Y eso fue exactamente lo que hizo ella.

BIANCA™

CAITLIN CREWS

UN REINO PARA UN JEQUE

Capítulo 1

BONITA vista.

Kiara no se giró hacia la voz profunda y autoritaria aunque se apoderó de ella y le llegó hasta los huesos haciéndola estremecerse. Sintió que se acercaba antes de que él tomara asiento en la silla situada al lado de la suya. Había una especie de expectación en el aire que la rodeaba, una quietud electrificada, como si todo Sídney guardara silencio ante él. Imaginó aquel modo de andar seguro de sí mismo, el modo en que su morena y poderosa masculinidad hacía girar las cabezas allí donde iba. El modo en que sin duda estaría mirándola fijamente mientras se acercaba.

Pero lo cierto era que le estaba esperando.

–Qué manera tan terrible de iniciar un coqueteo –señaló Kiara con displicencia. Pero no podía evitarlo. Decidió que no le miraría a menos que se lo ganara. Fingiría estar absorta por la visión del mar en el puerto y por el atardecer, no por su aparición–. Sobre todo aquí. Esta vista en particular es muy famosa en el mundo entero.

–Entonces eso debería hacerla más bonita todavía –respondió él con un tono algo humorístico bajo la capa de seducción de su voz–. ¿O eres de los que creen que las vistas se estropean si las contempla demasiada gente?

Kiara estaba sentada en una mesita en la explanada inferior del magnífico edificio de la Ópera de Sídney. El sol había empezado a adquirir unos ricos tonos do-

rados al lanzar su tenue luz sobre las tranquilas aguas
del puerto como si estuviera tentando a los altos rascacielos de la ciudad a apartar la vista del maravilloso es-
pectáculo del atardecer.

Kiara conocía aquella sensación. Y eso que ni siquiera estaba mirando al hombre que tomó asiento a su
lado como si fuera el dueño de la silla, de la mesa y de
ella misma.

–No trates de cambiar de tema –le dijo con seque-
dad, como si no estuviera completamente afectada por
el poder y el carisma que emanaba–. Eres tú el que ha
recitado una vieja y desgastada frase. Yo solo lo he co-
mentado. No creo que eso me convierta en una aburrida.

Kiara sabía instintivamente que su particular belleza
masculina sería igual de poderosa si se atrevía a girar
la cabeza para mirarle. Podía sentirlo en los nervios del
estómago. Así que no lo hizo. Jugueteó con la taza de
café que había apurado hacía unos instantes e incluso
se tocó las puntas del ondulado cabello castaño claro
que llevaba recogido en una coleta. Las manos la trai-
cionaron aunque trató de recostarse en la silla fingiendo
que no era consciente de su presencia. Una presencia de
pelo negro como la tinta y ojos extrañamente claros, de
facciones árabes y cuerpo escultural que ella captó de
reojo y que impactó a todos los que estaban en el bar
del edificio de la ópera.

Kiara se fijó en el grupo de mujeres maduras que estaban en la mesa de al lado, el modo en el que se giraron
para mirarle y cómo se rieron luego comentando en voz
baja como colegialas.

–Dime cómo se juega a esto –dijo él tras un instante de silencio–. ¿Tengo que cortejarte con mi inge-
nio? ¿Apreciando la belleza del lugar? Tal vez podría
contarte una serie de mentiras bonitas y convencerte

para que vinieras conmigo al hotel. Solo por una noche. Algo anónimo y furtivo. ¿Crees que eso funcionaría?

–No lo sabrás a menos que lo intentes –respondió Kiara conteniendo una mueca cuando unas imágenes carnales le cruzaron la mente–. Aunque creo que, si planteas tus opciones así, con tanta sangre fría, no conseguirás nada. Deberías pensar en términos de seducción, no de hojas de cálculo –sonrió a su pesar, pero siguió mirando hacia delante–. Si no te importa que te dé un consejo.

–Me entusiasma que lo hagas, por supuesto –respondió él con tono frío e irónico.

Sin embargo, Kira sintió llamas de fuego por la piel. Y más profundamente. Se revolvió en el asiento cruzando y recruzando las piernas, lamentando que él ocupara tanto espacio aunque no se hubiera movido.

–Hasta el momento –continuó ella con tono seguro–, debo decirte que no estoy en absoluto impresionada.

–¿Con la vista? –ahora no ocultó lo más mínimo que se estaba divirtiendo–. Espero que no seas una de esas jóvenes mundanas superficiales que se aburren enseguida de todo lo que les ofrece el mundo.

–¿Y si lo soy?

–Me llevaría una gran decepción.

–Por suerte –respondió Kira con ironía–, no podrías haberte implicado demasiado en algo que hubiera terminado con mentiras y una furtiva visita a un hotel, ¿verdad? Supongo que la desilusión sería menor.

–Pero estoy cautivado –protestó él de un modo que la hizo reírse a su pesar.

–¿Por mi perfil? –Kiara sonrió y sacudió la cabeza–. Es lo único que has visto de mí.

–Tal vez sea tu perfil superpuesto sobre esta famosa

vista –sugirió–. Estoy tan impresionado como cualquier turista. Lástima que no haya traído la cámara.

Kiara olvidó que su intención era no mirarle y giró la cabeza.

Fue como mirar al sol. Abrasador. Mareante. Era guapo, de eso no cabía ninguna duda, pero no había nada de delicado en él. Era un ejemplo de ferocidad controlada. Estaba hecho de músculos y de líneas marcadas. Tenía el cabello oscuro, la piel morena y los ojos sorprendentemente azules. Estaba sentado a su lado con aparente naturalidad, pero Kiara no se dejó engañar. Era todo concentración embutida en un cuerpo atlético cubierto con un traje oscuro y camisa blanca como la nieve. Transmitía la sensación de que no había nada en el mundo que no pudiera conseguir con sus manos, desconcertantemente elegantes.

Kiara sintió un escalofrío salvaje.

–Hola –dijo él en voz baja cuando sus miradas se cruzaron. Curvó la boca en una sensual sonrisa–. Esta vista también me gusta.

Kiara forzó un suspiro.

–No eres muy bueno en esto, ¿verdad?

–Al parecer no –sus ojos imposibles, que era una mezcla de azul, verde y gris, brillaron–. Enséñame, por favor. Mi vocación es servir.

Kiara no se rio ahora. No le hizo falta. Fue él quien curvó las comisuras de los labios con arrogancia masculina, como si fuera tan incapaz de imaginarse sirviendo como a ella.

–Podría estar esperando a alguien –Kiara se olvidó de la vista, estaba como hipnotizada por él. Sonrió–. A mi celoso amante, por ejemplo. Si te ve aquí, podría sacar toda su agresividad. Con los puños, por ejemplo.

–Ese es un riesgo que estoy dispuesto a asumir.

No cabía duda del punto de seguridad que encerraba su sonrisa, y Kiara se preguntó qué clase de mujer podía encontrar aquello tan atractivo como le parecía a ella. Sin duda debería avergonzarse, pero no fue así.

—¿Es una amenaza violenta? —le preguntó coqueta—. Eso es muy poco atractivo —mintió entonces.

—Eso es justo lo que pareces, poco atraída —afirmó él sonriendo todavía con más seguridad.

—O tal vez sea una mujer que está sola en la ciudad y busca una aventura —continuó ella con el mismo tono despreocupado—. Pero parece que tú solo quieres hablar de las vistas. O hacer comentarios deprimentes sobre una noche de furtiva y salvaje pasión. Ninguna de las dos cosas me llevaría a tener una cita contigo, ¿verdad?

—¿Estamos hablando de tener una cita? —volvió a curvar los labios—. Creí que esto se trataba de sexo. Sexo imaginativo, o al menos eso espero. No una cita aburrida con flores, caballerosidad y modales educados.

Kiara tardó un instante en recuperar el aliento tras el modo en que pronunció la palabra «sexo», como si fuera un hechizo. ¿Cómo era posible que aquel hombre fuera tan peligroso? ¿Y por qué no podía defenderse contra él?

—La cosa funciona así: tú finges estar interesado en tener una cita conmigo —le informó—. Finges que quieres conocerme mejor. Cuanto más te esfuerces, más romántico parecerá todo. Para mí, quiero decir. Y esa, por supuesto, es la ruta más rápida hacia el sexo frenético en una habitación de hotel —Kiara se encogió de hombros como si aquel asunto no fuera con ella.

—¿Y no puedo sugerir directamente sexo frenético? —le preguntó él como si estuviera muy sorprendido. Pero el brillo indulgente de sus ojos indicaba otra cosa—. ¿Estás segura?

–Solo si tienes pensado pagar por ello –Kiara sonrió–. Eso es perfectamente legal aquí. Y no, invitarme a mí a una copa no es lo mismo.

–En tu país hay demasiadas normas –dijo con voz pausada mientras su mirada adquiría un brillo más salvaje–. El mío es mucho más... directo.

Kiara sintió el modo en que la miró, el fuego que la recorrió como una caricia, haciéndole desear estar vestida de una manera más provocativa. Haciéndola desear desnudar la piel ante su mirada. La chaqueta negra que llevaba sobre la sudadera también negra, los vaqueros oscuros y las botas le resultaron de pronto opresores. Deseó poder quitarse todo y lanzarlo al mar. Se preguntó qué tenía aquel hombre para despertar semejante deseo en ella.

Pero ya lo sabía.

–¿Directo? –repitió sintiendo el fuerte tirón de aquel rostro, de aquellos ojos. Deseaba acercarse más a su perversa boca. Quería algo más de lo que era deseable estando allí en público. Durante un instante se olvidó del juego y de sí misma por completo.

–Si quiero algo –aseguró él con voz pausada y acaramelada–, lo tomo.

Kiara sintió su voz dentro de ella, eléctrica y abrumadora. Durante un instante solo pudo limitarse a mirarle y se quedó atrapada en su mirada como si la hubiera hecho prisionera.

–Entonces supongo que debo considerarme afortunada de no estar en tu país –dijo tras un instante, sorprendida de que le sonara tan firme y tan segura la voz–. Esto es Australia. Me temo que somos bastante civilizados.

–Todos los habitantes de los países nuevos sois iguales –aseguró él con un tono que parecía una caricia–. Tan desenvueltos, presumiendo siempre de lo civilizados que sois. Pero tenéis un pasado vergonzoso, ¿no es así? Y surge desde el interior dejando al descubierto la mentira de esas fachadas cuidadosamente arregladas.

Kiara se dio cuenta de dos cosas al mismo tiempo. La primera era que podría estar escuchándole eternamente hablar. Sobre países, sobre pasados, sobre lo que quisiera. Su voz despertaba algo en su interior, algo indefenso y seductor que la dejaba sin aliento y la hacía centrarse en él de tal modo que, si el mundo se caía en pedazos, no se daría cuenta. Como no se había dado cuenta de que el sol había desaparecido por completo en el horizonte dando paso a la oscura y dulce noche de Sídney. Lo único que podía ver era a él.

Y la segunda cosa que había descubierto era que se moriría si no le tocaba.

—Por muy fascinantes que sean tus teorías sobre los países jóvenes y su vergonzoso pasado —dijo en voz baja manteniéndole la mirada—, creo que prefiero pasar de toda esta charla inútil y desnudarme. ¿Qué te parece?

Él volvió a sonreír y Kiara se estremeció de la cabeza a los pies. Él le tomó la mano y se la llevó a la boca. Fue un beso delicado, un gesto de caballerosidad pensado para la gente que les rodeaba, pero Kiara lo sintió como una promesa.

—Nada me gustaría más —dijo él con los ojos brillantes—. Pero me temo que he quedado con mi esposa para cenar. Siento desilusionarte.

—Estoy segura de que lo entenderá —Kiara jugueteó con sus dedos—. ¿Quién querría interponerse en el camino del sexo acrobático e inventivo?

—Es muy celosa —él sacudió la cabeza con pesadumbre—. Es como una enfermedad... ¡ay! ¿Me has mordido?

–No actúes como si no te gustara –era un desafío.

Él le soltó la mano pero se acercó más y le tiró suavemente de la coleta, echándole la cabeza hacia atrás para obligarla a mirarle a los ojos.

–Tal vez pueda arriesgarme a sufrir un arrebato de celos de mi esposa –murmuró.

Se acercó todavía más hasta que sus rostros estuvieron a escasos centímetros.

–Creo que podrás soportarlo –aseguró Kiara.

Entonces salvó la distancia que les separaba y le besó.

El jeque Azrin bin Zayed al-Din, príncipe de Khatan, pensó encantado que su esposa siempre le resultaba exquisita.

Tenía los labios suaves y dulces, indicativo de la pasión a la que no podían sucumbir en público. Lo que resultaba tan frustrante como delicioso.

Quería algo más que probarla después de dos semanas separados. Quería tomarla con una ferocidad que podría haberle sorprendido tras cinco años de matrimonio si no fuera porque estaba acostumbrado a desearla siempre con ardor.

Un ardor por el que no se podía dejar llevar en aquel momento.

Se apartó y trató de controlar la dureza que formaba parte de su naturaleza, sobre todo en lo que a su mujer se refería, y sonrió al observar su expresión de asombro, como si hubiera olvidado dónde estaban. Azrin podría pasarse la vida mirándola. Le encantaba su hermoso rostro ovalado con la delicada nariz y aquella boca decadente que fue lo primero en lo que se fijó. El cabello era una mezcla de dorados y marrones que le caía por los hombros en delicadas ondas. A menos que, como aquella noche, hubiera optado por recogérselo. Parecía más alta de lo que en realidad era. Tenía el cuerpo firme y tonificado por años de ejercicio y trabajo duro y tendía a vestirse de manera conservadora, como correspondía a su posición, aunque con un punto pícaro.

–Si me hubieras hablado así cuando nos conocimos –dijo retándola–, no creo que hubiera ido detrás de ti. Demasiado audaz e irrespetuoso.

Kiara puso los ojos en blanco, tal y como él esperaba.

–Te hablé de este mismo modo –replicó sonriendo–. Y te encantó.

–Es verdad –Azrin se puso de pie y le tendió la mano para ayudarla a levantarse.

Ella se la sostuvo durante demasiado tiempo, como si quisiera aferrarse a aquel contacto. Azrin sintió el tirón en lo más profundo de su interior. La deseaba. Quería lamer cada centímetro de su piel, volver a reconocerla como si las dos semanas que habían estado separados pudieran haberla cambiado. Quería averiguarlo por sí mismo. Con la boca y con las manos.

Kiara se acurrucó a su lado mientras caminaban por la explanada hacia el impresionante grupo de edificios de Sídney, donde se encontraba el ático que podía considerarse lo más parecido a una primera residencia para dos personas que viajaban tanto como ellos.

Le pasó el brazo por los delicados hombros y se contentó con el beso que le dio en la coronilla. El cabello le olía a sol y a flores, pero no podía tocarla como él quería.

Al menos en aquel momento y en aquel lugar.

Nada de demostraciones públicas de afecto para el príncipe de Khatan y su princesa, que provocaba escándalo solo por el hecho de haber nacido en un país extranjero. Azrin conocía las normas. No podía haber nada que sugiriera que no se tomaba en serio el rígido código moral de su país. No podía haber pruebas de que la pasión entre Azrin y la princesa seguía siendo tan intensa que había días en los que incluso no salían de la cama. Confiaba en que aquella noche llevara directamente a uno de aquellos días aunque sabía que había muchas cosas que hacer ahora, muchos detalles de los que ocuparse y poco tiempo para...

Debería contárselo. Inmediatamente. Sabía que debía hacerlo, no tenía excusas para esperar. Pero una parte de él se negaba a aceptar lo que estaba sucediendo.

Solo quería una noche, nada más. La última noche de la vida que ambos habían disfrutado durante tanto tiempo que Azrin había llegado a creer que era otra persona. ¿Qué significaba una noche más?

—Te he echado de menos, Azrin —susurró Kiara apretándose contra su cuerpo mientras caminaban—. Dos semanas es mucho tiempo.

—No ha habido más remedio —Azrin trató de sonreír.

Estaría encantado de dejar atrás aquella parte de su vida, pensó mientras se dirigían hacia el bonito puerto de Sídney para disfrutar de la agradable noche, los restaurantes y las vistas.

Estaría más que encantado de vivir sin aquellas semanas de separación que ellos trataban de mantener en diez días o menos. La interminable rueda de viajes internacionales a esta o aquella ciudad por todos los rincones del globo para robar un día, una noche o incluso una tarde juntos. Encontrándose con su mujer en hoteles que se convertían en intercambiables en ciudades en las que no tenían casa, y sin darse apenas cuenta de en qué casa estaban cuando estaban en alguna. Nueva York, Singapur, Tokio, París, la capital de su propio país, Arjat an-Nahr. Siempre teniendo que planear ver a su mujer según las exigencias de sus agendas.

No echaría de menos en absoluto aquella parte de su vida. Se dijo que todo valdría la pena con tal de acabar con aquello. Al menos ahora estarían juntos. Sin duda eso era lo importante.

—No deberías haberte quedado tanto tiempo en Arjat an-Nahr —le estaba diciendo Kiara con tono juguetón—. Me siento tentada a creer que te importa más tu país que tu pobre y abandonada esposa.

Azrin sabía que estaba bromeando. Por supuesto que sí. Pero aquella noche le molestó. Sugería cosas respecto a su futuro que él no quería oír. Que no podía aceptar ni aunque fuera en tono humorístico.

—Algún día seré rey —le recordó—. Entonces todo pasará a un segundo plano, Kiara. Incluso tú.

Y él, por supuesto. Especialmente él.

Ella alzó la vista para mirarle con aquellos maravillosos ojos marrones que se deslizaron por su rostro en la oscuridad. Azrin sabía que le conocía muy bien y se preguntó qué estaba viendo. La verdad no, por supuesto. Ni ella podría averiguarla con una mirada escrutadora. Nadie sabía la verdad excepto los médicos de su padre, su madre y él mismo.

—Sé con quién me casé —le dijo Kiara con dulzura.

Pero Azrin no estaba tan seguro de ello. Entonces ella sonrió y volvió a adquirir un tono ligero de nuevo, animándole a seguirla hacia aguas más superficiales.

—Después de todo, siempre te tomas muchas molestias para recordármelo.

Azrin se dijo que solo era un cambio. Todo cambiaba, incluso ellos mismos. No era ni bueno ni malo, era la naturaleza de las cosas.

Y siempre había sabido que aquel día llegaría. ¿A quién había querido engañar durante los últimos cinco años?

–¿Te refieres a que te he pedido que mantengas la voz baja mientras finges que soy un desconocido seguro de sí mismo que está ligando contigo en un bar para que los periódicos no compartan este juego tuyo con el mundo entero? –no podía mostrarse muy duro, sobre todo cuando aquellos ojos marrones tan cálidos parecían conectarse directamente con su sexo. Y con su corazón–. ¿Eso es tomarse molestias, Kiara, o tiene que ver con la preservación de la intimidad?

–Sí, mi señor –murmuró ella fingiendo obediencia. Incluso inclinó la cabeza en señal de falso respeto–. Lo que usted diga, mi señor.

La también fingida mueca de exasperación de Azrin la llevó a soltar una carcajada, y sintió que aquella música le atravesaba como un rayo.

No podía arrepentirse de aquellos últimos cinco años.

Siempre se había tomado su deber como príncipe heredero tan en serio como su posición de director ejecutivo en el Fondo de Inversión del gobierno de Khatan, uno de los más importantes del mundo. Kiara estaba dedicada en cuerpo y alma a su papel de vicepresidenta de los famosos viñedos de su familia en el sur de Australia, un trabajo que la llevaba a viajar por todo el mundo y que la hacía estar tan ocupada como él. El suyo siempre había sido un matrimonio moderno, el primero en la historia de su familia.

Azrin había supuesto una apuesta por el futuro en su país, tanto si quería como si no. Nadie le había preguntado su opinión al respecto. Sus sentimientos eran irrelevantes y él lo sabía. Mientras su padre estaba orgullosamente atado a las antiguas tradiciones, se suponía que Azrin representaba el nacimiento de la edad moderna en el viejo mundo de Khatan, aquella isla pequeña y rica en petróleo situada en el Golfo Pérsico.

Siempre había sabido que cuando accediera al trono se esperaría de él que llevara a su país hacia la nueva era, algo que su padre no había podido o no había querido hacer. Se suponía que debía liderar a su pueblo hacia un futuro más libre e independiente sin el baño de sangre y los conflictos que habían vivido algunos de sus países vecinos.

Y Kiara había sido un primer paso en esa dirección, aunque él no la había visto bajo aquella perspectiva cuando la conoció. Era una mujer occidental del siglo XXI en todos los aspectos, independiente y ambiciosa, la cuarta generación de una familia de vinicultores australianos y con una carrera impresionante por derecho propio. Casarse con ella había supuesto comprometerse con un futuro muy distinto al de la vieja escuela de las tres esposas tradicionales de su padre.

Azrin y Kiara eran considerados la imagen del nuevo Khatan. Eso no cambiaría ahora, solo se analizaría y se criticaría más. Se especularía más sobre ellos. Se les examinaría con lupa. Su matrimonio dejaría de ser solo suyo, se convertiría en dominio público igual que el resto de su vida. Era inevitable.

Azrin siempre había sabido que aquel día llegaría, pero no esperaba que fuera tan pronto.

—¿Dónde tienes la cabeza en este momento? —le preguntó Kiara deteniéndose y obligándole a él a detenerse también—. Estás muy lejos de aquí.

El muelle de Sídney estaba rebosante de transbordadores y usuarios que regresaban a casa después del trabajo, grupos de turistas y clientes de los restaurantes que habían salido a cenar.

—Sigo todavía en Khatan —reconoció Azrin. Y era cierto. Le tomó la mano en la suya y entrelazaron los dedos antes de ponerse en marcha otra vez. Azrin la guió hacia la zona de puestos y artistas callejeros–. Pero preferiría estar dentro de ti. Contigo desnuda. Creo que has sugerido algo así antes, ¿verdad?

–Así es –aseguró Kiara con tono despreocupado–. Creí que lo habías olvidado, mi señor.

–Nunca olvido nada que tenga que ver con tu cuerpo desnudo, Kiara –aseguró él en voz baja–. Créeme.

Azrin se dio cuenta de que no estaba preparado, pero debía estarlo. Lo que él quisiera, lo que sentía, ya no importaba. Lo que importaba era quién era y por tanto en quién iba a convertirse. Tenía que aprender a guardarse para sí sus deseos y sus sentimientos como había hecho durante muchos años antes de conocer a Kiara. Había sido muy egoísta por su parte pasar aquellos últimos cinco años fingiendo que podría ser de otra manera.

Le abrió a Kiara la puerta del largo coche negro que les aguardaba en la acera y luego tomó asiento a su lado. Aunque eran príncipes, un jeque real y su esposa legítima, habían pasado varios años comportándose como cualquier otra pareja poderosa del mundo. Creían en sí mismos, pensó Azrin. Desde luego él sí.

El príncipe y la princesa de Khatan eran accesibles. Normales. Trabajaban mucho y no podían verse tanto como les gustaría. La suya no era una historia de harenes y exotismo, excesos reales y la vida absurda de los privilegiados. Eran una pareja muy trabajadora que trataba de hacer las cosas lo mejor posible cada día. Como cualquier otra.

Pero no eran como cualquier otra pareja y nunca lo serían.

No eran una pareja normal. Habían estado fingiendo que lo eran, se dijo Azrin con pesar.

Él sería rey. Ella su reina. Había más expectativas en

los papeles que iban a representar a partir de ahora que en los que habían estado ejerciendo durante todo aquel tiempo. Todo cambiaba, se repitió. Todo el mundo cambiaba.

Pero no aquella noche.

Capítulo 2

KIARA necesitó un largo instante tras despertarse en la enorme cama bañada por la luz del día para recordar que estaba en Sídney. En el ático de Sídney, se dijo mientras se estiraba sonriendo y sacaba las piernas por un lado de la cama y se levantaba despacio. Le encantaba sentir aquella ligereza por todo el cuerpo. Era el efecto Azrin. Se suponía que ya debería estar acostumbrada a él a aquellas alturas. Por su mente cruzaron imágenes de la noche anterior, a cada cual más erótica. Su marido era un amante sensual y exigente que todo lo tomaba... y que todo lo entregaba.

Se metió en la gigantesca ducha canturreando mientras se masajeaba con el jabón de delicada esencia sobre la piel que él había saboreado y acariciado repetidamente. Cuando terminó salió y se envolvió en una toalla y soltó el cabello que se había recogido en una pinza para ducharse. A veces se sentía culpable por considerar su exigente trabajo como un respiro necesario entre ronda y ronda con su más exigente todavía marido. Había algo en Azrin, pensó sonriendo para sus adentros, que exigía una rendición completa.

Lo encontró en el salón, sentado despreocupadamente en el sofá bajo que había en el centro de aquel espacio moderno, hablando en árabe con la tableta que utilizaba para las videoconferencias. Azrin clavó la mirada en la suya y, aunque no sonrió, ella experimentó una oleada de calor.

A pesar de la noche que habían pasado, quería más. El centro de su cuerpo se volvió a calentar, preparado para él. Una vez más. Siempre.

Era letal.

Kiara se aseguró de mantenerse fuera de cámara y entró en la cocina de gourmet en la que ni Azrin ni ella habían cocinado jamás para prepararse un café en la enorme y brillante máquina exprés. Unos minutos más tarde se sentó con una taza de café perfecto en uno de los taburetes de aluminio que iban a juego con la reluciente encimera de granito.

Todavía no hablaba árabe, aunque había aprendido algunas frases a lo largo de los años. Ninguna de ellas podía repetirse fuera del dormitorio. Así que no trató de imaginar de qué estaría hablando con aquel tono autoritario que le recordaba que era un príncipe de verdad al que algunos llamaban «mi señor» sin ironía. Permitió que su voz profunda y segura se deslizara sobre ella como una caricia. Se sentó y disfrutó de aquel momento sin hacer nada más que mirar a través del ventanal que daba hacia la espectacular vista de los Reales Jardines Botánicos, el edificio de la Ópera de Sídney y su pintoresco puerto, todo ello bañado por la dulce y dorada luz del sol australiano.

Pero no fue capaz de mantenerlo durante mucho tiempo. Enseguida empezó a preocuparse por un problema que había surgido con un zinfandel con el que habían estado experimentando durante los últimos años y se preguntó si tendría que llamar a su madre, la directora ejecutiva de Bodegas Frederick. Dado el complicado cóctel de culpabilidad, amor y deber que caracterizaba la relación de Kiara con su madre, normalmente prefería arreglar las cosas por sí misma. Sopesó los pros y los contras una y otra vez.

Los altos rascacielos de Sídney se pavoneaban ante

sus ojos bajo la abundante luz del sol, pero Kiara apenas se fijó en ellos. En su cabeza veía los campos verdes y dorados de su amado Valle de Barossa, los enormes y ricos viñedos que se extendían por todas direcciones, las pequeñas aldeas de arquitectura bávara construidas por los colonos que, como los antepasados de Kiara, llegaron huyendo de la persecución religiosa en Prusia. Vio los viñedos familiares que habían presidido su vida desde niña y la enorme y antigua casona que había pertenecido a su familia desde hacía muchas generaciones.

La bodega había pasado a ser la vida de la madre de Kiara cuando se vio allí viuda y con una niña pequeña, y también era la vida de Kiara. Al menos tenía que demostrarle a su madre y también a sí misma que había valido la pena. Después de tantos años de sacrificio y lucha por parte de su madre para construir y mantener el legado de Kiara, ella le debía al menos comprometerse con ese legado.

No supo qué la llevó a alzar la mirada y ver a Azrin mirándola. La videoconferencia ya había terminado y él la observaba con gesto inusualmente serio.

–Buenos días –dijo Kiara con una sonrisa dejando a un lado las preocupaciones mientras bebía de su imagen, como si Azrin pudiera despejarle la cabeza por el mero hecho de estar ahí delante de ella y no al otro lado del mundo, disponible solo en videochat.

Esperaba que le devolviera la sonrisa. Pero Azrin se limitó a mirarla durante un largo instante y ella sintió un escalofrío interior.

–¿Por qué me miras así? –le preguntó sin apartar los ojos de los suyos–. ¿Qué ha pasado?

–Estoy admirando a mi hermosa mujer –aseguró él–. A mi princesa. Mi futura reina.

Kiara se sentía incómoda y no sabía por qué. Parecía como si Azrin llevara horas despierto. Tenía el pelo alborotado, como si se hubiera pasado repetidamente las manos por él. No se había molestado en afeitarse, y la sombra de barba incipiente le hacía parecerse más al jeque que a veces olvidaba que era que al marido cosmopolita con el que exploraba las ciudades más modernas del mundo.

Por alguna razón, sintió la garganta seca.

—Podrías sonar un poco más sincero si te esfuerzas —señaló tratando de recuperar el tono ligero que siempre utilizaba—. Pero tienes que esforzarte mucho.

Azrin estuvo a punto de sonreír entonces, y Kiara tuvo la sensación de que no quería hacerlo. Había algo pesado en la atmósfera de la estancia que la hacía sentirse nerviosa y se daba cuenta de que a él también le pasaba lo mismo.

Se jactaba de su habilidad para cerrar tratos importantes y para navegar por el traicionero laberinto de los negocios internacionales en general y de la industria vinícola en particular. Qué demonios, era muy buena. Tenía que serlo, había superado el recelo general de que había subido por ser la hija de la jefa y no por su valía. Y luego, después de la boda, tuvo que callar las voces de los que de pronto la llamaban «Alteza» o «princesa» en medio de una tensa reunión.

Sabía cómo mantener a la gente a raya. Era un mecanismo de defensa para protegerse de la completa falta de límites de su madre cuando ella era niña. Se había pasado toda su vida profesional cultivando una fachada de reina del hielo, y convertirse en princesa y ser fotografiada sin cesar había ayudado a que aquella protección resultara todavía más impenetrable. Le gustaba que fuera así.

Pero este hombre era distinto. Si este hombre la miraba reflejando algún dolor, ella haría cualquier cosa por borrarlo. Se trataba de Azrin, y el amor que sentía por él, aquel amor que había alterado el curso de su vida cinco años atrás, resultaba imposible de esconder bajo una máscara. Era la única persona del mundo que no quería mantener a raya por muy salvaje y desequilibrada que la hiciera sentir a veces ni por muy separados que estuvieran con frecuencia.

Se puso de pie para acercarse a él.

–Tengo algo que decirte –afirmó Azrin con la mirada ensombrecida.

–Entonces dímelo –le pidió ella colocándose a horcajadas encima de su regazo y abriendo la bata de seda para mostrarle que estaba desnuda–. Pero me disculparás si hago que la conversación sea un poco más excitante, ¿verdad?

No estaba pensando. Solo sabía que quería calmarle y hacer algo para que se sintiera mejor. Notó cómo se endurecía debajo de ella, sintió su aliento en el cuello como si fuera incapaz de resistirse al tirón entre ellos.

Pero Kiara sabía que ambos lo eran. Desde el principio había sido así, completamente irresistible.

–Kiara... –murmuró Azrin en un tono supuestamente reprobatorio. Pero le deslizó las manos bajo la bata y le acarició las caderas.

Ella se arqueó y sintió el raspar de su mandíbula contra la tierna loma del pecho. Azrin alzó la cabeza para mirarla y apretó los labios.

–¿Qué estás haciendo?

Kiara pensó que era obvio, pero se limitó a sonreír y a mover las caderas. Le deseaba como si nunca le hubiera tenido. Ardía como si ya le tuviera muy dentro. Y los ojos de Azrin brillaban con el mismo fuego, sabía que estaba sintiendo lo mismo.

Azrin le sostuvo la mirada mientras ella le liberaba de los pantalones con manos impacientes, acariciando su sedosa virilidad cada vez más fuerte. Sin dejar de mi-

rarle, se recolocó encima de él y se hundió, atrayéndole
con fuerza hacia su interior.

–Te estoy distrayendo –le dijo con voz irregular.

–O matándome –murmuró Azrin tomándole la boca
con la suya en un largo beso–. Aunque supongo que ese
es tu plan.

Kiara se movió contra él hundiéndose más profundamente, incapaz de contener un gemido de placer. Azrin se movió al unísono hasta que ella empezó a temblar
y entonces tomó el control. La agarró de las caderas
para evitar que se apretara contra su cuerpo ahora que
iba alcanzar la cima.

–¿Qué estás haciendo? –inquirió Kiara con un hilo
de voz.

–Te estoy distrayendo –él sonrió con los ojos brillantes–. Llegarás al orgasmo cuando yo lo diga, Kiara, y
no antes.

Ella quiso negarse, pero entonces Azrin se movió y
lo único que pudo hacer fue moverse con él, rendirse a
sus manos, a su boca perversa y sus órdenes susurradas.
Dejar que el fuego que ardía entre ellos se transformara
en un incendio descontrolado. Dejar que los llevara a
ambos al punto exacto al que quería ir.

Y cuando finalmente le ordenó que alcanzara el clímax lo hizo gritando su nombre.

Azrin no entendía por qué no se lo decía sin más. Por
qué no se lo había dicho ya. Por qué una parte de él no
quería decírselo nunca.

Habían disfrutado de una última y larga noche. Alar-
garla sería una demostración de egoísmo que ya no podía permitirse.

Kiara seguía en la ducha. Veía su figura a través del
cristal lleno de vapor, y ya lamentaba haber dejado el cá-

lido abrazo del agua caliente. Podía haberse quedado allí dentro con ella y continuar con la farsa.

Para ser sincero, eso era exactamente lo que quería hacer. Kiara había sido siempre para él un escape de la tradición. Siempre estaba un paso más allá de lo que se esperaba de ella.

–Diviértete mientras puedas –le había dicho su padre cuando se casó–. Ya pagarás por ello muy pronto. Te lo prometo –afirmó con su rostro de zorro surcado de arrugas.

Porque su padre también lo sabía: Kiara era el modo que tenía Azrin de disfrutar de una vida que pronto se vería engullida por el deber y el sacrificio. No habría escapatoria.

Pero Kiara era suya. Toda suya. No había sido capaz de resistirse a ella. Ese era el acto más egoísta de todos. No guardaba ninguna relación con lo que se esperaba de él, con lo que él esperaba de sí mismo. Se suponía que debía casarse con una mujer parecida a su madre, con alguna de las exquisitas jóvenes de Khatan que se habían presentado ante él en todo evento social desde que era un niño, cada una más perfecta que la anterior, compitiendo entre ellas por ser la opción más adecuada para convertirse en la futura reina.

Todas eran muy atractivas, de modales impecables y de actitud sumisa. Todas pertenecían a familias nobles y poderosas y habían sido educadas siguiendo los mismos ideales y las mismas expectativas para convertirse en esposas perfectas y excelentes madres. Desde que nacieron se les enseñó a anticiparse a los deseos de los hombres y a cumplirlos. Y, si ese hombre era el rey, mejor todavía.

Pero Azrin conoció a Kiara en un abarrotada calle de Melbourne. Estaba paseando para superar el jet lag mientras se preparaba para una semana de reuniones con los líderes financieros de la ciudad. Se metió por uno de callejones que había detrás de las típicas calles de Melbourne que combinaban altos rascacielos con fachadas victorianas y apareció en un pequeño café que le recordó a París. Su guardaespaldas se había adelantado para conseguirle una de las mesitas que daban a la concurrida callecita.

–Supongo que estará de acuerdo en que la costumbre es fingir una disculpa cuando se le roba la mesa a alguien –dijo ella con un tono burlón y alegre.

Aquella fue la primera impresión que tuvo de Kiara. Su voz.

Entonces alzó la vista. Nunca le había sucedido que una desconocida le hablara como si no le impresionara lo más mínimo. Eso le impactó como un golpe directo en el pecho.

Lo primero que vio de ella fue la boca. Le golpeó duro también. Luego se fijó en los ojos, marrones e inteligentes y tan alegres como su tono de voz. También recibió una impresión de su bonito rostro, con el cabello castaño retirado en un moño descuidado en la parte de atrás de la cabeza. Era invierno en Melbourne, y llevaba botas y medias bajo una especie de falda vaporosa y un abrigo ajustado con una bufanda roja anudada al cuello. Era todo alegría, colorido y burla, y no tendría que haberle llamado la atención en ningún modo.

–Pero como veo que tú y tu séquito os creéis mucho –continuó señalándoles a su guardaespaldas y a él con evidente falta de respeto–, da la impresión de que veis las mesas de los cafés como una cosa más que conquistar. Así que en ese caso –sonrió aunque no abandonó el sarcasmo–, puedes quedártela. Está claro que la necesitas más que yo.

Se dio la vuelta para marcharse, pero a Azrin le resultó insoportable la idea aunque no entendiera la razón.

–Por favor –dijo sorprendiendo a su impávido guar-daespaldas casi tanto como se sorprendió a sí mismo. Azrin no era conocido por su interés en las chicas de ojos inteligentes y descaradas–. Siéntate conmigo. Te dejaré enumerar mis múltiples defectos y te invitaré a un café por las molestias.

Kiara se giró hacia él con una especie de luz en sus cautivadores ojos. Una sonrisa le cruzó la generosa boca.

–Eso puedo hacerlo yo sola –señaló sonriendo toda-vía más–. De hecho lo estoy haciendo mentalmente.

–Piensa en cuánto más satisfactorio sería insultarme a la cara –respondió Azrin con agudeza–. ¿Cómo vas a resistirte a un desafío así?

Y lo cierto fue que no pudo.

Azrin se pasó el resto de la tarde tratando de conven-cerla de que cenara con él en su hotel, y el resto de su estancia en Melbourne tratando de convencerla para que se acostara con él. Solo consiguió cenar con ella aquella noche y luego una semana de lo mismo, y él no era un hombre acostumbrado a fracasar en nada.

No había sabido cómo procesarlo. Se dijo a sí mismo que esa fue la razón por la que se había mostrado tan irracionalmente obcecado con aquella mujer que le ha-bía tratado con tanta desenvoltura, que se había reído de él cuando trató de seducirla, y cuyos besos le habían vuelto loco cuando accedió a dárselos.

–Te gusta la caza, no yo –le había asegurado ella la última noche en Melbourne.

Había parado otro beso antes de que llegara dema-siado lejos e incluso se había apartado de los brazos de Azrin para apoyarse en la puerta de su apartamento, al que se había negado a invitarle. Una vez más. Azrin te-nía la sensación de que iba a dejarle allí.

Una vez más.

–¿Y si me gustas tú? –le había preguntado con una

frustración desconocida para él–. ¿Y si la caza no es más que un impedimento?

–Qué preciosa fantasía –replicó ella.

Pero Azrin ya sabía que el tono despreocupado que adoptaba no era del todo sincero.

–Me temo que tu romántica persecución de mi persona es menos importante que mis estudios de posgrado. Seguro que lo entiendes. Los príncipes morenos no suelen ser más que pequeños interludios de cuento de hadas, según mi experiencia...

–¿Tienes mucha experiencia con príncipes? –la interrumpió Azrin con tono burlón.

Pero Kiara le ignoró y siguió hablando.

–... necesito mi máster en Tecnología Vitivinícola para seguir con mi vida real –sonrió entonces remarcando mucho la palabra «real»–. Entiendo que quieras frotarte un poco contra alguien de camino al trono. Nadie pensará mal de ti por ello.

–Kiara –dijo entonces Azrin. No podía apartar las manos de ella y quería sentir algo más que el sencillo placer de la palma sobre su antebrazo, que era lo único que le había permitido. Kiara no era para él, lo sabía de sobra. Pero era incapaz de aceptarlo–. Prepárate para el interludio de cuento de hadas. Mañana tengo que regresar a Khatan, pero volveré.

–Por supuesto que sí –aseguró ella como si no se lo creyera.

Pero volvió, tal y como había prometido. Una y otra vez. Hasta que finalmente empezó a creerle.

La observó ahora saliendo de la ducha y envolviéndose en una toalla. Le sonrió y Azrin sintió un nudo en el estómago. Kiara nunca había querido ser reina. Ni siquiera princesa. Solo le quería a él, del mismo modo que él solo la quería a ella. Tal vez hubiera sido una ingenuidad imaginar que bastaba con aquella conexión.

Pero ingenua o no, esa era la cama que habían hecho. Y ahora había llegado el momento de acostarse en ella. Tanto si les gustaba como si no.

Tanto si quería como ser rey de Khatan o no. Algo que antes nunca había importado, se recordó. Ni tampoco importaba ahora.

—Mi padre vuelve a tener cáncer —dijo con brusquedad.

—Azrin, no —jadeó Kiara mientras trataba de procesar sus palabras.

Él no se movió de su posición en el umbral de la puerta. Se apoyó contra el quicio con actitud despreocupada y al mismo tiempo remota. Llevaba puestos únicamente unos pantalones oscuros que no se había molestado en abrocharse del todo. Pero Kiara podía distinguir las duras líneas alrededor de su boca y la tensión de su cuerpo. Y sus ojos grises clavados en ella de un modo que no lograba entender.

—Tiene pensado luchar, por supuesto. Es terco como una mula —dijo en el mismo tono distante.

Como si aquello fuera el previo de algo peor. Aunque Kiara no podía imaginar de qué podía tratarse.

—Lo siento mucho —dijo Kiara. La cabeza le daba vueltas. Le resultaba difícil imaginar al viejo rey, el beligerante y autoritario padre de Azrin debilitado.

Resultaba imposible imaginarse siquiera al cáncer atreviéndose a acabar con el rey Zayed cuando nada ni nadie había conseguido que relajara el puño de hierro con el que gobernaba su país, su trono. A su único hijo.

—No parece especialmente preocupado con que le mate esta vez —continuó Azrin metiéndose las manos en los bolsillos de los pantalones—. Pero siempre ha tenido un alto concepto de sí mismo. Eso es lo que ha llevado a los mayores excesos de su reinado. Él deja los lamentos y el crujir de dientes a mi madre.

La reina Madihah era la primera de las tres esposas del anciano rey. Eso y el haber dado a luz al príncipe heredero la convertían en un tesoro nacional. Era la personificación de la serena, elegante y humilde feminidad de las mujeres de Khatan. Kiara se había sentido siempre ruda y a su lado. Era imposible imaginársela cambiando de expresión, y mucho menos lamentándose.

—Aparte de eso, está en un excelente estado de forma —dijo pensando en la última vez que vio a su suegro.

Fue la primavera anterior, y él insistió en que le acompañara a dar un largo paseo por los jardines de palacio. Aunque Kiara pasaba mucho tiempo en las cintas de correr de los gimnasios de todo el mundo, el paso del anciano la dejó prácticamente sin aliento. También influyó el interrogatorio al que la sometió, como si todavía recelara de su relación con su hijo y heredero, como si esperara que en cualquier momento revelara los auténticos motivos por los que se había casado con él.

—Nadie diría que tiene más de setenta años...

Algo cambió entonces en la expresión de Azrin y Kiara dejó la frase sin terminar.

—Ha anunciado que es un hombre mayor y que solo le quedan armas para una batalla —dijo él.

Kiara se quedó paralizada en el sitio sin saber por qué. Tal vez se debiera al modo en que la estaba mirando o cómo apretaba las mandíbulas.

—Cree que en este momento no puede cuidar de sí mismo y encargarse del reino como hizo la última vez.

—Que haga lo que tenga que hacer para curarse —aseguró Kiara al instante—. Y nosotros haremos lo que tengamos que hacer para ayudarle.

Un incómodo silencio se alargó entre ellos.

–Se va a echar a un lado, Kiara –dijo Azrin con tono suave–. Se retira.

Ella tardó un instante en entender lo que quería decir.

–Por supuesto –dijo cayendo en la cuenta–. Será un buen ejercicio de prácticas para ti ocupar el trono mientras se recupera, ¿verdad?

–No –otra vez aquella voz.

La miró con dureza. Como si le hubiera decepcionado y ella no supiera todavía por qué. De pronto le temblaron las rodillas.

–¿No? –repitió ella–. ¿No sería un buen ejercicio de prácticas?

–No sería algo temporal. Se retira para siempre.

Kiara parpadeó. Él esperó. Algo dentro de ella se quedó paralizado. Como si no pudiera entender lo que le estaba diciendo. Pero sí lo entendía.

–Eso significa... –se detuvo.

Le dieron ganas de echarse a reír, pero no se atrevió. Azrin no se lo perdonaría. Sacudió la cabeza.

–Eso significa que seré el nuevo rey de Khatan dentro de seis semanas –afirmó él con aquel tono firme y seguro.

Como si aquella dureza formara ahora parte de él, como si fuera necesaria para acceder al trono.

–¿Seis semanas? –Kiara se rio entonces entre dientes–. Ni siquiera me he acostumbrado todavía a que seas príncipe y llevamos cinco años casados. ¡No puedo hacerme a la idea de que vayas a convertirte en rey en poco más de un mes!

Pensó que Azrin sonreiría, pero mantuvo los labios firmes. Nunca le había visto una mirada tan fría.

–Tú no tienes que hacerte a la idea –aseguró él con tono distante–. Yo llevo toda la vida haciéndome a la idea de que algún día sería rey. Siempre supe que iba a ocurrir. Solo está sucediendo más rápido de lo que pensé.

«Recupera la compostura», se ordenó Kiara a sí misma consciente de que estaba en medio del baño mirándole como si se hubiera transformado en una especie de monstruo ante sus ojos. No era así como debía comportarse una buena esposa en un momento así.

Imaginó que todo el mundo se sentiría descolocado en un momento así. Tronos. Reyes. Pero era su marido. Ya analizaría sus propios sentimientos más tarde. En privado. Se acercó a él, se puso de puntillas y le besó en la apretada mandíbula.

—Esto no va a ser fácil —dijo con dulzura—. Pero te amo. Encontraremos la manera.

—Supongo que debe de estar más enfermo de lo que quiere hacer creer —dijo Azrin con tono enfurruñado—. Siempre dijo que moriría antes de abdicar. Pero subió al trono a los diecinueve años. Solo había una manera de mantenerse en él. Con crueldad.

Kiara volvió a besarle, decidida a ignorar la tensión que había en él. Sabía que la relación de Azrin con su padre no había sido fácil. Que al rey nunca le había gustado que su pueblo viera a Azrin como una especie de salvador a la espera. Azrin siempre decía que, si su padre hubiera conseguido tener otro hijo, él habría dejado de ser su heredero. Pero no lo tuvo.

—Puedes hacerlo —le dijo Kiara—. Llevas años preparándote. Estás listo.

—Sí, Kiara. Estoy listo —afirmó él en voz baja con los ojos demasiado oscurecidos y la boca demasiado apretada—. Pero ¿lo estás tú?

Capítulo 3

S U MADRE le hizo la misma pregunta una semana más tarde, cuando Kiara regresó a la bodega para hacerse cargo de sus responsabilidades en aquella otra parte del mundo para poder viajar a Khatan y cumplir con su deber.

Le había asegurado a Azrin que estaba lista y dispuesta. Deseosa, incluso. Lo dijo con tanta firmeza que también estuvo a punto de creérselo ella misma. A punto.

–¿De verdad estás preparada para ser reina, Kiara? –le preguntó su madre con frialdad como si hubiera escudriñado en su interior y hubiera logrado articular todos los pensamientos oscuros que ella fingía no sentir–. Esto no es un juego y lo sabes. La monarquía de Khatan no es algo simbólico.

Kiara hizo un esfuerzo por contar hasta diez mentalmente. Estaba sentada en el bonito despacho de su madre con sus impresionantes vistas a los viñedos Frederick, verdes y saludables bajo el sol de la tarde. Pero ella no podía concentrarse en eso ahora aunque aquella visión la calmara. Tenía que evitar dejarse llevar por aquel arrebato de genio que su madre consideraba una debilidad. Y peor todavía, una confirmación.

Además, era muy consciente de que la ira era solo el envoltorio de la culpa que yacía debajo. Una vida entera de culpabilidad porque sabía que ella era la razón por la que su madre había dedicado su existencia entera a aquel lugar, a aquellos viñedos tras la muerte del padre de Kiara. Si no hubiera estado ella, quién sabía qué podría haber hecho Diana con su vida.

No era de extrañar que Kiara no tuviera ninguna prisa en ser madre.

«Uno, dos, tres...».

Miró a su madre, que estaba sentada frente a ella en el siempre impecable escritorio. Vio mucho de ella misma en la otra mujer. Como siempre. Era como verse en el futuro, por mucho que pretendiera negarlo. Los mismos hombros estrechos y las piernas largas. La misma forma de moverse, aunque Kiara sabía que nunca tendría la elegancia innata de Diana.

Kiara era la única que había sabido ver bajo el pulido exterior de su madre. La única que sabía a todo lo que había tenido que renunciar por aquel lugar. Por Kiara. Por el legado que creía que su padre habría querido dejarle si hubiera podido.

«Cinco, seis, siete...».

Diana se había hecho cargo del negocio de Bodegas Frederick con más determinación que habilidad tras la repentina muerte de su marido, y lo había llevado a su actual estado de bonanza gracias únicamente a su fuerza de voluntad. No había estado presente durante los años de crecimiento de Kiara, dejó el día a día de su educación a la fallecida abuela de Kiara, la suegra de Diana. Pero eso no impidió que su madre opinara constantemente sobre las decisiones de Kiara. Y que la juzgara por ellas.

Lo que significaba que su madre no aprobaba a Azrin. En lo más mínimo. No le gustaba lo que representaba, como a ella le gustaba decir. Pensaba que Kiara tendría que haberse casado con el simpático Harry Thompson, su primer novio, cuya familia tenía mucha relación con el valle de Barossa y quien, según ella, entendía a Kiara como Azrin nunca lo haría.

Y en lo más profundo de su interior, donde se mezclaban la culpabilidad y el deber, una parte de Kiara se había preguntado siempre si Diana no tendría razón. Y se lo preguntaba con más fuerza en aquel momento en el que se preparaba para asumir un papel del que ni Azrin ni ella habían hablado en profundidad porque daban por hecho que quedaba muy lejos en el futuro.

¿Estaba preparada para ser reina?

No podía perdonarle a Diana que le hiciera la pregunta que ella misma no se atrevía a hacerse.

«Ocho, nueve...».

—¿Por qué no iba a estar preparada, mamá? —le preguntó con tono irritado, lo que indicaba que la pregunta le había molestado. Sentía como si ya estuviera perdiendo puntos antes de empezar, una sensación demasiado familiar en lo que a su madre se refería. Se preparó para adoptar aquella pose fría que utilizaba con todo el mundo menos con ella—. Sabía quién era Azrin cuando me casé con él.

Supo quién era en cuanto puso los ojos en él. Demasiado poderoso. Demasiado peligroso. Demasiado abrumador y demasiado despiadado. Que se hubiera enamorado de él no cambiaba el hecho de quién era.

—Cuando te casaste con él era un hombre de negocios que además resultó ser príncipe, y estaba encantado de recorrer el mundo contigo —aseguró Diana con tono supuestamente despreocupado.

Kiara se puso al instante en guardia. Diana no actuaba nunca con despreocupación. Jamás.

—Ahora va a ser rey, y eso no es lo mismo, ¿no te parece? —continuó su madre.

—Siempre supe que algún día sería rey —aseguró Kiara con tono enfadado. Tuvo que hacer un esfuerzo por sonreír para contrarrestarlo—. Y será un buen rey.

–Pero ¿qué clase de reina vas a ser tú? –preguntó Diana alzando las cejas como si le sorprendiera que ella misma no se hubiera hecho aquella pregunta–. Fuiste educada para saber de enología y viticultura, no sobre intrigas reales y asuntos de estado.

–Tu fe en mí resulta conmovedora –aseguró Kiara haciendo un esfuerzo por mantener la sonrisa.

Se puso de pie. De pronto deseaba desesperadamente evitar profundizar en aquel asunto con su madre. Tenía miedo de que destapara cosas de su interior que ella no quería saber.

Diana se limitó a encogerse de hombros.

–No es una cuestión de fe –dijo–. Ya sabes que hablé mucho rato con la reina Madihah en vuestra boda. Me dejó muy claro que fue educada para convertirse en la esposa perfecta para un rey.

No tuvo que decir nada más. La cuestión quedaba tan clara como si la hubiera gritado.

«No eres apta para ser reina».

Kiara recogió sus cosas con el mayor control posible, decidida a no mostrarle a Diana que había dado completamente en el blanco al lanzar la flecha. ¿Cómo se las arreglaba su madre para verle directamente el corazón, donde ella escondía sus peores miedos?

–No tengo tiempo para esto –aseguró con toda la calma que pudo–. Parto hacia Khatan mañana temprano. ¿Tienes algo más que decirme? –sabía que su sonrisa era demasiado forzada–. Sobre el negocio, mamá. No sobre mi matrimonio, por favor.

–Solo me gustaría que fueras realista respecto a este asunto, Kiara –aseguró Diana.

Su brillante mirada marrón mostró el primer atisbo de emoción que Kiara le había visto en años. Eso hizo que sintiera un nudo en el estómago por la culpabilidad, la obligación y algo más.

–No, eso no es lo que te gustaría –replicó sintiendo la furia que cubría el resto de las cosas que no quería sentir–. Lo que te gustaría sería que viera las cosas como tú. Te gustaría que hiciera las cosas a tu manera.

–¿Crees que eres la única que te has dejado llevar por una romance de fantasía? –le preguntó Diana. Se había puesto también de pie y señalaba hacia la ventana, hacia los viñedos, la casona y la historia de la familia–. Yo eché chispas por los ojos cuando conocí a tu padre, pero con eso no conseguí prepararme para la realidad de llevar este negocio, ¿verdad? Y mucho menos para criar a una hija yo sola cuando él se fue.

Kiara no quería escuchar aquello. Otra vez no. Aquella historia estaba grabada en sus huesos. Era una historia de sacrificio y pérdida, y también de decepción, que era lo que Kiara sentía por no estar a la altura de todo lo que su madre había hecho por ella. Y seguía haciendo.

Esa sensación había guiado todos y cada uno de su pasos hasta que conoció a Azrin.

–¿Qué importa nada de eso ahora? –preguntó angustiada–. Soy su esposa. Su reina. Esto va a suceder tanto si quieres como si no, mamá.

Diana dejó escapar un suspiro.

–Oh, Kiara –susurró con aquel tono de derrota y desesperación típicamente suyo–. Nada de esto tiene que ver con lo que yo quiero.

Azrin la encontró en la terraza privada que unía sus suites en el ala familiar del inmenso palacio que se alzaba en lo alto de los acantilados que rodeaban la ancestral ciudad de Arjat an-Nahr, en la que los rascacielos formaban ahora parte del paisaje de la ciudad junto con los delicados minaretes de siglos pasados.

Kiara estaba acurrucada en uno de los sofás con la

mirada perdida en el oscuro océano que brillaba debajo de ella. El sol se había puesto hacía unos instantes y no era más que una línea de tonos púrpuras y dorados que se extendía en el horizonte.

A Azrin le gustaba que estuviera allí tan solo unos días después de haberla visto. Le proporcionaba un placer tan grande que a cada paso que daba para acercarse a ella sentía cómo toda la tensión del día desaparecía. Le gustaba tenerla cerca. Le gustaba que hubiera llegado sana y salva y ya estuviera en el palacio cuando él terminó la interminable ronda de reuniones y sesiones de estrategia.

Era la única luz en un día largo y complicado.

Miró hacia atrás cuando él se acercó. Tenía una expresión que Azrin no supo definir, una expresión que no creía haber visto con anterioridad. Pero entonces Kiara sonrió. Y él sonrió también antes de darse cuenta de que tenía la mirada oscurecida.

–Me alegro de que estés aquí –dijo él. Se acercó al sofá y se dejó caer en el otro extremo.

La terraza estaba llena de flores y aromatizada por el olor a jazmín ahora que había caído la noche. Las estrellas habían empezado a aparecer en el cielo. Y durante un instante pensó que podrían ser cualquier pareja. Solo un hombre y una mujer con la noche extendiéndose ante ellos.

No se permitió pensar en cuánto le gustaría que fuera así, que pudieran volver a aquel mundo falso en el que habían vivido todos aquellos años.

Kiara cambió de posición y se apoyó contra el respaldo. Azrin aprovechó la oportunidad para colocarle las piernas sobre el regazo. Llevaba puesto algo vaporoso y fino, no era un vestido ni tampoco uno de sus pareos de seda, y estaba descalza. El cabello le caía por los hombros, húmedo tras la ducha, y tenía la cara limpia de maquillaje. Era preciosa, y no entendía por qué tenía un aire tan distante mientras la acariciaba.

—¿Qué tal tus reuniones? —le preguntó con tono neutro.

Demasiado neutro. Azrin se puso al instante en guardia.

—Muy largas —contestó él con cuidado.

Pensó en los peleones ministros, en las discusiones, lo intratables que se mostraban algunos de los responsables. Uno de ellos, desgraciadamente, su padre. Pensó en las inevitables concesiones, en los dolores de cabeza a los que pronto tendría que enfrentarse solo. Ya le parecía un trabajo ingrato y peligroso aquel avance hacia el progreso que a veces le daba la sensación de ser el único que apoyaba. Y sin embargo no había marcha atrás. Le había dado su palabra a su pueblo cuando era un joven idealista de veintidós años. No podía recular ahora solo porque le resultaba más difícil de lo que pensaba y porque hubiera sucedido antes de lo que tenía planeado.

Y encima de todo estaba Kiara, su extraño tono de voz y aquella mirada remota, como si le hubiera hecho algo malo, cuando lo único que quería era hablar las cosas. Escuchar su punto de vista, tener a alguien de su lado. Se dijo que no estaba desilusionado, que Kiara acababa de llegar. Que ya tendrían tiempo para el tipo de conversación que él esperaba. Que no tenía motivos para sentirse tan solo.

—Largas y complicadas —añadió con tono más seco del debido.

—Tu ayudante de cámara me habló de tus expectativas cuando llegué —respondió ella con voz algo menos neutra que antes—. Largamente. Y luego tus hermanas lo retomaron donde él lo dejó —algo brilló en sus ojos y luego movió las piernas contra él como si estuviera incómoda–. ¿Crees que necesito clases de etiqueta, Azrin? ¿Del batallón de tus hermanas? ¿Te he humillado a ojos del mundo y habías olvidado mencionarlo hasta ahora?

Azrin sintió como si de pronto estuviera en medio de un campo de minas. Una sensación que no le gustaba lo más mínimo. Pensó que agradecería el consejo de sus hermanas sobre cómo comportarse como una noble de Khatan. Hizo un esfuerzo por controlar el mal genio, que se asomaba demasiado a la superficie tras haberlo mantenido a raya durante un día tan largo.

–No tienes conocimientos formales de diplomacia –le dijo forzando el tono para que resultara razonable. Después de todo, llevaba todo el día practicándolo. Ya debería formar parte de su ser a aquellas alturas–. Mis hermanas son conocidas por sus impecables modales. Son la opción más lógica para ayudarte.

Azrin le escudriñó el rostro en busca de la Kiara que él conocía, siempre divertida e inteligente. Pero solo encontró aquellos ojos demasiado oscuros mirándole fijamente. Esperando una explicación sobre su decisión de enviar a sus hermanas que a él le parecía obvia.

–Vas a ser la reina, Kiara –le dijo con una paciencia que no sentía–. Hay cosas que se supone que debes saber. Y se espera que te comportes de una cierta manera. Eso es todo.

–¿Qué tiene de malo la manera en que me comporto ahora? –Kiara frunció el ceño retándole, pero con una oscuridad para él desconocida–. ¿Hay alguna fotografía que yo no haya visto? ¿Algún incidente incómodo que no recuerde?

–Por supuesto que no –Azrin recordó que no era culpa de Kiara que su gobierno fuera un viejo dinosaurio artrítico y exigente. Ni tampoco que él hubiera perdido la paciencia tras el largo día–. Pero ya no serás una princesa que puede hacer en cierto modo lo que le plazca. Serás el símbolo de la feminidad para todo Khatan –sonrió–. Pero sin presión, por supuesto.

Quería que ella sonriera, pero su preciosa boca permaneció fruncida. Él lo sintió como una bofetada.

–Sin presión –repitió Kiara lentamente como si lo estuviera procesando–. Pero al parecer mi comportamiento actual es actualmente tan deficiente que has tenido que enviarme a tus hermanas en cuanto he puesto el pie en palacio sin habérmelo mencionado con anterioridad. Siento que me has tendido una emboscada, Azrin.

Él suspiró entonces. Toda la tensión y la angustia del día cayeron sobre él junto con el agotamiento acumulado desde el anuncio de su padre.

–¿Vas a ser otro fuego que me veré obligado a apagar hoy, Kiara? –le preguntó incapaz de contener el tono afilado–. ¿Un problema más que tengo que resolver?

Ella se puso tensa.

–Creí que estaba teniendo una conversación con mi marido –dijo con voz tirante. Como la de una desconocida–. No me di cuenta de que estaba en audiencia con el rey.

Azrin le apretó las pantorrillas con más fuerza cuando ella trató de apartarle las piernas del regazo, pero captó su impaciencia y le dejó ir. Observó cómo se ponía de pie y se quitaba un hilo imaginario de delante con enfado. No le miró, y eso le puso furioso. Odiaba todo aquello. Pensó en la última vez que se habían encontrado en Sídney. ¿Cómo se habían alejado tanto y tan deprisa de aquella noche?

–Supongo que habrá alguna cena y tenemos que arreglarnos –murmuró ella.

Y por supuesto, así era. Siempre había una cena. Así iba a ser su vida.

Pero Azrin no podía soportar que hubiera aquella

distancia entre ellos, y menos ahora que Kiara estaba en palacio e iba a quedarse allí. Con él. No sería solo una voz musical al teléfono, unas cuantas líneas divertidas en un correo que leer entre reuniones. Le sujetó la muñeca y tiró de ella hacia él. Kiara fue sin resistirse, aunque tenía la expresión seria cuando le miró. Confundida. Azrin tampoco podía soportar eso.

Le atrajo la cara hacia la suya y la besó como había querido hacer desde que supo por su ayuda de cámara que había llegado a palacio.

La acarició y la sedujo con todas las armas de su arsenal. Saboreó aquella boca que le había obsesionado durante tanto tiempo, besándola hasta que la tensión de su cuerpo cedió, hasta que suspiró contra él. Hasta que no hubo entre ellos nada más que aquel fuego incontrolado. Lamentó no tener más tiempo para explorarlo en su totalidad. Allí y ahora.

Cuando finalmente levantó la cabeza estaba sentada en su regazo y tenía el rostro sonrojado y cálido.

–Necesito que hagas esto conmigo –le susurró salvajemente contra la boca–. Necesito tu apoyo, Kiara. Ahora más que nunca.

El rostro de Kiara todavía estaba demasiado serio a pesar del calor que había entre ellos. Azrin tuvo la incómoda sensación de que se le estaba escapando algo, pero rechazó aquel pensamiento. Kiara era abierta. Directa. Si había algo que necesitara saber, se lo diría. Estaba seguro de ello.

Su boca sonrió de aquella manera que le había enamorado desde el primer momento, tanto tiempo atrás, bajo la neblina de una tarde lluviosa en Melbourne. Ignoró la sensación de que aquella sonrisa ocultaba ahora demasiada reserva. Ahora había muchas cosas en las que pensar, mucho que hacer. Y sin duda Kiara lo entendería.

Estarían bien. Siempre estaban bien.

–Estoy aquí, ¿no es cierto? –preguntó ella en voz baja.

Y Azrin se dijo que eso era lo que él quería.

Que con eso bastaba.

Kiara se convirtió en objeto del dominio público de la noche a la mañana. Como si ella hubiera dejado de existir ahora que iba a ser reina en cuestión de semanas, no «algún día».

Y cuanto más se la veía como un objeto público, como algo que les pertenecía a todos, más sentía con creciente pánico que desaparecía bajo el peso de la corona de Azrin.

Y eso que todavía no era rey.

Las hermanas de Azrin enseñaban día a día a Kiara lo poco preparada que estaba para asumir su papel de reina, y a medida que se acercaba la hora de que Azrin ocupara el trono de su padre, Kiara sentía cada vez más y más como si una mano invisible se estuviera cerrando alrededor de su cuello.

Lo peor era que no tenía a nadie con quien hablar. Azrin estaba muy cansado, muy distraído. Abrumado, pensó. Y se dijo que lo entendía. No quería volverle a escuchar suspirar y decirle que era otro fuego que tenía que apagar, ¿verdad? No quería ser otra carga para él. De hecho era lo último que deseaba.

Y de todas maneras no sabría cómo sacar aquel tema con él.

Antes siempre habían estado más o menos en el mismo barco. Se peleaban, como todas las parejas, pero siempre habían sido peleas provocadas por el estrés, el cansancio y el exceso de viajes: un mal tono, una respuesta afilada que hería los sentimientos del otro y que se solucionaba fácilmente hablando y con delicioso sexo reconciliador.

Kiara no pensaba que nada de aquello funcionara esta vez. ¿Qué podía decirle? «Hiere mis sentimientos que esperes que sea tu reina, a ver si podemos solucionarlo hablando».

Por supuesto que no.

No podía hablar con las amigas con las que había ido perdiendo contacto a lo largo de los años, cuando el poco tiempo que tenía libre se lo dedicaba a Azrin. La amistad se había convertido en poco más que alguna llamada de teléfono para ponerse al día y algún que otro correo electrónico. Kiara no sabía cómo cambiar la situación ahora. No sabría por dónde empezar. Y, si confiaba en algún compañero de trabajo, seguro que le iría con el cuento a Diana. Y Kiara no podía soportar la idea de que su madre demostrara que tenía razón respecto a su matrimonio.

Lamentaba que fuera tan orgullosa. Y sobre todo deseaba que su cariñosa abuela estuviera todavía viva y pudiera arreglar cualquier cosa con un simple abrazo.

Nunca se había sentido tan lejos de Azrin a pesar de estar más cerca geográficamente que nunca. Qué ironía más agridulce. Y mientras tanto, Kiara sentía que desaparecía cada vez más bajo una marea implacable preguntándose qué quedaría de ella al final.

–Sería mejor si estuvieras embarazada –aseguró el rey Zayed una noche mirándola con el gesto torcido desde su posición en la cabecera de la mesa.

Sus palabras provocaron un silencio absoluto en la magnífica mesa que presidía el ornamental comedor de palacio utilizado únicamente para las comidas familiares. Todos los miembros de la familia real que estaban allí congregados se quedaron callados.

Y por supuesto, todos miraron directamente a Kiara por si había alguna duda de a quién se refería el anciano rey.

Ella no tenía ninguna. Pero se sentía asqueada.

Sintió cómo Azrin se ponía tenso a su lado pero guardó silencio. Ella tenía miedo de mirarle, miedo a que estuviera tan abatido como ella.

Y más miedo todavía a que no lo estuviera.

—Eso sería lo ideal —dijo uno de los ministros principales del rey Zayed, casado con una de las hermanas de Azrin.

—Al pueblo le encanta que la familia real tenga hijos —intervino la reina Madihah—. Sobre todo la reina —concluyó dirigiendo su habitual sonrisa calmada hacia Kiara.

Kiara consiguió evitar que se le cayera el tenedor encima del plato.

—Por desgracia —dijo cuando el silencio se hizo insostenible y quedó claro que Azrin no tenía pensado hablar con su padre en su defensa—, no estoy embarazada.

Estaba tan disgustada que siguió temblando horas más tarde cuando Azrin y ella regresaron juntos a sus aposentos.

—¿Por qué no has dicho nada? —le preguntó.

Tuvo que hacer un gran esfuerzo por no gritarle.

—¿Qué podía decir? —Azrin no fingió que no sabía a qué se refería. Se encogió de hombros con expresión casi amenazadora—. Todavía es el rey. Y siempre será mi padre.

—Mi cuerpo es mío —Kiara sacudió la cabeza. Sentía algo parecido a una violación con todos aquellos ojos clavados en ella, con toda la atención fijada en algo que debía ser únicamente de Azrin y suyo—. Es privado.

Azrin la miró durante un largo instante con una cierta dureza en la mirada que Kiara no le había visto nunca antes. Sintió un nudo en el estómago.

–No –dijo él finalmente.

Kiara tuvo la impresión de que estaba escogiendo cuidadosamente las palabras y eso también le hizo daño. Parecía como si se hubieran convertido en dos completos extraños en el espacio de unas cuantas semanas.

–¿De qué estás hablando? –Kiara parpadeó varias veces.

–El heredero del reino de Khatan saldrá de tu cuerpo –dijo Azrin clavándole la vista en el abdomen como si pudiera ver a través de él los bebés de los que nunca habían hablado en términos concretos.

Kiara deslizó las manos hacia el vientre, no supo si para protegerse o siguiendo un instinto más primitivo.

–Y cuanto antes exista ese heredero, antes podrá suspirar de alivio todo el país –continuó Azrin con el mismo tono frío–. Todavía están indignados por mi promesa de tomar solo una esposa. ¿Y si no puedes tener hijos? ¿Y si se pierde la línea sucesoria real?

Azrin se encogió de hombros y sonrió, y Kiara estuvo a punto de sonreír también, porque lo que estaba diciendo era tan arcaico que no podía tener relación con ellos. Con su vida en común.

Pero entonces recordó que sí.

–Hasta que esas preguntas no obtengan respuesta –continuó Azrin–, me temo que considerarán tu cuerpo como si fuera también suyo.

–Y tú lo aceptas –murmuró ella.

–Esta es nuestra vida, Kiara –replicó Azrin mirándola con gesto agotado–. Esto es lo que somos.

«Esto es lo que eres tú», pensó ella, pero no lo dijo.

Se apartó de él y se dejó caer en una de las butacas de brocado. Estaba decidida a no llorar.

–Y tal vez tengan razón –dijo Azrin tras una breve pausa.

Kiara sintió que la tierra se abría bajo sus pies, y eso que ni siquiera estaba de pie. Se le quedó mirando incapaz de hablar en aquel momento. Azrin se quitó la ropa, desnudando su magnífico cuerpo frente a ella, y durante un instante Kiara no supo qué hacer.

–Tal vez deberíamos empezar a pensar en tener hijos.

Ella tragó saliva y sintió una oleada de pánico.

–¿Lo estás diciendo como mi marido? –le preguntó en un susurro–. ¿O como el rey que está de acuerdo con su madre en que en eso levantará simpatías en sus súbditos?

La mirada de Azrin se volvió más fría. Insoportablemente dura.

–¿No puedo ser las dos cosas?

Kiara no supo qué responder a aquello. No entendía lo que estaba pasando. Solo sabía que quería hacerse una bola y llorar, y nada de lo que estaba pasando ayudaba.

–Me dijiste que podíamos esperar hasta que estuviera preparada –le recordó sintiendo cómo le martilleaban las sienes–. Lo prometiste.

–No me mires así, Kiara –le pidió Azrin con tono duro.

O tal vez a ella se lo pareció, como si fuera un golpe más en una larga sucesión.

–Llevamos cinco años casados. Sabes que debo tener un heredero en algún momento. ¿No te parece razonable que hablemos de ello?

–Entonces tal vez deberías consultarlo con tus padres y con tus ministros –le espetó sintiéndose desgraciada. Atacada–. Me cuentas a qué conclusiones habéis llegado y yo trotaré al son que mandes, obedeciendo tus decretos como una buena yegua. ¿Te parece?

En cuanto pronunció aquellas palabras lo lamentó.

La mirada de Azrin se oscureció todavía más y apretó las mandíbulas. Se la quedó mirando fijamente con expresión de afrenta y de algo más, y Kiara no pudo hacer más que sostenerle la mirada. Él murmuró algo en árabe que la hizo estremecerse aunque no lo entendió. Luego se dio la vuelta y se apartó de ella. Kiara escuchó el agua correr en el baño adyacente y entonces volvió a respirar aunque sonó como un sollozo.

Una oleada de tristeza se apoderó de ella y no pudo soportarlo. Le costaba incluso trabajo respirar. Se puso de pie y se acercó al baño de Azrin sin saber por qué lo hacía.

Lo encontró en la ducha, con los brazos apoyados en la pared de azulejo mientras le caía el agua desde arriba. Se dio la vuelta cuando Kiara abrió la puerta de cristal con el corazón latiéndole con fuerza contra las costillas.

Azrin tenía los ojos muy oscurecidos. Y los labios apretados.

–Yo no soy tu enemigo –le espetó como si aquello le doliera tanto como a ella–. ¿Por qué quieres ser tú la mía?

Pero ella no quería hablar. No sabía qué decir por temor a hacerles daño a ambos.

Se metió en la ducha completamente vestida y dejó que el agua caliente se deslizara sobre ella, mojándole el vestido y el pelo. Puso las manos sobre el duro y resbaladizo pecho de Azrin, y cuando él se revolvió como si quisiera hablar en lugar de tocar, Kiara se dejó llevar por el deseo y se puso de rodillas. Le besó los duros abdominales y luego siguió hacia abajo, agarrándose a los fuertes músculos de los muslos.

Y en algún momento del camino olvidó que su intención había sido calmarle, en cierto modo disculparse, y de pronto se vio únicamente saboreándole. Disfrutando de aquellos deliciosos músculos, de aquella piel hipnotizadora con la boca, las manos y la lengua.

Cuando finalmente se movió hacia el sexo estaba duro e invitador, y cuando levantó la cabeza para mirarle vio que sus ojos brillaban con la misma tensión que sentía ella por dentro. Kiara dejó que sus manos acariciaran su virilidad y luego se inclinó hacia delante para tomarle con la boca. Azrin pronunció su nombre como una plegaria.

Y lenta y deliberadamente, utilizando los labios y la lengua con lentos embates, Kiara les hizo olvidar a los dos.

Al menos por el momento.

La noche anterior a la coronación apenas durmieron. Azrin la tomó una y otra vez. Kiara estaba tumbada en el centro de la enorme cama y él se colocó sobre ella disfrutando de cada centímetro de su piel. Ella llegó al éxtasis y él la siguió. Kiara gritó su nombre hasta que pensó que iba a quedarse ronca.

Kiara le tomó y le amó a su vez y ninguno de los dos habló de la desesperación, de la fiereza con la que Azrin le hizo el amor. Una fuerza que la llevó a desear poder volver a donde estaban antes del anuncio de su padre, poder evitar el alba y todo lo que sabía que conllevaría.

Pero inevitablemente, amaneció. Todo un país le esperaba. Monarcas y presidentes, emires y primeros ministros y una multitud de súbditos estaría allí para presentarle sus respetos al nuevo rey de Khatan. Y Kiara iría unos pasos detrás de él, como mandaba la tradición. Inclinaría la cabeza, aceptaría su propia corona y se convertiría en reina.

Justo antes de salir del dormitorio se preguntó si volvería a ser de verdad suyo alguna vez, si es que alguna vez lo había sido, o si no se había tratado más que de un tiempo prestado después de todo. Apartó de sí aquel pensamiento y forzó una sonrisa. Por él.

Todo aquello era por él. Y dudaba de que Azrin sospechara lo duro que era para ella, lo mucho que temía perderse por completo en su corona, en su país.

–Tenemos que irnos –dijo él con tono gruñón. Había sombras alrededor de sus ojos casi azules. Kiara no quería ser una causa más de aquellas ojeras. Aquel día no–. Tenemos que vestirnos y prepararnos para colocarnos en nuestra posición como figuras en un tablero de ajedrez.

Kiara le pasó las manos por el perfecto pecho, echó la cabeza hacia atrás para mirarle y sonrió con sinceridad por primera vez desde hacía mucho tiempo. No quería pensar en las interminables lecciones de etiqueta que le habían dado sus despectivas hermanas, quienes habían dejado claro que nunca podría ser la reina que él necesitaba. No quería pensar en lo frío y distante que se había vuelto con ella. Ni tampoco quería pensar en ajedrez. Quería que la amara, así de sencillo. Era lo único que siempre había querido.

–La próxima vez que estemos solos –dijo Kiara con dulzura–, ya serás rey.

–Seré tu marido –respondió él besándola por última vez en la sien–. Nada más y nada menos.

Kiara deseó desesperadamente poder creerle.

Capítulo 4

UNOS DOS meses después de la gran coronación, Azrin acompañó a su reina con gran fan-
farria y alivio hacia el fastuoso salón de baile en
Washington. Otras parejas se iban de luna de miel, pero
los recién estrenados reyes de Khatan habían viajado
solo para que él realizara visitas de estado largamente
pospuestas y para que hablara con los aliados que Khatan tenía por todo el mundo.

Aquella tarde había pasado varias horas en el Despacho Oval hablando de sus planes para la transición de
su reino hacia una monarquía constitucional. Y ahora
había llegado el momento de ser amable con los diplo-
máticos. Aquella era la última parada de aquella particular gira política. Al día siguiente regresaban a Khatan.

Lo estaba deseando.

—Estás preciosa —le murmuró a Kiara al oído.

Ella sonrió, pero no se giró para mirarle como habría
hecho en el pasado. Azrin entornó los ojos. Estaba impaciente por disfrutar de un poco de intimidad de verdad. Quería estar a solas con ella en lugar de rodeado
por todas partes de gente que le exigía demasiadas cosas de día y de noche. Quería perderse en Kiara sin
tener que preocuparse de que las paredes fueran demasiado finas ni de que la guardia real estuviera demasiado
cerca. O que le avisaran por alguna crisis, alguna lla-

mada, alguna noticia que no podía esperar al día siguiente.

Kiara tenía un aspecto imponentemente regio aquella noche al saludar a los dignatarios reunidos frente a ellos. Llevaba puesto un vestido borgoña y el cabello recogido en lo alto de la cabeza en un complicado peinado con diamantes que brillaban cada vez que se movía.

Se rio educadamente por algo que dijo alguno de los hombres de esmoquin y Azrin se dio cuenta de pronto de que no recordaba cuándo fue la última vez que escuchó su risa auténtica, aquella cascada que le hacía sentir como si estuviera disfrutando del sol. De ella.

Una cosa más que tenía que cambiar, pensó. Una cosa más que aquellos largos y agotadores meses les había quitado a ambos.

Cuando hubieran terminado con la fila de recepción, Azrin la guió hacia la pista de baile y la estrechó entre sus brazos. Kiara se balanceó hacia él con elegancia y una postura perfecta mientras él la guiaba en los pasos de baile. Azrin se fijó en su rostro y vio a su reina. Perfecta y elegante. Sintió una punzada de dolor. Su reina. Pero no su Kiara.

—¿Recuerdas aquel fin de semana en Barcelona? —le preguntó de pronto sin pensar. Solo quería llegar a ella de algún modo.

Kiara parpadeó de un modo que Azrin había aprendido a reconocer como una táctica para mantener su irreverente lengua bajo control. Sabía que tendría que estar contento de que hubiera aprendido a ser discreta. ¿No era esa la razón por la que había pasado todas aquellas semanas con sus hermanas? Y sin embargo lo sentía como una pérdida.

—¿Qué fin de semana? —le preguntó Kiara con ligereza.

Con demasiada educación, como si él fuera uno de aquellos dignatarios a los que encandilaba sin apenas esfuerzo y sin ser realmente ella.

—Hemos estado allí muchas veces a lo largo de los años.

—Ya sabes a cuál me refiero —no podía estrecharla contra sí como hubiera querido hacer ni tampoco entendía por qué su reticencia le irritaba tanto. Hizo un esfuerzo por relajarse—. Pero te lo recordaré. Bebimos demasiada sangría y bailamos durante horas. Éramos la pareja más joven del local con diferencia de varias décadas —se acercó más de lo que debía—. Y sé que tú lo recuerdas tan bien como yo.

Recordaba sobre todo la risa de Kiara, el modo en que los envolvía como la lluvia bañándolos de felicidad. Recordaba el insistente pulso de la música y cómo habían regresado al hotel al amanecer, ella con los zapatos en la mano como si las calles fueran suyas. Sonrió ante el recuerdo.

Y entonces ella le miró a los ojos con gravedad y a Azrin se le borró la sonrisa.

—Lo recuerdo —dijo Kiara.

El tono extraño de su voz hizo que todo se paralizara en el interior de Azrin.

—Algo pasa —era una afirmación, no una pregunta. Le apretó la mano durante una décima de segundo—. ¿Qué es?

Ella sacudió ligeramente la cabeza.

—Este no es el lugar ni el momento para hablar de nada importante —afirmó indicando con la cabeza a la élite de Washington que les rodeaba.

—Si lo que querías era hacerme creer que no ocurre nada, no lo has conseguido —Azrin entornó los ojos.

Kiara volvió a sacudir la cabeza y esbozó otra vez aquella sonrisa perfecta y vacía. ¿Y qué podía hacer él?

Era el rey de Khatan. No había forma de poder disfrutar de una conversación íntima con su esposa en medio de una pista de baile. Ni siquiera podía besarla como quería sin provocar una conmoción que prefería evitar.

No le gustaba la idea, pero esperó.

Y mientras esperaba la observó sintiendo como si no la hubiera visto en mucho tiempo aunque habían viajado juntos por todo el mundo durante las últimas semanas. Estaba pálida bajo la experta capa de cosméticos. Y había una especie de brusquedad en su modo de comportarse.

–¿Estás enferma? –le preguntó bruscamente cuando por fin estuvieron solos en una suite dispuesta para las visitas de los jefes de estado en un exclusivo hotel de Georgetown.

Kiara se detuvo sobre sus pasos. Se dirigía hacia el dormitorio principal situado en el otro extremo de la suite, probablemente para ir al baño. Se giró para mirarle y Azrin la observó desde su posición en lo alto de las escaleras que llevaban al elegante vestíbulo y trató de ver más allá de la máscara que hacía semanas que llevaba puesta.

Trató de entender cómo podía sentirla tan lejana si estaba allí, al alcance de su mano. La tensión entre ellos se hizo más palpable. También odiaba aquello.

–Claro que no estoy enferma –dijo frunciendo ligeramente el ceño.

–¿Embarazada entonces? –no supo por qué le preguntó eso. Tal vez para picarla.

Observó cómo Kiara tragaba saliva de manera casi convulsiva mientras él bajaba las escaleras y acortaba la distancia entre ellos.

Los ojos le echaron chispas con lo que parecía ser una explosión de furia, pero al menos era mejor que la máscara.

–No. Sigo sin estar embarazada, por si quieres avisar a la prensa.

–Si ocurre algo... –comenzó a decir notando la impaciencia en su tono e incapaz de contenerla.

–¿Qué va a ocurrir? –Kiara tenía los ojos demasiado brillantes. Giró la cabeza como si quisiera disimularlo y miró hacia la terraza que rodeaba toda la suite–. Eres un éxito en todos los sentidos. Te consideran una fuerza innovadora y moderna en una región problemática. Un digno sucesor de tu padre en todos los aspectos. Sin duda todo ha salido exactamente como querías. Como tenías planeado.

–Kiara...

No sabía lo que quería. No se sentía ningún éxito, y menos cuando ella le apartaba la vista y cuando parecía tan cerrada, tan lejana. No sabía que le atormentaba por dentro, solo sabía que no podía soportar aquello. Fuera lo que fuera.

–¿Qué más podías desear? –le preguntó ella en un susurro.

–A ti –gimió Azrin poniéndole la boca sobre la suya. Sabía a sal y a algo amargo, pero detrás de eso estaba sencillamente Kiara, y con eso le bastaba–. Siempre te deseo a ti.

Le pasó las manos por el pelo, diseminándole los diamantes por todas partes mientras le clavaba los dedos en los largos mechones.

Estaba desesperado, y ella le recibió con su propio calor aumentando su deseo. Kiara le quitó la chaqueta por los hombros y le sacó la camisa de los pantalones. Él le desabrochó el vestido con más determinación que delicadeza y luego la colocó entre sus piernas mientras se quitaban lo que les quedaba de ropa y Azrin se abría camino hacia su húmedo centro, embistiéndola con fuerza. Profundamente.

Kiara gimió y se arqueó contra él enredándole las largas piernas en la cintura. Azrin gozó de su calor, de su suavidad. De la perfección de su acoplamiento. Del modo en que sus caderas se alzaban para recibir las suyas y luego se movían como solo ella sabía hacerlo.

Azrin bajó el ritmo y le apartó el pelo de la cara esperando a que abriera los ojos y se centrara en él.

–Dime qué ocurre –le dijo.

Pero Kiara se limitó a mover las caderas contra él con los tobillos enganchados en la parte baja de su espalda. Azrin se inclinó y se llevó uno de sus duros pezones a la boca, haciéndola reírse y luego gemir.

–Dímelo –volvió a pedirle. Entonces empezó a moverse con embates mesurados y profundos.

Kiara se estremeció contra él.

–Te lo he dicho de mil maneras –dijo con voz entrecortada arqueando el cuerpo para recibirle–. Tienes que aprender a escuchar.

Así que escuchó. Se llevó el otro pezón a la boca y colocó la mano entre ellos, en el punto en el que estaban unidos. Y con una única caricia la llevó hacia el éxtasis.

Y luego volvió a hacerlo una vez más.

Y otra.

Hasta que estuvo seguro de que nada importaba excepto aquello.

Cuando se despertó ya era de día.

Se puso lo primero que encontró y se dirigió hacia la inmensa sala de estar de la suite. Se la encontró completamente vestida en uno de sus elegantes trajes de día mirando por los ventanales del salón. Sujetaba una taza de café con ambas manos y tenía la mirada clavada en los tejados de la acera de enfrente, como si guardaran secretos que ella estaba decidida a resolver.

–No volaremos hasta dentro de unas horas –dijo Azrin con la voz todavía ronca por el sueño.

Y por la falta del mismo. Estaba más contento de lo que tal vez debería de que la gira hubiera tocado a su fin, de poder disfrutar de aquella mañana sin ayudantes y sin responsabilidades. Se inclinó para darle un beso en la nuca.

–Vuelve a la cama.

–No puedo –aseguró ella conteniendo el aliento–. No voy a volver a Khatan contigo.

–¿Y dónde vas? –se sentía perezoso. Indulgente.

Le quitó la taza de las manos y le dio un sorbo a su café antes de devolvérsela. Kiara la dejó sobre una mesa cercana y luego le miró.

–Australia.

Azrin asintió distraídamente y se dio la vuelta para volver al dormitorio rascándose la mandíbula. Estaba pensando en la ducha que se iba a dar, en el placer se sentir el agua caliente sobre la piel. Se estaba preguntando cuánto tiempo lograría mantener lejos de la mente los pensamientos exteriores tras una noche tan larga y satisfactoria. Cuánto tiempo podría seguir fingiendo que no era más que un hombre normal. No un rey.

–¿Vas a visitar a tu madre? –le preguntó mirando hacia atrás–. ¿Cuándo volverás?

Kiara no respondió. Él volvió a girarse y se la encontró mirándole con una expresión que no reconoció. Tal vez fuera resignación. Una mezcla de tristeza y de algo más, algo parecido al desafío.

–¿Qué ocurre? –preguntó alarmado una vez más.

–No sé cuándo volveré, Azrin –contestó ella.

Si no hubiera sido por la expresión devastada del rostro de Azrin y la repentina paralización de su poderoso cuerpo, Kiara podría haber pensado que no había hablado en voz alta.

—Necesito algo de tiempo —dijo.

Ahora no estaba segura de si fue una fuerza nueva o sencillamente la desesperación lo que la llevó a salir de la cama aquella mañana, a dejar de llorar en silencio en la ducha y a esperarle allí. Ni mucho menos sabía qué la había llevado a decir lo que llevaba meses queriendo decir.

Dejó escapar el aire que estaba conteniendo, cerró los ojos y terminó la frase.

—Quiero la separación.

Escuchó un latido. Y luego otro. El corazón le latía con tanta fuerza dentro del pecho que le dolía.

—¿Qué has dicho?

Kiara le miró a los ojos. Le brillaban peligrosamente. Parecía particularmente salvaje aquella mañana con el oscuro cabello revuelto por haberse levantado de la cama, sin afeitar y vestido únicamente con aquellos pantalones colgados de las caderas. Su voz sonó más fría que nunca, fue como una punta de hielo que la atravesara como una navaja. Tuvo la espantosa sensación de que, si miraba hacia abajo, vería su propia sangre.

Pero no miró. No se atrevió. No podía apartar la mirada de la suya. No podía hacer nada excepto quedarse allí quieta, paralizada mientras que él parecía expandirse y llenar la estancia. Se vio obligada a recordar que era un hombre peligroso y letal que solo fingía estar domado porque le convenía.

—Estoy seguro de que te he entendido mal —dijo con la misma voz glacial.

No se acercó a ella, pero no le hacía falta. Podía distinguir la larga silueta de su cuerpo tan peligrosamente quieto. Dispuesto. Resultaba embriagador, y Kiara comprendió con cierta desesperación que siempre le desearía por muy desgraciada que la hiciera sentirse.

Eso era lo que hacían los hombres como Azrin. Mandaban. Dominaban. Bloqueaban el resto del mundo.

Tomaban lo que querían. ¿Cómo había podido pensar que podría seguir siendo independiente y fuerte al lado de aquella fuerza tan poderosa? Bastante suerte había tenido al poder creerse aquella fantasía durante tanto tiempo.

«Suerte», se repitió. Y estuvo a punto de echarse a llorar.

–¿Tienes pensado decir algo más? –le preguntó Azrin con aquel tono impaciente y oscuro que le revolvía el estómago–. ¿Tengo que sacar mis propias conclusiones sobre el tiempo que necesitas, sobre esta separación? ¿O crees que voy a permitir que huyas a Australia sin pelear?

–No soy feliz –dijo simplemente ella.

Fue como si aquellas palabras abrieran algo en su interior. Como si le hubiera dado miedo pronunciarlas por temor a lo que podría ocurrir cuando lo hiciera.

Deseó poder no sentir nada, deseó que aquello terminara sin más. Deseó no haberse sentado nunca en la mesa de aquel café tantos años atrás.

–¿Está segura? –la voz de Azrin sonaba siniestra–. A mí me parecías muy feliz cada vez que tenías un orgasmo anoche entre mis brazos. Perdí la cuenta, Kiara. ¿Cuántos fueron?

Ella experimentó una mezcla de rabia y de desesperación en el vientre. Alzó la barbilla y estiró los hombros.

–Sí, Azrin, eres muy bueno en la cama –afirmó–. Felicidades. Pero esa no es la cuestión aquí.

Azrin alzó las manos en gesto de rendición, pero no parecía derrotado. Incluso haciendo un gesto así parecía lo que era: un rey mostrándose misericordioso con ella. Siendo condescendiente.

–¿Por qué no me dices cuál es la cuestión entonces? –sugirió–. Eres tú la que quiere separarse –pronunció la última palabra como si fuera una horrible palabrota.

–En los últimos tres meses no he hecho más que seguirte a todas partes –dijo Kiara con voz pausada, hablando como si estuviera en una reunión de trabajo–. Primero fueron las clases precoronación con tus hermanas. Luego los meses de apariciones públicas. Siempre sonriendo. Siempre digna y educada, sin poder opinar de nada excepto de las flores, la decoración y el tiempo. Eso no es lo que quiero hacer en la vida.

–Ese es tu trabajo –le recordó Azrin encogiéndose de hombros. Pero tenía los ojos clavados en ella.

–Es el tuyo –respondió ella haciendo un esfuerzo por mantener la voz tan calmada como sabía que debía–. Yo tengo un trabajo completamente distinto, como tú sabes muy bien. Y no es ser una mujer florero sin opiniones propias. Ni un útero actualmente vacío que todo tu pueblo espera al parecer ver ocupado. Mi trabajo está relacionado con el cerebro.

Azrin tenía ahora los ojos demasiado oscuros y parecía atravesarla con la mirada, viendo en ella todo tipo de cosas que Kiara quería mantener ocultas. Pero no apartó la vista. Sabía que aquella era una lucha por su vida. Lo sabía con una certeza que tendría que haberla asustado. Que la había asustado tanto que había permanecido prácticamente muda durante aquellas últimas semanas para no arriesgarse a decir algo indebido en alguna cena de estado y avergonzarlos a ambos frente al mundo.

Y también porque no había querido creer que aquello estuviera ocurriendo, admitió para sus adentros, aunque cada día que pasaba se reconocía menos al mirarse al espejo.

—No puedo creer que de verdad pienses que la reina de Khatan pueda ser vicepresidenta de una empresa extranjera en su tiempo libre —la voz de Azrin sonó fría y cortante. Sacudió la cabeza con una expresión impaciente que daba a entender que no se la estaba tomando en serio. Que ya la había relegado a ser solo uno de esos fuegos que tenía que apagar a diario, un problema más que resolver. Se dijo que no debía dolerle tanto como le dolía. Aquella era precisamente la razón por lo que tenía que dar aquel paso.

—No creo que pienses lo que dices —continuó Azrin en el mismo tono—. Creo que estás dolida porque he estado centrado en mis responsabilidades y te sientes ignorada. De ahí esta pataleta.

—Esto no es lo que yo firmé —dijo ella haciendo un esfuerzo por mantener la calma—. Y no se trata de una pataleta. Quieres pensar que se trata de un berrinche infantil para poder despreciarlo y no tener que enfrentarte a ello.

—Cuando me conociste ya era el príncipe heredero de Khatan —dijo Azrin con tono helado y la mirada de acero—. De hecho, esto fue exactamente lo que firmaste —se rio sin asomo de humor—. Puede que haya sucedido antes de lo que planeamos, pero así es la vida. Los planes cambian. A veces hay que limitarse a cumplir con nuestro deber.

—Estás hablando de tu vida —Kiara sentía una opresión en el pecho. Pero no lloraría delante de él. Era demasiado importante para ella que la tomara en serio. Que la escuchara—. De tu deber. Pero ¿y el mío?

—¿Qué pasa con el tuyo? —preguntó Azrin con arrogancia—. Esta es tu vida, Kiara. Aunque hayamos estado jugando los cinco años anteriores, esta es la realidad. Cuanto antes la aceptes más feliz serás.

Kiara sintió una punzada de dolor. ¿Había sabido

siempre que así eran las cosas? ¿Por eso había evitado tener un hijo, porque sabía que para él aquello se trataba de un juego después de todo?

–¿Has estado jugando todo este tiempo? –le preguntó con la voz quebrada–. Porque yo no. Tengo mis propias responsabilidades. Mis obligaciones. Hay gente que depende de mí...

–Yo estoy hablando de un reino –dijo Azrin con impaciencia–. Un gobierno. Un país entero. Tú estás hablando de uvas.

Kiara sintió como si la hubiera golpeado. El tono de voz despectivo. La mirada desdeñosa. La prueba de que en realidad nunca la había apoyado como decía, de que su relación no era más que una mentira. Se sentía vacía. Sin valor.

–No –dijo, asombrada de ser capaz de hablar, de mostrarse tan fría. Como si nada de todo aquello le estuviera rompiendo el corazón–. Tú estás hablando de tu familia y yo de la mía.

Se hizo un silencio entre ellos, cargado de todas las cosas que Azrin estaba evitando decir. Aquel tono deliberadamente calmado de Kiara le enfurecía. Tuvo que hacer un esfuerzo por controlar la ira.

–¿Qué es lo que quieres, Kiara? –le preguntó cuando se hubo asegurado de que podría hablar sin gritar–. ¿Qué solución le ves a esto? Yo soy el rey de Khatan. Tú eres la reina. Eso no cambiará aunque decidas esconderte.

–No lo sé –reconoció ella con tono desesperadamente tranquilo.

Azrin vio que apretaba los puños a los costados y se consoló pensando que no estaba tan calmada como parecía.

–¿De verdad crees que el pueblo apoyará que su reina se vaya a vivir de pronto a Australia? –la miró como si fuera una desconocida en lugar de la mujer que le había cautivado durante años. Y seguía cautivándole aunque estuviera furioso con ella–. ¿O acaso es eso lo que buscas, un escándalo?

–He dicho que no lo sé –alzó la mirada. Sus ojos marrones parecían prácticamente negros.

Azrin podía sentir su furia más que verla, y no sabía por qué sentía la necesidad de hacerla estallar. Quería ver lo que había debajo de las cosas terribles e imposibles que estaba diciendo y que él no podía creerse. Ni mucho menos aceptarlas.

–Pero sin duda debes seguir presionándome con ese tono de voz tan agresivo –continuó ella–. Seguro que eso servirá para aclararlo todo.

Azrin se dio cuenta de que estaba apretando los dientes cuando empezaron a dolerle las mandíbulas.

–Nunca me divorciaré de ti –dijo en tono deliberadamente neutro–. Para que tengas las cosas claras.

–No eres tú solo quien decide, Azrin –respondió Kiara frotándose las sienes como si quisiera acabar con algún dolor de cabeza–. Si quiero poner fin a este matrimonio, lo haré.

–Entiendo –Azrin se acercó a ella sin saber lo que hacía hasta que estuvo tan cerca como para aspirar su aroma y escucharla contener el aliento–. Así que las promesas que hiciste, los votos son algo que mantuviste mientras te resultó conveniente, ¿no es así?

–¡Lo único que he hecho ha sido mantener mis promesas! –exclamó Kiara sintiendo cómo le ardían las mejillas–. Tú no puedes decir lo mismo. Te casaste conmigo, no con una mujer de Khatan educada desde la cuna para atender todos tus deseos. Te casaste sabiendo perfectamente quién era.

–Y tú también –argumentó él sacudiendo la cabeza como si así pudiera aclarársela–. ¿Qué es esto? Apenas me has hablado en varias semanas...

–Dejaste muy claro que no había nada de qué discutir –le atajó ella fulminándole con la mirada.

–¿Te refieres a las muchas conversaciones que hemos tenido sobre tu infelicidad? –murmuró Azrin entre dientes–. Por supuesto que no, porque no lo habías mencionado hasta ahora. ¿Y sin embargo soy yo en cierto modo el culpable de que no haya salido nunca el tema?

Se quedaron mirándose durante un instante. Azrin escuchó el jadeo agitado de su respiración, vio el sonrojo de sus mejillas y la palidez que había debajo. Quería abrazarla, tranquilizarla... pero el modo en que le estaba mirando se lo impidió.

–Tendrías que habértelo pensado mejor –dijo ella tras un largo instante con tono dolido–. Sabías la clase de esposa que necesitabas. No tendrías que haber fingido que yo podía serlo.

Azrin escuchó el dolor de sus palabras. Lo sintió en el modo en que le estaba mirando, en las lágrimas que le resbalaron de sus oscuros ojos y que se secó con las manos. Y no supo cómo cambiar aquello, cómo arreglarlo.

–Eres tú –dijo–. Eres solo tú.

Kiara sacudió la cabeza y adquirió una expresión todavía más triste.

–Tal vez esa sea la solución –dijo alzando la barbilla–. Tal vez deberías dejar de luchar contra tu legado y tus tradiciones y sencillamente tomar otra esposa más apropiada además de mí. O dos, como tu padre.

Azrin sintió como si le hubiera atravesado una corriente eléctrica. El comentario le puso furioso pero se contuvo. En cierto modo.

–¿Quieres un harén, Kiara? –le preguntó apretando

los dientes–. Estaré encantado de proporcionarte uno. Pero déjame asegurarme de que sabes cómo funciona. Yo puedo tener todas las esposas que quiera. Y tú tienes que obedecerme.

–Hay otra alternativa. Yo puedo divorciarme de ti y casarme con Harry Thompson, como mi madre ha querido siempre –le espetó ella sin acobardarse.

–Inténtalo –sugirió Azrin con tono asesino–. Te reto. A ver qué pasa.

Los ojos de Kiara echaron chispas.

–No me amenaces.

Algo se rompió en el interior de Azrin. No pudo seguir controlando la furia que le atravesaba porque ella estaba empeñada en hacerle añicos.

–¡No me amenaces tú a mí, Kiara! –se dio cuenta de que estaba gritando cuando escuchó su propia voz tan alta–. ¿Harenes? ¿Divorcio? ¿Harry Thompson? ¿Estás tratando de hacerme daño?

Nunca había oído a Azrin alzar la voz. Nunca. Habría jurado que tenía un temperamento frío cuando se enfadaba. Nada de aquella furia salvaje que seguía resonando por las paredes. Que la había dejado impactada. Tuvo que hacer un esfuerzo por contener un sollozo de terror. Y lo peor era que Azrin no sabía cuánto deseaba volver atrás. Tumbarse en la cama con él, sonreír cuando debía cuando estuvieran con gente y fingir que aquello no la estaba matando lentamente.

Azrin no tenía ni idea de cuánto le estaba costando hacer aquello. Nunca lo sabría.

–Necesito pensar –dijo sin importarle ya si tenía la voz pausada. Si le caían las lágrimas–. No puedo hacerlo en Khatan. No puedo hacerlo cerca de ti. Necesito despejar la mente.

No se había dado cuenta de la fuerza con la que estaba llorando hasta que escuchó su propia voz distorsionada por los sollozos.

–Kiara... –Azrin la miró a los ojos.

Tenía la mirada descarnada y ella odió haberle hecho aquello. No haber sido capaz de manejar los cambios y lo que significaban por muy difícil que fuera. No ser capaz de amarle lo suficiente como para perder su identidad.

Pero no podía. Sencillamente, no podía.

¿Significaba eso que nunca le había amado como creía? ¿Qué otra cosa podía significar? Eso era lo que necesitaba dilucidar.

–Espacio –consiguió decir aunque no estaba segura de lograr sobrevivir a aquel momento–. Tienes que dejarme espacio.

–¿Y para qué servirá? –la voz de Azrin era un gemido–. Apenas hemos hablado desde hace semanas y esta es la conclusión a la que has llegado. ¿Qué conseguirá el espacio sino confirmarlo? –la miró a los ojos–. A menos, por supuesto, que sea eso lo que quieres.

–Nunca me has dejado espacio –Kiara sacudió la cabeza y se apartó de él–. Me convenciste para que saliera contigo. Luego para que me acostara contigo. Y después para que nos casáramos...

–Ahórrame esta versión revisada de la historia, por favor –la interrumpió Azrin con tono ronco–. No eres una marioneta manejable. Me deseabas entonces y me deseas ahora –deslizó la mirada por su cuerpo–. Te has alejado unos metros y tienes los brazos cruzados porque no confías en ti misma. Sabes que, si me acerco y te toco, estaré dentro de ti y el «espacio» será lo último en lo que pienses.

Kiara no se dio cuenta de que la había acorralado hasta que sintió uno de los sofás en la espalda. Se agarró a él porque temía lo que podría llegar a hacer. Azrin tenía razón. Deseaba tocarle. Siempre quería.

—Sí —susurró—. Tenemos el sexo. Tal vez sea lo único que tenemos.

Azrin dejó escapar entonces un suspiro áspero y se acercó más a ella. Fue demasiado, como siempre. Kiara podía sentir el poder y la furia en él, y lo que era peor, todo el dolor. Y seguía siendo hermoso. La adictiva atracción que sentía hacia él le producía una especie de fiebre incluso en aquellos momentos.

Azrin se inclinó y le tomó las manos entre las suyas. Luego apoyó la frente sobre la suya. Kiara cerró los ojos y sintió como si la rodeara entera.

Aquello la estaba matando.

—Eres la única mujer que he amado en mi vida —dijo él en voz baja.

Y ella quiso morirse.

Pero incluso en aquel momento, mientras su cabeza daba vueltas con mil maneras de quedarse e intentar que aquello funcionara, supo que no podía hacerlo. No podía seguir desapareciendo porque acabaría desapareciendo para siempre. Lo sabía.

Sentía el embriagador calor de Azrin como un fuego que le ardiera eternamente bajo la piel, animándola a inclinarse hacia delante y perderse sin más. Echó la cabeza hacia atrás y le miró. Estaban tan cerca que podían besarse. Ella sentía que ya lo estaban haciendo.

—Si me amas, Azrin —susurró desesperada—, déjame ir.

Se la quedó mirando un largo rato. Durante un instante pensó que iba a ignorar lo que había dicho, que se limitaría a tomarle la boca con la suya y los llevaría a los dos al olvido. Ambos sabían que podía hacerlo. Una parte de ella incluso quería que lo hiciera, que tomara la decisión por ella. Era consciente de que, si no la dejaba ir en aquel momento, ella no sería capaz de dejarle.

–Entonces vete –dijo con un tono que Kiara no reconoció.

Pero rompió lo que le quedaba de corazón. Entonces Azrin le soltó las manos y la dejó ir.

Capítulo 5

TODO apuntaba a que iba a ser una buena cosecha, se dijo Kiara con forzada alegría mientras bajaba a desayunar. Aunque se había perdido mucho mientras «jugaba a ser la reina del castillo» como decía su madre. Pero no le resultaba tranquilizador en lo más mínimo pensar en Diana, así que Kiara se dedicó a pensar en las uvas. Cuando llegó a casa hacía casi un mes, estaban recogiendo las uvas tempranillo. Ahora estaban guardadas en los barriles e iban camino de convertirse en otro excelente caldo de las Bodegas Frederick. Ahora la atención se centraba en lo que parecía que iba a ser una cosecha particularmente especial de Shiraz.

Aquello era lo que se le daba bien, se dijo. Uvas y vino. Color, olfato y paladar. Finalmente estaba en casa. El lugar al que pertenecía. Todo era como tenía que ser, como ella quería.

Entonces, ¿por qué se sentía como una zombi?

Andaba, hablaba. Seguía siendo la vicepresidenta de Bodegas Frederick, pero sus empleados se habían hecho cargo de su trabajo y de sus responsabilidades y ahora no podía exigir que se los devolvieran sin que eso dejara claro el estado de su matrimonio. Por suerte, como había descubierto en sus meses de reinado, se le daba muy bien fingir. Sonreía, se reía. Actuaba como si todo estuviera bien. Como si estuviera de vacaciones. Pero por dentro no quedaba nada de ella.

Todos los días pensaba que mejoraría. Aunque fuera un poco. Creía que se despertaría y sentiría cómo disminuían el dolor o la presión. O que al menos podría estar aunque fuera cinco minutos sin recordar cada palabra que Azrin le había dicho en Washington, sin ver aquella expresión destrozada en sus ojos. Si pudiera pasar una noche sin soñar con él, con sus caricias, con la sensualidad de su voz y con la luz de su mirada cuando la miraba y sonreía... pero eso no estaba sucediendo.

Y Kiara empezaba a preguntarse si pasaría alguna vez.

A través de las ventanas en forma de arco que bajaban desde la escalera hacia la primera planta de la casona, Kiara miró hacia el paisaje que siempre había dominado su vida. Los exuberantes viñedos Frederick, verdes y dorados, que se extendían hacia las colinas en el verano del valle de Barossa. Aquello era su hogar, se repitió. No era un palacio antiguo en una ciudad extranjera llena de tradiciones demasiado arcaicas que se suponía que ella debía cumplir. Debería sentirse feliz, y si no, al menos contenta.

Y sin embargo solo se sentía vacía.

Diana estaba en la cocina cuando Kiara entró. Estaba tan elegante como siempre mientras se tomaba su café matinal y leía el periódico sobre la gran mesa de madera que presidía la alegre estancia. Kiara sonrió, le dio los buenos días a su madre y fue a prepararse una taza de café.

–Tienes visita –dijo Diana.

A Kiara se le paró el corazón. Y luego le latió con tanta fuerza que le dolió la cabeza.

Había venido. Estaba allí.

Se dio la vuelta emocionada y se encontró con su madre mirándola con atención. Habría dado cualquier cosa por ocultar su reacción, porque su madre vio demasiado y siempre estaba buscando más. Pero ya era demasiado tarde.

—Solo es Harry —dijo Diana arqueando las cejas—. Espero que no sea una desilusión para ti.

—Por supuesto que no —dijo Kiara con toda la alegría que pudo. Pero no fue capaz ni de sonreír—. ¿Por qué iba a serlo?

Diana dejó el periódico sobre la rayada superficie de la vieja mesa de madera y se centró en hija. Kiara se preparó.

—No estoy de humor para un interrogatorio —comenzó a decir. Pero suspiró cuando vio la expresión de su madre.

—Tal vez sea hora de que dejes de vagar por la casona como un fantasma —sugirió Diana con calma.

Siempre estaba calmada. Y eso provocaba que Kiara perdiera al instante el control.

—Tal vez sea el momento de recuperar tu vida profesional. De hacer algo más que dejar pasar el tiempo.

—Estoy bien —aseguró Kiara.

—Está claro que sí —ironizó Diana sacudiendo la cabeza—. Dices que no hay nada de que hablar y que tu matrimonio va perfectamente, pero estás aquí y no hay ni rastro de tu regio esposo que yo sepa, ni tienes planes para verle —hizo una brevísima pausa—. Todo muy normal.

—No estoy dejando pasar el tiempo —aseguró Kiara ignorando lo demás que había dicho Diana—. Si no quieres que esté aquí, seguro que puedo encontrar un hotel cercano.

—Si prefieres estar en un hotel en lugar de en la casa familiar —replicó Diana con el mismo tono irónico—, entonces no te lo impediré. Aunque no podré evitar preguntarme por qué prefieres esconderte en un hotel en lugar de enfrentarte a unas cuantas preguntas bienintencionadas sobre tu matrimonio.

Kiara le dio un largo sorbo a su café y deseó una vez más no sentirse así siempre que Diana hablaba con ella, dividida entre su sentido del deber mezclado con culpabilidad y el poderoso anhelo de no sentir ninguna de las dos cosas.

–Mi matrimonio va bien –aseguró tratando de mantener un tono neutro–. Y no quiero que se convierta en un tema de conversación.

Al escuchar su propia voz se dio cuenta de que no sabía cuál era su plan. Le había dicho a Azrin que se quería separar un tiempo y él la había dejado marchar aunque no de buena gana. Había pasado ya casi un mes, cuando nunca antes habían pasado más de dos semanas sin verse. Era lógico que Diana se hubiera dado cuenta. ¿Qué iba a hacer entonces Kiara? ¿Actuar como si no pasara nada cuando transcurriera un mes y luego otro?

¿Por qué no podía admitir lo que había pasado, que Azrin y ella se habían separado? ¿Por qué no podía decirlo sin más?

–No te había visto tan animada como ahora desde que volviste a casa –insistió su madre con su exasperante calma–. Al parecer te sienta bien discutir. Al menos ahora tienes un poco de brillo y de color en las mejillas y en los ojos.

–No estoy animada –Kiara sintió que algo se le quebraba por dentro y le dio miedo venirse abajo allí mismo, en la cocina, y echarse a llorar. Sabía que, si lo hacía, no podría ocultarle la verdad a Diana. Tendría que decirle a su madre que el matrimonio al que ella siempre se había opuesto había fracasado. Y no podía hacerlo–. Esto es una súplica desesperada para que por favor dejes de meterte con mi matrimonio. ¡Te lo llevo rogando cinco años!

Diana se la quedó mirando un largo instante y Kiara sintió que el estómago se le ponía del revés. Fuera lo que fuera a decir su madre, sabía que necesitaría recuperarse de ello. Y no estaba segura de poder recuperarse de nada más en aquel momento.

—Escucha —comenzó a decir.

Pero se salvó cuando Thompson entró por la puerta hablando de la conversación que acababa de mantener con el enólogo jefe de la bodega.

El querido y encantador Harry, pensó Kiara observándole tras saludarle.

Suponía que era un hombre guapo, aunque hacía mucho tiempo que no le veía de aquel modo. Era sencillamente Harry. Algún día estaría a la cabeza de la bodega de su familia. Criaría unos cuantos hijos que seguirían sus pasos. Tendría años buenos y años malos, dependiendo de los altibajos de la climatología australiana. El dulce y confiable Harry.

Mientras Diana y él se enzarzaban en una amigable discusión sobre cómo tratar la uva riesling aquella temporada, Kiara les observó por encima del borde de su taza de café.

Lo cierto era que entendía por qué Diana seguía pensando que Harry era la mejor elección para ella. Había crecido en medio de los viñedos, y para una un mujer como su madre, que había perdido a su compañero tan pronto y había tenido que aprender el negocio del vino mientras criaba a una niña pequeña, debía de parecerle la apuesta más segura. Debía de parecerse mucho a su propio padre años atrás, un hombre amable, leal y con profundas raíces en el valle.

Kiara se preguntó por qué había dejado que la relación sentimental que tenía con él se enfriara sin siquiera una discusión, si no recordaba mal, cuando ella se marchó a la universidad. ¿Sería que no le gustaban las opciones seguras después de todo?

—¿Estás esperando un grupo grande? —preguntó Harry

deteniéndose en medio de la viva discusión que mantenía con Diana para mirar por la ventana de la cocina hacia la entrada de la finca–. Parece un convoy.

Kiara siguió su mirada con escaso interés pero solo vio el polvo suspendido en el aire. Los vehículos que Harry había visto habían desaparecido en una de las curvas que llevaban a la casona.

–Que yo sepa no esperamos ningún grupo de visitantes –aseguró Diana–. Pero yo soy siempre la última en enterarme.

Kiara se dio cuenta de que los dos la estaban mirando.

–No tengo ni idea –aseguró–. No he hecho una visita guiada por la bodega desde que estaba de vacaciones de verano de la universidad.

Harry sonrió de oreja a oreja de un modo tal cálido y alegre que Kiara no pudo hacer otra cosa más que sonreír también. Una parte de ella lamentaba que no pudiera ser el hombre para ella. Sin duda eso indicaba los defectos de su carácter. Tendría que haber querido estar con él por todas las razones que le gustaban a su madre.

Porque, si se hubiera casado con Harry o con alguien como él y viviera allí dedicada al vino, estaría viviendo el sueño que Diana quería para sí misma. El sueño que había quedado atajado de forma brutal cuando el padre de Kiara murió.

Y Kiara no pudo evitar volver a sentir aquella oleada de culpabilidad porque sabía que eso nunca ocurriría jamás. Ni aunque no volviera a ver nunca a Azrin.

–¿Te acuerdas de aquel verano antes de que entraras en la universidad? –le estaba preguntando Harry. Se giró hacia Diana–. No sé cómo nos pasaste aquella, sinceramente.

Se lanzó a contar una aventura infantil que Kiara había medio olvidado.

Se estaba riendo cuando la puerta de fuera se abrió. Harry estaba recreando su respuesta adolescente al problema en el que se habían metido. Creyendo que quien había entrado era algún trabajador de la bodega, Kiara ni siquiera se dio la vuelta.

–Parece una historia encantadora –dijo Azrin con su tono más frío.

El hielo de la respuesta cortó la risa de Kiara y le atravesó el corazón. Se giró sin dar crédito a que estuviera allí, tan frío y duro y con aquella mirada frígida en sus ojos casi azules. A pesar de su actitud glacial ella sintió cómo la quemaba y la cegaba momentáneamente.

–Lamento interrumpir.

Estaba vestido completamente de negro, lo que le proporcionaba un aspecto mucho más intimidatorio. Una camiseta negra le cubría el poderoso torso, y los pantalones negros le marcaban las fuertes piernas. Pero a pesar de la ropa de sport quedaba claro que era un rey. Tenía un aspecto tan regio como letal. Parecía una especie de ángel peligroso, todo músculos, porte aristocrático y peligro.

No apartó los ojos de Kiara, pero el inconfundible aire de dominio parecía emanar de él y cubrir toda la estancia.

–Hola, Kiara –dijo con aquel tono oscuro y seductor que provocaba fuego en su interior.

Un fuego que no había vuelto a sentir desde que se separó de él en Washington. Azrin esbozó una sonrisa que no era burlona pero sí irónica.

–Mi reina.

–Pobre Harry –dijo reprendiéndole.

Era lo primero que le decía directamente a él, y no se detuvo para decírselo, solo le urgió a entrar en el salón de la zona familiar de la casona como si fuera un invitado. Pero a Azrin no le extrañó que le tratara así aquella mujer cuya ausencia le había torturado y seguía haciéndolo. Pero dejó a un lado su reacción. Aquello era el fin, se dijo siguiéndola. Pondría fin a su deseo costara lo que costara.

Kiara se giró para mirarle en cuanto hubo entrado en el salón y entonces Azrin fue consciente del peso de la tensión entre ellos. No pudo evitar beber de su imagen como si hubiera tenido sed de ella durante todo aquel tiempo.

Y sabía que así era.

Estaba vestida de manera muy informal, con unos pantalones color tierra y una camiseta en tono cereza que le marcaba las deliciosas curvas. Llevaba el pelo apartado de la cara pero le caía sobre los hombros en suaves ondas. Azrin sintió la irresistible urgencia de tocárselo. No entendía por qué la deseaba con tanta intensidad, pero siempre había sido así.

Tuvo que obligarse a no tocarla, pero a su cuerpo le costaba obedecer. Quería atraer su boca hacia la suya y terminar con aquella absurda distancia entre ellos. Quería tumbarla en el suelo y recordarle lo bien que funcionaban juntos, pero recordaba demasiado bien lo que Kiara le había dicho en Washington. Sus acusaciones le resonaban todavía en los oídos. Cada palabra era como una cuchillada en el estómago, diciéndole que lo único que había entre ellos era química y deseo.

–¿Qué Harry? –preguntó para ganar tiempo.

–Sabes perfectamente quién es –Kiara puso los ojos en blanco–. Y no se merecía que le miraras así.

Azrin sonrió con una benevolencia que no sentía, y se las arregló como pudo para mantener las manos alejadas de ella mientras se tumbaba en uno de los sofás. Echó un vistazo rápido al resto de la habitación, amue blada con la enérgica elegancia que caracterizaba a aquel lugar. A aquellas personas.

Apoyó la barbilla en una mano y vio cómo Kiara se sentaba en el extremo de una silla cercana, decidida claramente a mantener las distancias con él. Eso le irritaba profundamente.

Era su mujer. Su reina. Y no quería estar cerca de él. Azrin tuvo que controlar la oleada de rabia y de algo más profundo y oscuro que amenazó con apoderarse de él.

—Te lo aseguro, Kiara —dijo con un tono de voz que no pudo controlar—. Solo te he visto a ti.

Ella le miró un instante a los ojos antes de apartar la mirada de nuevo. Luego movió los hombros como si se estuviera preparando para hablar con él.

—Aquí no funcionamos así. No entramos en los sitios tratando de intimidar a la gente —aseguró con tono seco.

—Yo no he tratado de intimidar a nadie —afirmó Azrin—. Si hubiera querido hacerlo, tú lo habrías notado sin duda.

Kiara sacudió la cabeza como si estuviera desesperada. Él deslizó la mirada por su cuerpo y le gustó ver que se sonrojaba. Había cosas de las que hablar y en las que concentrarse, pero al parecer solo podía concentrarse en la simple satisfacción de estar otra vez a su lado. De hacerla reaccionar a su presencia.

—Pareces cansada —señaló sabiendo que eso la irritaría—. ¿No duermes bien? ¿La mala conciencia te impide descansar?

—En absoluto —Kiara le miró directamente a los ojos y luego alzó la barbilla en gesto de desafío—. Nunca he dormido mejor.

Azrin no se molestó en llamarla mentirosa. No hacía falta. Veía las ojeras bajo sus hermosos ojos. Se dio cuenta de lo pálida que seguía estando, aunque eso no disminuía su belleza. La seguía encontrando tan cauti-

vadora como siempre. O más todavía, reconoció, porque también le parecía inusualmente vulnerable.

Y no pudo evitar sentir como una especie de victoria
que su regreso a casa no hubiera supuesto un regreso a
su anterior vitalidad. Que aquella separación fuera tan
dura para ella como para él.

El aire entre ellos pareció solidificarse. Finalmente
Kiara se movió en el asiento. Azrin tuvo la impresión
de que le resultaba duro mirarle.

—¿Por qué estás aquí? —le preguntó mirándose las
manos.

—Para hablar de las condiciones de nuestra separación, por supuesto.

En cierto modo era cierto. Kiara se estremeció y
miró hacia la puerta abierta. Azrin se dio cuenta y entornó los ojos.

—¿Es un secreto?

—No, por supuesto que no. Pero todavía no se lo he
dicho a nadie.

—Lo que significa que es un secreto.

—Lo que significa que no se lo he dicho a nadie —repitió ella mirándole con el ceño fruncido—. Solo eso.

Azrin la observó durante un instante.

—¿Por qué no? Entiendo que no convoques una rueda
de prensa, pero sin duda esta es la noticia que tu madre
lleva años esperando oír. ¿Por qué se la niegas?

Kiara sacudió la cabeza y frunció todavía más el
ceño antes de exhalar un suspiro.

—Creí que sabía con quién me casaba —dijo en voz
baja—. En lo que me estaba metiendo. Creí que sabía lo
que estaba haciendo —se encogió de hombros—. Me
equivoqué.

Azrin se tomó un instante para sopesar sus palabras
e ignoró el deseo de rechazar sus intentos de distan-
ciarse aunque fuera con palabras.

–A ver si lo entiendo –dijo cuando fue capaz de hablar sin que se le notara la furia. O peor todavía, la desesperación–. ¿Tu intención es volver simplemente a tu antigua vida? ¿Fingir que nada de esto ha sucedido?

Kiara le dirigió una mirada que le dolió.

–Dudo que eso funcione –reconoció ella–. Pero ¿qué otra cosa podemos hacer?

–Es esa la solución que se te ha ocurrido –no era una pregunta. Azrin se apoyó en el respaldo del sofá–. Es tu mejor idea después de todas estas semanas separados.

–Yo no he dicho que estuviera preparada para hablar de nada hoy –señaló con tirantez–. Has aparecido aquí sin previo aviso. Es lógico que me hayas pillado desprevenida.

–No te has molestado en ponerte en contacto conmigo, Kiara –dijo Azrin sintiendo que perdía el control a pesar de todos sus esfuerzos–. ¿Qué iba a hacer?

–Se suponía que tenías que darme espacio –respondió ella. Sacudió la cabeza como si estuviera ordenando sus ideas–. Parece que te cuesta mucho trabajo escuchar lo que quiero y lo que necesito, Azrin. Eso no dice mucho de nuestra relación.

–Si no recuerdo mal tus comentarios de Washington –le espetó él–, no hay un solo aspecto de nuestra relación al que no le encuentres fallos. ¿O entendí mal tu sugerencia de que tomara una segunda esposa, o tal vez incluso una tercera?

Kiara apretó los labios con fuerza y se puso tensa.

–¿Has venido a decirme que has encontrado candidatas? –preguntó crispada.

«Bien», pensó Azrin con satisfacción. ¿Por qué tenía que ser él el único que estaba en contra de semejante sugerencia?

–Tal vez yo debería hacerte la misma pregunta –objetó sintiéndose de pronto mucho más calmado que antes–. ¿El hombre que estaba en la cocina era mi supuesto reemplazo?

Kiara cerró los ojos brevemente y luego volvió a abrirlos. Le brillaban demasiado, pero no hizo amago de disimularlo. Le miró directamente.

–No quiero hacer esto –murmuró en voz baja–. No quiero pelearme contigo. Solo sirve para demostrar lo poco que nos conocemos después de tanto tiempo y eso me rompe el corazón –suspiró–. Venimos de mundos muy distintos, Azrin, tal y como nos advirtieron. Nuestros padres, los periódicos, los desconocidos por Internet... tal vez deberíamos poner fin a esto ahora antes de terminar odiándonos.

Azrin se movió entonces y se inclinó hacia ella pero sin salvar completamente la distancia que les separaba. Como de costumbre, sintió el fuego, la conexión. Kiara abrió los ojos de par en par pero no se apartó. Estaba tan desesperado que se lo tomó como un progreso.

–¿Qué crees que hace falta para arreglar esto? –le preguntó.

Ella se encogió de hombros, un gesto de rendición que él sintió como una puñalada. No quería que aquella mujer fuerte y obstinada se rindiera.

–No creo que podamos a menos que tengas acceso a una máquina del tiempo –suspiró Kiara–. ¿De qué otro modo podríamos volver atrás y averiguar quiénes somos de verdad?

–¿Crees que no sé quién eres, Kiara? –le preguntó consciente de que su voz sonaba ronca.

–Sé que no –afirmó ella con cierta dureza–. Pero la verdad es que yo creía que tú eras otra persona completamente distinta. El hombre que yo conocía solo tenía una parte de príncipe. No estaba preparada para el hombre en el que te has convertido al ser rey.

–Soy el mismo hombre –afirmó Azrin con tono demasiado seguro.

Las palabras cayeron entre ellos como piedras.

–No lo eres –aseguró ella.

Cuando sus miradas se cruzaron, Azrin vio un brillo que no logró entender del todo y que desde luego no le gustó.

Aquella charla tranquila sobre su final era todavía peor, pensó. Peor que los gestos de derrota. La pasión y el dolor eran más fáciles de enfrentar. Esto era intolerable.

–Creo que no me has entendido bien –consiguió decir con tono más o menos firme.

–¿Lo ves? –Kiara abrió las manos–. Estás hablando por mí.

Azrin se levantó entonces del sofá y evitó acercarse a ella, tocarla. Se colocó al lado de la ventana y miró hacia fuera sin ver nada. Ni las hectáreas de viñedos, ni el cielo azul ni las distantes colinas.

–¿Y si pudiéramos construir nuestra propia máquina del tiempo? –preguntó sin girarse para mirarla–. Me dijiste muchas cosas en Washington. Que te había empujado a salir conmigo, a acostarte conmigo, a casarte conmigo. ¿Y si salimos siguiendo tus normas?

Se hizo el silencio durante un largo instante. Entonces Kiara emitió una especie de sonido burlón. Azrin se dio entonces la vuelta. Tenía las mejillas sonrojadas en lo que podía ser ira o deseo. O una poderosa mezcla de ambas.

Azrin alzó las cejas en gesto de desafío y esperó.

–¿De qué estás hablando? –le preguntó ella tras otra larga pausa–. Eso es ridículo.

Se notaba que estaba molesta. Pero Azrin estaba seguro de que había algo más por debajo. Podía sentirlo. Porque sabía que ella se equivocaba. Sí la conocía.

–¿Por qué es ridículo? –preguntó sorprendido al ver que era capaz de proyectar una calma que no sentía en absoluto.

–¡No podemos fingir que no ha pasado nada entre nosotros! –le espetó abriendo mucho los ojos–. Que no estamos casados, que tú no eres... tú.

–No tenemos que fingir que no somos quienes somos. Eso no serviría para este propósito –hablaba con gran autoridad, como si no estuviera improvisando sobre la marcha en un último intento por salvar su relación–. Podemos fingir que acabamos de conocernos –continuó con el tono más civilizado que pudo–. Tú dices que no te conozco y yo digo que, si eso es cierto, podemos arreglarlo. Preséntate. Dime quién eres –se encogió de hombros–. Tal vez descubras que tú tampoco me conozcas tan bien como crees. Tal vez descubramos que todavía hay muchos mundos que descubrir entre nosotros.

Kiara se le quedó mirando.

–Estás hablando en serio –susurró.

Entonces tragó saliva y sacudió la cabeza como si no se lo pudiera creer. Como si no diera crédito a lo que estaba viendo y escuchando.

–Vamos, Kiara –insistió Azrin con tono dulce–. ¿Qué tienes que perder?

Capítulo 6

TENÍA todo que perder, pensó Kiara un poco más tarde.

Pero eso no podía decírselo a Azrin sin admitir lo perdida que se sentía con él ni la facilidad con la que habría logrado que se quedara en Washington si hubiera insistido un poco más.

Estaban sentados juntos en la amplia terraza de piedra que daba a los jardines y a la concurrida puerta de la bodega, viendo cómo los turistas acudían en masa, en autobús o incluso a pie, para probar los vinos Frederick y la comida que servían en el pequeño restaurante adyacente.

El día era perfecto, como si se hubiera compinchado con Kiara para mostrarle a Azrin la belleza del valle, para exigirle que se fijara. Habían debatido la absurda idea de Azrin en el salón durante largo rato, hasta que Kiara pensó que le iba a estallar la cabeza. Finalmente accedieron a tomarse un respiro. Un pequeño oasis de paz negociado.

–No creo que estemos tan mal como para no poder disfrutar de nuestra mutua compañía –sugirió Azrin con aquel tono irónico suyo–. Aunque solo sea un ratito.

No había motivo para que aquel comentario le pusiera nerviosa, y sin embargo así fue.

Así y todo, Kiara se llevó a Azrin a dar una vuelta por los viñedos mostrándole cómo había cambiado la Bodega Frederick desde la última vez que estuvo allí durante un largo periodo de tiempo, cuando empezaron a salir. Una parte de ella estaba intentando demostrarle algo. Tal vez «mira cómo ha crecido la empresa» o «fíjate cuánto me necesitan aquí». Se lo indicaba sin palabras con cada barrica de vino que le señalaba.

Azrin, por supuesto, no dijo nada. Solo miraba y escuchaba y parecía observar las cosas que le enseñaba con interés.

Tras el inesperado tour se sentaron a tomar una sencilla comida de productos locales que Kiara preparó con las reservas habituales que había en la cocina de la casona. Sirvió gruesas rebanadas de pan recién horneado, salchichas alemanas y una selección de quesos de la zona. Añadió unos cuencos con almendras y aceitunas y un plato de aceite de oliva aderezado para mojar el pan en él.

Durante largo rato se limitaron sencillamente a comer en una de las pequeñas mesas que había situadas a la sombra.

–No creo que quieras dejar atrás nuestro matrimonio sin al menos intentar arreglarlo –dijo Azrin finalmente tras dirigirle una de aquellas miradas seductoras suyas–. Eso no me suena a la Kiara que yo conozco.

Kiara sintió un regusto amargo en la boca pero no dijo nada.

–Dirán que no has sabido ser reina –continuó él imperturbable–. Habrá muchas especulaciones. ¿Es porque en el fondo detestas a mi pueblo, a mi país, como siempre hemos sospechado que les ocurre a los occidentales? ¿O se debe sencillamente a que no puedes ser lo suficientemente sofisticada como para ocupar tu puesto dado que procedes de una comunidad eminentemente agrícola?

Kiara se mordió la lengua para no decir las palabras que tenía en la boca. Y entonces vio el brillo plateado

de su mirada, la ligera curva de sus labios. Por supuesto.
La estaba pinchando deliberadamente.

—Me estás manipulando —dijo tensa.

—Estoy intentado manipularte —la corrigió Azrin con
voz sospechosamente calmada.

¿Estaba burlándose de ella? Eso le provocó un nudo
en el estómago. Era por la rabia, se dijo. Por la rabia y
nada más.

—Entonces has perdido completamente tu buena mano
—aseguró—. Si me importara lo que pensaran los demás,
no me habría casado contigo en un principio, ¿no crees?
Ni siquiera habría cenado contigo aquella primera noche. Estaría demasiado asustada por todas esas noticias
sobre harenes y burkas.

Azrin se limitó a sonreír, pero Kiara se vio a su pesar
pensando en aquellos días salvajes mientras le miraba.

Se había enamorado tanto y tan rápidamente que había pasado meses fingiendo lo contrario por puro temor.
Terror más bien. A que Azrin se diera cuenta. A que se
marchara. No había sabido decidir qué sería peor, qué
le haría más daño. No había querido averiguarlo.

Todo había sido demasiado intenso y demasiado físico. Una simple mirada suya y ardía en llamas. Un
beso, una caricia de sus dedos y hacía explosión. Cuando
se dio cuenta, cuando por fin se permitió creer que él
sentía lo mismo se sintió abrumada.

Mientras tanto, todos sus conocidos expresaron su
opinión. Todo el mundo sabía mucho sobre la naturaleza depredadora de los jeques aunque nadie conocía
personalmente a ninguno. Escuchó la misma retahíla
una y otra vez y solo sirvió para convencerla de que ella
sabía más. De que le conocía. De que valía la pena sufrir las historias que su familia y sus amigos contaban
sobre Azrin solo porque no había crecido entre viñedos.
En aquel entonces a Kiara no tenía ninguna duda. Es-

taba segura de Azrin, de ella y de los dos. ¿Cuándo había perdido aquello? ¿Cómo había sucedido? Le entristecía mucho pensar en ello.

–¿Estás reconsiderando tu posición? –le preguntó entonces él como si le leyera el pensamiento–. Es fácil decir que a uno no le importa la opinión pública, pero otra cosa es vivirlo.

–Ya lo he vivido –le apuntó Kiara–. Y lo estoy viviendo mientras hablamos. Las noticias en los periódicos sobre el estado de mi útero real, por ejemplo.

Tras haber dicho aquello y ver la expresión del rostro de Azrin, que parecía que hubiera recibido una bofetada suya, Kiara se dio cuenta de que tal vez sí le importaba más la opinión pública de lo que quería admitir. Apartó la vista de la suya y solo volvió a mirarle cuando le tomó la mano. Observó como desde la distancia cómo aquel simple contacto le provocaba un escalofrío de la cabeza a los pies.

Le echaba de menos. Se quedó mirando sus manos unidas y fingió que no era verdad, que no sentía aquel latido interior. Pero sabía que estaba imaginando que le odiaba para no pensar en lo mucho que le echaba de menos.

–¿Todavía me quieres? –le preguntó Azrin.

Se lo dijo con tono tranquilo, pero ella sintió cómo la pregunta reverberaba en su interior como si la hubiera gritado. Se estremeció. Tenía todavía la vista clavada en sus manos, no en su rostro.

–No creo que eso importe –contestó ella consciente de lo evasiva que sonaba.

Azrin se limitó a esperar.

Kiara escuchó los habituales sonidos veraniegos que la rodeaban. Los loros cotorreaban en los árboles y la risa de las cucaburras flotaba en la brisa. Los turistas de las otras mesas de la terraza se reían y hablaban disfrutando del día de sol. Podía aspirar el olor a hierba recién cortada y a barricas de roble, el particular perfume que decía que estaba en casa.

Pero no se sentía tan cómoda como debería. Como pensó que se sentiría.

Finalmente, cuando no pudo seguir postergándolo ni soportar sus propias tácticas de distracción, le miró. No tendría por qué doler tanto. No debería sentir que había vuelto a casa cuando Azrin era todo lo contrario, como había aprendido en los últimos meses.

—¿Todavía me quieres? —volvió a preguntarle con tono implacable.

Kiara dejó escapar un suspiro. O se le escapó. En cualquier caso sabía que no dejaría de preguntarle. No tenía escapatoria.

—Sabes que sí —susurró consciente de que en cierto modo se había rendido.

O tal vez no fuera más que la aceptación de una dolorosa verdad.

Él también lo sabía. Kiara lo vio en su mirada, lo sintió en el calor de sus manos.

—Yo también te quiero —dijo Azrin con voz pausada apretándole con más fuerza la mano. Sus labios se curvaron—. Así que por favor, Kiara, sal conmigo.

—No puedo evitar darme cuenta de que esto no es Madrid —afirmó Kiara con ironía.

Estaban en una minúscula pista de aterrizaje. Si no hubiera estado mirando por la ventanilla cuando el avión privado de Azrin descendió hacia el interminable desierto, no habría tenido ni la más remota idea de dónde estaban. No había ninguna pista, ni siquiera en las construcciones de aspecto ligeramente militar que había a un lado.

Hacía mucho calor, y sin embargo Kiara supo que tenía suerte de que allí fuera todavía invierno. En verano la temperatura del desierto subía tanto que hubiera sentido un golpe físico al bajar. El viento la azotaba y la rodeaba. Sintió el azote de la arenisca y lamentó no haberse puesto el pañuelo que llevaba siempre que sabía que iban a llegar a Khatan.

Reconoció los enormes acantilados y el mar cuando se acercaban sobrevolando a aquella polvorienta pista de aterrizaje. Conocía la pintoresca aldea que se extendía alrededor de uno de los acantilados más suaves hacia la playa de prístina arena blanca. Sabía incluso que su nombre quería decir algo parecido a «preciosa morada» en árabe.

No era de extrañar: la había visto en miles de postales en Arjat an-Nahr y en el resto del país. Pero nunca había estado allí antes. Ni tenía pensado ir.

–No –reconoció finalmente Azrin guardándose el móvil en el bolsillo.

Kiara no podía verle los ojos tras las gafas oscuras de sol que llevaba puestas, pero podía sentir su mirada sobre la piel.

–No estamos en Madrid –le hizo un gesto para que pasara delante de él mientras cruzaba por la pista.

Kiara empezó a andar y notó la ausencia de la mano de Azrin, que normalmente se situaba en la parte baja de su espalda. Y la echó de menos.

–Estoy intentando averiguar qué parte de la conversación en la que te dejé claro que deberíamos tener nuestra primera cita en Madrid te llevó a pensar que quería volver a Khatan –aseguró apartando de sí aquella sensación de pérdida–. Pero no se me ocurre nada.

–¿Y yo estuve de acuerdo en que fuera en Madrid? –le preguntó Azrin con tono seductor–. ¿Estás segura de eso?

Kiara abrió la boca para afirmarlo pero entonces la cerró.

En realidad fue ella la que habló de Madrid cuando accedió al plan de Azrin. Era una ciudad a la que apenas habían viajado en su deambular por el planeta. Era un lienzo en blanco, dijo Kiara, en el que podrían pintar lo que quisieran mientras llevaban a cabo aquel juego. Pero ahora que lo pensaba, lo único que Azrin había dicho era que Madrid era una ciudad preciosa.

–Sabías que yo quería ir a Madrid –dijo como si fuera importante. Como si la ciudad en sí importara, cuando sabía que lo que de verdad le molestaba era que hubiera tomado la decisión sin consultar con ella.

Azrin la miró y Kiara volvió a sentir su mirada aunque no pudiera verle los ojos.

–Accediste a jugar, Kiara –dijo con un tono de voz que parecía una caricia–. Yo solo escogí el escenario.

Les guiaron respetuosamente hacia el segundo de los tres jeeps conducidos por el habitual equipo de guardaespaldas de Azrin y luego se dirigieron hacia el amplio y solitario desierto. Enfilaron hacia un grupo de palmeras y de vegetación que empezaba justo al extremo de los acantilados y seguía hacia la conocida aldea.

Necesitaron varias horas para cruzar el desierto y llegar a aquella zona particular de la costa. Pero el viaje valía la pena.

La aldea constaba de una colección de casas que parecían excavadas en la cara del acantilado, muy pegadas las unas a las otras. Enfilaron por la única carretera que cruzaba la calle. Había dos hoteles uno al lado del otro en la blanca playa. Los habitantes de la aldea tenían fama de ser amables y acogedores, y los viajeros que conseguían llegar hasta allí la consideraban la joya más inaccesible y hermosa de Khatan.

Kiara había leído mucho sobre aquel lugar en los libros que devoraba cuando Azrin y ella empezaron a salir, cuando estaba decidida a aprender todo lo posible sobre su país. Sobre él. Como si esperara que la sometiera a algún tipo de examen.

–Siempre he querido visitar este lugar –confesó–. Pero nunca pensé que tendrías que raptarme.

Sentado en el asiento de atrás del jeep a su lado, Azrin se limitó a encogerse de hombros. Tenía una mano apoyada contra la puerta mientras el coche recorría la sinuosa carretera.

–Subiste al avión por tu propio pie –le recordó sin dignarse siquiera a mirarla.

No le hacía falta. Kiara puso los ojos en blanco. Tendría que estar furiosa. Debería sentirse traicionada, secuestrada. Pero se vio obligada a admitir que no sentía ninguna de aquellas cosas. Lo que se sentía era vulnerable. Y se conocía lo suficiente como para saber que no importaba a qué rincón del mundo la hubiera llevado Azrin para llevar a cabo su pequeño juego. Era Azrin quien la hacía sentirse tan amenazada.

Y no por él, sino por sus sentimientos hacia él. Lo que era mucho peor.

Le sentía, como siempre, ocupando demasiado espacio en la parte de atrás del asiento del jeep. Dominando el espacio con aquella actitud de estar al mando sin tener que mover un músculo. Y Kiara supo que eso era lo que le hacía sentir tan débil.

No era que la tocara y lo sabía. Era el modo en que se rendía completamente a sus caricias. Absolutamente. Sin un instante de vacilación. No era que Azrin la impulsara a olvidar todo lo que era importante para ella cuando le miraba; era que ella se dejaba llevar. Se dejaba caer.

No pudo evitar pensar que era aterradoramente fácil someterse a aquel hechizo sensual, desaparecer en él hasta no ser nada más que alguien que sonreía educadamente y le esperaba. Lo sentía ya como una soga alrededor del cuello cuando llegaron a Washington. ¿Qué quedaría de ella?

Eso era lo que su madre le había dicho cuando se marchó.

–¿Cuándo volverás? –le preguntó Diana desde el umbral de la puerta de su dormitorio.

–No lo sé –dijo frunciendo el ceño ante la ropa que tenía delante como si hacer una pequeña maleta requiriera toda su atención–. Te lo diré en cuanto lo sepa, por supuesto.

Hablaba con su jefa, no con su madre.

Había dado por hecho que Diana quería información por motivos laborales. Pero se equivocaba.

–Kiara... –Diana no terminó la frase, algo poco habitual en ella.

Cuando Kiara la miró vio que tenía una expresión extraña en su rostro. Como si se hubiera quedado sin palabras. O como si estuviera sencillamente perdida.

Y eso hizo que Kiara se sintiera descolocada.

–No tienes por qué ir con él. No tienes que hacer nada que no quieras. Puedes quedarte aquí todo el tiempo que quieras. Hasta que tengas claro lo que tengas que tener claro.

Una parte de ella había anhelado aceptar la invitación, aceptarla como la señal de paz que era. Y además era una buena solución a corto plazo. Que Diana echara a Azrin de allí mientras ella se ocultaba en su dormitorio como una niña y se lamía las heridas. Sin duda resultaba muy tentador. Llevaba un mes haciéndolo. Pero otra parte sabía que no debería darle el control a Diana por temor a lo que hiciera con él. Diana nunca le había cedido el control a nadie. Había creado un imperio. ¿Por qué no podía Kiara hacer lo mismo? Por no mencionar que no quería que Diana pensara mal de Azrin aunque fuera de refilón.

—¿Tan mala opinión tienes de mí que crees que Azrin me está obligando a irme con él? —le preguntó con un tono injustamente afilado.

En cuanto hubo pronunciado aquellas palabras se sintió culpable. Estaba desesperada. Le resultaba más fácil dejarse llevar por la ira; así enmascaraba lo incómoda que siempre se sentía en presencia de su madre. Pero no por eso estaba bien hecho.

—Por supuesto que no —aseguró Diana con impaciencia—. Sin duda se trata de un hombre intimidante, pero eso nunca ha parecido impresionarte. Más bien creía que era una de las cosas que te gustaban de él.

—Es mi marido —aseguró Kiara tratando de mantener sus emociones bajo control—. Hay muchas cosas que me gustan de él.

Diana suspiró.

—Yo tenía dieciocho años cuando conocí a tu padre —aseguró con tono pausado.

Demasiado pausado. Como si no fuera la misma historia que solía utilizar para señalar los sacrificios que había hecho por Kiara.

—Y solo veinte cuando tú naciste. Antes de conocerle tenía muchos sueños. Quería pintar. Quería estudiar una carrera. Pensaba viajar. Tenía la fantasía de llevar una casa rural en algún lugar muy remoto en el que me pasaría semanas sin ver a otro ser humano —Diana se revolvió ligeramente en el asiento—. Nunca pensé en dedicarme al vino. No era capaz de diferenciar una uva de otra. Pero amaba a tu padre y aquí era donde él tenía que estar, así que yo vine con él.

Kiara había dejado de fingir que le costaba trabajo hacer la maleta, que la ropa necesitaba toda su atención, y se había girado para mirar a su madre con los brazos cruzados. Como si esperara recibir un golpe. Nunca había escuchado aquello con anterioridad. Nunca había oído a Diana escuchar algo remotamente parecido a un lamento por algo que hizo.

–Fue duro –continuó Diana clavando en ella sus ojos oscuros, tan parecidos a los de su hija–. Mucho más duro de lo que yo esperaba.

Kiara sacudió la cabeza negándose a dejarse llevar por la tormenta emocional que la atravesó entonces, haciendo que se cuestionara todo. A su madre. A sí misma. La ira era más fácil. Más segura.

–Siempre has dicho que erais felices –aseguró tratando de contener el tono arisco–. Locamente felices, de hecho.

–No estoy diciendo que no lo fuéramos –respondió Diana–. Estoy diciendo que fue duro. Más para mí que para tu padre. Él se limitó a seguir con la vida que conocía mientras que yo tuve que aprender a formar parte de ella. Pero seguía teniendo mis propios sueños. Cuando tú naciste pensé en dejar la bodega en manos de tu padre para tratar de cumplirlos –miró a Kiara durante un largo e incómodo instante–. Pero entonces murió.

Kiara sintió como si unas manos fuertes le estuvieran estrujando el corazón.

–A ver si lo entiendo –dijo sintiendo cómo la angustia la hacía permanecer como una estatua de hielo mirando a su madre–. O esto es una anécdota sobre los peligros de amar a un hombre y ajustarse a su modo de vida o es una historia más sentimental sobre la necesidad de seguir mis sueños a pesar de mi matrimonio. ¿De cuál de las dos se trata?

Como de costumbre, Diana no mostró ninguna señal de rabia. Permaneció impávida. Y como de costumbre, Kiara se sintió como una niña pequeña en medio de una pataleta.

Pero eso era preferible a lo que había bajo la super-ficic. Siempre lo había sido.

–Lo que te digo es algo muy sencillo –se explicó su madre–. Cuando tu padre murió hubo muchas ocasiones en las que miré a mi alrededor y me pregunté cómo había terminado tan metida en estos viñedos cuando nunca quise tener nada que ver con ellos. Tengo la suerte de que se me da bien, pero estas historias no siempre acaban bien –alzó sus elegantes hombros y los dejó caer–. Sé que convertirte en reina de Khatan es el precio que tuviste que pagar por estar con Azrin. No quiero que mires atrás y te arrepientas de las decisiones que tomaste, Kiara. Eso es todo.

Kiara sintió entonces una oleada interior y temió que se tratara de un sollozo, o del comienzo de una larga su-cesión de ellos. Se abrazó a sí misma con fuerza y logró sin saber cómo mantener la mirada en los ojos de Diana.

–Das por hecho muchas cosas –consiguió decir con voz sorprendentemente normal para cómo se sentía–. Por si no lo sabes, la bodega es el precio que yo tuve que pagar para que me trataras de vez en cuando como a una hija en lugar de como a una empleada más.

No era necesario decir, pensó Kiara ahora mirando por la ventanilla mientras la pequeña comitiva avan-zaba por el pueblo, que aquella conversación no había mejorado su relación con su madre. Solo había servido para que se sintiera terriblemente mal por su capaci-dad para ser cruel.

Kiara se vio obligada a afrontar la desagradable rea-lidad de que había reaccionado con tanta firmeza por-que, como de costumbre, Diana había tocado las teclas que más le molestaban. Una simple historia sobre re-nunciar a lo sueños por seguir los de su marido y Kiara había salido disparada como un cohete. ¿No era esa la razón por la que había dejado a Azrin en Washington, porque se sentía atrapada y enmudecida en su nuevo papel? ¿Porque le daba miedo perder la voluntad si se quedaba y quedarse atrapada para siempre en una posición que odiaba, siempre detrás de su marido y sin nada propio?

Sintió que el pulso le latía con fuerza. Miró a Azrin, a los guardias armados que iban delante, los cristales tintados que les ocultaban del mundo exterior. No tendría que haber accedido a aquella locura.

No importaba lo mucho que amara a Azrin o cuánto la amara él. Eso no cambiaba nada. Ni tampoco importaba en realidad. Nada de eso hacía que fuera menos rey ni que ella fuera más adecuada para ser la clase de reina que Azrin necesitaba.

Giró la cabeza para decírselo de una vez por todas y lo encontró con una sonrisa dulce y casi nostálgica. Pero no la estaba mirando a ella, comprendió con una punzada en el corazón. No, tenía la vista dirigida hacia la ventanilla, hacia lo que a Kiara le pareció una sombra en la cara de la roca que se cernía sobre ellos.

Como si hubiera sentido su mirada sobre él, Azrin la miró y Kiara sintió un nudo en el estómago. Parecía tan despreocupado, pensó algo asombrada. No recordaba cuándo fue la última vez que vio tanta luz y tanta alegría en su rostro.

Sintió deseos de llorar.

—Esta es mi parte favorita —dijo Azrin.

Aquello no tenía ningún sentido para ella. Pero antes de que pudiera preguntarle qué quería decir, el jeep que iba delante de ellos dio un giro suicida hacia la derecha. Directamente hacia el acantilado. Pero en lugar de estrellarse contra la roca, desapareció como si se lo hubiera tragado la tierra. Kiara se dio cuenta de que la sombra era la entrada a un estrecho cañón cuando su propio jeep tomó la misma curva. Contuvo el aliento.

–Tú espera –dijo Azrin con calma–. Se pone todavía mejor.

La estrecha y zigzagueante carretera no parecía lo suficientemente amplia para los jeeps, que casi rozaban las rocas salientes a ambos lados mientras avanzaban a toda prisa, como si estuvieran familiarizados con aquella ruta. O como si estuvieran completamente locos. Kiara alzó la vista y vio que solo había una estrecha franja de luz por arriba. Las verticales paredes de los cañones parecían cerrarse sobre ellos.

Tendría que haberse sentido atrapada. Tal vez se lo sentía. Aspiró con fuerza el aire una vez y luego otra mientras se adentraban más profundamente en las rocas. ¿Se dirigían al interior del acantilado, hacia algún tipo de búnker? ¿Acaso pretendía Azrin que su cita tuviera lugar en alguna especie de prisión medieval?

Siguieron avanzando. Estaba todo en penumbra en aquel lugar tan apartado de la luz de la luna. Y hacía frío.

–Azrin –dijo cuando ya no pudo seguir soportándolo, cuando pensó en la inmensidad del acantilado, su implacable peso y el constante frío.

Él le tomó la mano y se la llevó a la boca para darle un beso ausente antes de clavar la vista hacia delante.

–Solo da miedo la primera vez –le dijo con aquel tono indulgente señalando con la cabeza hacia la ventanilla–. Porque en el resto de las ocasiones ya sabes que el trayecto vale la pena.

Kiara frunció el ceño pero se giró como él le indicaba y se quedó sin aliento.

Porque al otro lado de la ventana, allí donde el pequeño cañón se ensanchaba y la luz del sol se filtraba desde arriba, estaba el paraíso.

El cañón se abría a un amplio desfiladero donde había palmeras y más vegetación alrededor de una serie de maravillosos lagos aguamarina. Las gloriosas aguas parecían estar iluminadas desde dentro además de desde arriba por la luz del sol. Allí dentro, en aquel valle protegido, el sol calentaba las piedras. El frío anterior era ya un recuerdo lejano.

Kiara apenas sabía hacia dónde mirar primero, y se sentó inclinándose hacia delante como una niña maravillada. Los lagos se alineaban a lo largo del suelo del cañón, cada uno más grande que el anterior hasta el fondo de aquel valle escondido. Kiara dejó escapar un gemido de asombro. Lo que solo podía ser una especie de palacio colgaba prácticamente del aire, como si estuviera excavado en la propia roca. Era una fortaleza de cinco pisos adornada con balaustradas y terrazas, balcones y delicados arcos que se cernían sobre las aguas del más grande de los lagos como si hubiera nacido de aquel lado de la montaña. Como si siempre hubiera estado allí.

—Le llaman el Palacio de los Diez Lagos —le dijo Azrin con tono orgulloso y reverente—. Fue considerado un lugar sagrado durante mucho tiempo y luego se convirtió en el refugio favorito de mi bisabuelo. Muy pocos saben de su existencia.

—Es precioso —susurró Kiara en un hilo de voz.

Era más que precioso. Aquel palacio excavado en la roca hacía que sintiera una opresión en el pecho. Era una construcción implacable y valiente que no debería existir. Hacía pensar en una mezcla guerrera de casita de chocolate y castillo medieval.

Azrin se giró hacia ella sonriendo y fue como una descarga sensorial. Kiara no sabía qué le estaba haciendo su cuerpo, solo sabía que todo aquello era excesivo. Un lugar secreto, lagos misteriosos en el interior de una montaña... ¿Cómo se suponía que iba a resistirse a algo así? ¿Cómo iba a analizar a fondo lo que les es-

taba pasando si cada vez que giraba la cabeza la belleza
del lugar hacía que le entraran ganas de llorar?

Se reclinó en el asiento y le dirigió una mirada crítica.

—Pero no me parece muy inteligente sacar todo tu arsenal tan pronto —señaló.

—¿Tienes miedo a no poder manejarlo? —le preguntó
Azrin con mirada pícara.

Parecía muy cómodo apoyado contra el respaldo
como si no le importara nada en el mundo mientras el
jeep les acercaba cada vez más a aquel palacio imposible.

—Puedo manejarlo —le aseguró señalando con la mano
la belleza de los lagos bajo el sol—. Pero ¿qué vas a hacer en la segunda cita?

Capítulo 7

AZRIN esperó por ella en el más alto de los amplios balcones mientras la tarde daba paso a la noche. En lo alto, el cielo estaba oscureciendo, y el escaso personal que habían llevado al palacio había encendido ya todas las luces que colgaban como faroles alrededor del perímetro de roca.

Azrin nunca se cansaba de aquel lugar. De los misteriosos ecos de sus piedras, del encanto de los lagos. Había nadado en ellos de niño, se había sentado frente a ellos de adulto permitiendo que ejercieran su magia sobre su alma.

Aquella noche le hacían creer que todo aquello saldría como él esperaba. Como debía salir.

Presintió la llegada de Kiara antes de escuchar sus pasos sobre la piedra. Se dio la vuelta cuando ella entraba en el balcón y se acercaba vacilante hacia él. Se apoyó contra la barandilla de hierro y la vio acercarse.

Su esposa. Su reina.

Llevaba puesta una vaporosa túnica magenta sobre unos pantalones a juego y unas sandalias ligeras. Se cubría los hombros con un chal porque estaban a mediados de invierno y por las noches refrescaba. Llevaba el cabello suelto en ondas sobre los hombros, y cuando se acercó más se dio cuenta de que apenas se había maquillado, permitiendo que su belleza natural brillara con fuerza, cautivándole como seguro que era su intención.

O tal vez, pensó pesaroso, le cautivaba como siempre había hecho sin necesidad de intentarlo. Aunque le costó, no hizo amago de acercarse a ella cuando se apoyó en la barandilla a su lado. Kiara miró hacia el desfiladero oculto que se extendía ante sus ojos.

–He contado solo cinco lagos –dijo tras unos instantes con tono dulce–. ¿No tendría que haber diez?

–Hay diez.

Ella le miró y alzó las cejas en gesto inquisitivo. Azrin sonrió, encantado al ver que sus ojos no reflejaban aquella angustia que últimamente parecía provocar en ella aunque fuera sin intención.

–Hay dos lagos en una cueva más profunda en el interior de la montaña –dijo señalando hacia el acantilado–. Se alimentan con un manantial natural de agua termal y solo se puede acceder a ellos desde la segunda planta del palacio –señaló hacia la izquierda–. Si vas a nadar bajo la cascada que hay al final de este lago, tendrás acceso a un pequeño pasaje que lleva a otros tres lagos. Eso hace diez en total.

Kiara apartó otra vez la vista y Azrin se fijó en cómo apretaba los puños, como si estuviera luchando contra sus demonios.

–Esto no parece real –murmuró con el mismo tono dulce y reticente–. Parece como si no pudiera existir un lugar así.

Sin poder evitarlo, se dejó llevar por el impulso de tomar uno de sus mechones castaños entre los dedos. Sintió su sedosidad sobre la piel. Olía a cítricos y a especias, su aroma habitual y único, y Azrin supo que pensara lo que pensara ella sobre el objetivo de aquel juego entre ellos, nunca podría dejarla ir. Era su debilidad por mucho que se hubieran distanciado aquellos últimos meses.

–¿Ya estamos teniendo nuestra cita? –preguntó ella con cierta aspereza–. En caso afirmativo, deberías saber que es demasiado osado tocarle el pelo a alguien que apenas conoces. En algunos países podrían matarte incluso.

–Entonces menos mal que soy el rey de este –señaló hacia la zona de estar que habían dispuesto detrás de ellos, en uno de los muros del palacio.

Había unos toldos para protegerse del sol durante el día y gruesas y pesadas alfombras para evitar el frío de las piedras. En el suelo había enormes cojines de colores desperdigados alrededor de una mesa baja de piezas de mosaico.

Azrin observó cómo Kiara se acomodaba en los cojines con aquella gracia suya natural que le resultaba tan cautivadora. Él se tumbó en el otro lado, incapaz de apartar los ojos de su hermoso rostro. Kiara se colocó el pelo detrás de la oreja en un gesto que indicaba su nerviosismo, pensó con cierta satisfacción al comprobar que todavía le afectaba su presencia.

–Deberíamos poner algunas reglas antes de empezar con este experimento tuyo de las citas –dijo ella apartando la vista.

–¿Crees que necesitamos reglas? –se le ocurrían otras cosas que podían necesitar, ninguna de ellas apropiadas para el momento.

–Sí –Kiara volvió a alzar las cejas, pero esta vez con gesto más burlón y menos nervioso–. Sobre todo si te vas a quedar tumbado así, como si fueras una especie de pachá vicioso.

–Si Khatan siguiera todavía bajo el dominio del imperio otomano –bromeó Azrin–, sería sin duda un pachá, como muchos de mis antepasados.

La miró. Ella le sostuvo la mirada durante un largo instante y notó que se le sonrojaban las mejillas. Vio cómo tragaba saliva pero seguía manteniendo la compostura.

–Regla número uno –dijo con tono pausado–. Nada de comentarios displicentes –suspiró–. Y tendremos que hablar de sexo, por supuesto.

–Esta es la mejor cita que he tenido –replicó Azrin con picardía–. ¿Es una invitación? Mi respuesta es un sí entusiasta, por supuesto.

–Creo que no deberíamos tener sexo –afirmó Kiara como si no le hubiera oído.

–Esto me suena, Kiara –le recordó él–. Es como si estuviéramos en Melbourne hace cinco años. Tú te resistirás, acabaremos en la cama al final y te casarás conmigo otra vez. Nunca imaginé que pudiéramos solucionar esto con tanta facilidad.

–Estoy hablando en serio –aseguró Kiara.

Azrin sintió el frío de su tono de voz. La defensa. Y eso provocó que la furia estallara en su interior como una llama. Pero la controló lo mejor que pudo.

–Claro que no quieres sexo –se reclinó contra los cojines y la miró sin alterarse–. Crees que utilizo tu cuerpo contra ti, que te confundo con nuestra química sexual, que te controlo en cierto modo a través de ella, ¿no es verdad?

–Hablando de comentarios displicentes –dijo Kiara con voz algo estrangulada.

Las mejillas se le habían sonrojado todavía más.

–De hecho –continuó él–, yo también creo que no debería haber sexo.

–Ya –contestó Kiara dando a entender que no le creía.

Como si él fuera un animal salvaje en lugar de un hombre, del marido que la amaba por encima de todas las complicaciones de su matrimonio. Resultaba muy frustrante.

–No debemos –siguió Azrin endureciendo el tono–, porque me he cansado del papel que me has adjudicado en nuestro matrimonio. Creo que tu apetito sexual es tan voraz como el mío, algo que antes admitías sin tapujos. Pero ya no te conviene pensar en esos términos. Prefieres ser la víctima, no sé por qué.

—¡No quiero ser una víctima! —su voz era una mezcla de asombro y furia. Se incorporó para sentarse—. Y no lo soy.

—Utilizas el sexo como un arma, Kiara —le dijo Azrin apoyándose sobre el codo para mirarla.

Ahora tenía las mejillas completamente rojas y los ojos le echaban chispas de furia.

—Dices que es lo único que tenemos cuando la verdad es que tú te has asegurado de que sea lo único que podemos tener. Creo que te hace sentir más segura. Como si tuvieras más control.

—Tú utilizas el sexo en lugar de la conversación, de los sentimientos, de lo que debería ser una relación sana —le espetó ella.

No cabía duda de que estaba furiosa. Azrin pensó que tal vez ahora lograría llegar a alguna aparte. Ahora que se había quitado aquella máscara educada.

—Nunca me preguntaste cómo me sentía ante los cambios a los que me sometiste, a los que ambos nos vimos sometidos. Solo me exigiste que hiciera lo que tú decías y después actuabas como si el sexo pudiera arreglar todo lo demás.

—Entonces estamos de acuerdo —afirmó él controlando su propia furia, diciéndose que aquel no era el momento ni el lugar. Lo que importaba era lo todavía sentían, no el análisis de lo que se habían hecho el uno al otro—. Nada de sexo a menos que sea un regalo. A menos que sea sincero, no un escondite ante verdades incómodas. Ni un arma arrojadiza destinada a señalar al otro como el malo.

—Esto es ridículo —le espetó ella—. Es como decir que hace sol cuando es de noche.

–¿Tienes más reglas, Kiara? –le preguntó notando su propio tono tenso a pesar del esfuerzo que estaba haciendo para controlarlo–. ¿Alguna razón más para estropear esto? –se la quedó mirando con frialdad–. Me siento tentado a pensar que realmente no quieres conocerme para no contradecir todas esas historias que te dices a ti misma.

Kiara apartó la mirada de la suya y se hizo un largo silencio.

Azrin la observó. Escuchó el sonido de los lagos que los rodeaban, el agua lamiendo las rocas, el salpicar de la cascada, la brisa que mecía las palmeras. Kiara respiraba con demasiada agitación y tenía la mirada clavada en el regazo. Azrin estaba convencido de que estaba apretando los puños.

La penumbra se había transformado en oscuridad cuando volvió a alzar la vista hacia él. Se revolvió en el asiento y se acomodó el chal sobre los hombros. Incluso sonrió con una de aquellas sonrisas falsas suyas.

–Y dime –preguntó entonces con tono de humor–, ¿vienes mucho por aquí?

Era una burla de la típica conversación de una primera cita y Azrin lo sabía muy bien. Y le hizo gracia. Kiara colocó la barbilla sobre las manos y apoyó los codos en la mesa mientras le miraba con una atención exagerada que casi le hizo reír.

«El juego ha comenzado, mi amor», se dijo.

–Ya te he dicho a qué me dedico –contestó Azrin con educación. Con suma educación.

Tenía un tono inteligente y sexy que le recorrió la espina dorsal. Siempre había sido muy sensible a su voz. ¿Acaso no fue una de las razones por las que se sentó en aquel café de Melbourne? Cualquier persona en su sano

juicio se habría ido de allí, o eso se decía ella con frecuencia.

—Eres el rey —le dijo como para recordárselo a sí
misma—. Eso debe de ser divertido. Perseguir a tus ene-
migos, organizar saqueos y pillajes... en sentido figu-
rado, por supuesto —añadió al verle arquear las cejas.

—No resulta divertido en absoluto —aseguró con un
tono más bajo. Más serio. Aunque sonrió ligeramente
como si quisiera disimularlo—. Es muchas cosas, satisfactorio en ocasiones, pero desde luego divertido no.

Azrin miró de reojo hacia el palacio y levantó una
mano. Kiara se reclinó en los cojines y vio cómo el personal de servicio salía de la entrada con bandejas llenas
de *delicatessen* de todo tipo.

Había platos de arroz, bandejas de pescado a la plan-
cha y una selección de carnes trinchadas. Delicadas tar-
taletas que Kiara sabía que estarían rellenas de una
combinación de carne y queso, especias y azúcar. Había
una bandeja con cordero tiernísimo cortado abierto para
que se viera que estaba relleno de arroz, huevos y ce-
bolla y que despedía un aroma a especias tradicionales
de Khatan.

Había vasos altos con yogur aderezado con carda-
momo y pistachos, platos de almendras y aceitunas, humus casero, tabulé y pan de pita mediterráneo.

A Kiara se le hizo la boca agua.

—Vamos, algo divertido sí te tiene que parecer esto
—dijo cuando el personal se retiró dejándoles rodeados
de velas y farolillos y con la noche estrellada encima de
ellos. Era el lugar más mágico que Kiara había visto en
su vida. O soñado.

Azrin la miró de un modo que no supo definir mientras se hacía con un trozo grande de pan de pita.

—Se te sirven banquetes en cuanto lo pides —continuó
ella—. Viajas por todo el mundo en avión privado. Tie-

nes palacios por todo el mundo que puedes ocupar a voluntad. Este es el tercero que conozco, y solo en Khatan. Y cuando te conocí en Melbourne conducías un Ferrari. Sé que entonces te parecía divertido.

A ella también se lo había parecido, pero ya no se permitía pensar en ello. Estaba decidida a pensar solo en las dificultades, en los impedimentos.

¿Cuándo fue la última vez que había pensado en la parte divertida?

—Estás hablando de los privilegios de la riqueza —dijo Azrin tras un instante. Se inclinó para mojar el pan en el humus—. Eso no es lo mismo que ser rey.

—¿Ah, no? —preguntó Kiara con escepticismo.

—Hay muchos hombres ricos que solo son responsables de sí mismos —señaló Azrin—. Esa no es una opción cuando tienes que gobernar un país.

—Así que lo que más te pesa de reinar es el trono —dijo ella—. No las reverencias ni el hecho de que cada palabra tuya sea una orden. No la gran fortuna de tener acceso a toda la riqueza y los palacios.

—¿Qué te hace pensar que todo eso no me pesa también? —le preguntó en voz baja.

A Kiara no le gustó cómo resonó aquella pregunta en su interior y dirigió la atención hacia la comida, ignorando la voz interior que le susurró que era una cobarde. No quería saber más de lo que ya sabía porque consideraba que con eso era bastante. Probó un pescado que no supo identificar, perfectamente asado con un toque de lima y un sabor más complejo. Cerró los ojos durante un instante para saborearlo.

—¿Y tú? —preguntó Azrin—. ¿A qué te dedicas?

Ella abrió los ojos y vio que la estaba mirando. Sintió un fuego en el interior.

—Yo hago vino —respondió.

Se dio cuenta del modo en que lo había dicho, con

cierto tono beligerante, y vio que él también lo había notado. Pero se limitó a mirarla. Kiara sintió que se sonrojaba.

–¿Cómo te convertiste en vinicultora? –le preguntó él.

Como haría cualquiera en una primera cita, supuso. No había razón para estar incómoda, como si le hubiera clavado una espina en la piel.

–Es el negocio familiar –contestó en automático revolviéndose contra los cojines–. Crecí entre viñedos –dejó escapar un suspiro–. Esto es una tontería, Azrin. Ya sabes todo esto. Yo también lo sé. Nada de lo que digamos esta noche cambiará el hecho de que tú quieres cosas que yo no puedo darte.

Tuvo la impresión de que Azrin también suspiró, aunque no lo escuchó claramente.

–Eres mi mujer desde hace cinco años –señaló con voz pausada–. Al parecer solo se ha vuelto demasiado abrumador para ti en los últimos cuatro meses. ¿Por qué estás tan segura de que estos meses tienen más peso que los cinco años anteriores? No estoy de acuerdo con esa afirmación –sacudió la cabeza cuando ella intentó hablar–. Pero este no es tema de conversación para nuestra primera cita, Kiara. No me obligues a pensar que quieres sabotear el experimento antes incluso de empezar.

Kiara clavó la vista en el plato e hizo un esfuerzo por calmarse. Por respirar. Evitó mirarle durante un largo instante mientras volvía a servirse. Arroz fragante, ni demasiado blando ni demasiado duro. Cordero perfectamente cocinado con muchos sabores. Y su favorito, el pan de ajo.

Todo resultaba muy tentador, pero no fue capaz de dar un mordisco más.

–¿Y qué buscas en una reina? –le preguntó en lugar

de todas las cosas que quería decirle–. Aunque no sé si los reyes hablan de esas cosas en su primera cita con completas desconocidas como yo.

A Azrin le brillaron los ojos, y Kiara tuvo que contener un escalofrío.

–Me gusta el vino –afirmó él sonriendo.

–Felicidades –respondió Kiara crispada, negándose a considerar el comentario como un cumplido–. Si ese es tu único criterio, no tendrás problema para encontrar a la reina perfecta. Solo tienes que chasquear los dedos y aparecerá una cola ante tus ojos con las copas preparadas.

–Tienes razón –Azrin subió una rodilla y apoyó el brazo en ella. Tenía aspecto de lo que era: un misterioso jeque del desierto.

Iba vestido con un par de los pantalones de lino que le gustaba llevar en privado y una camisa de manga corta en la misma tela suave y el mismo tono crema que hacía más oscura su piel aceitunada y su cuerpo más musculado. Tenía un aspecto frío y seguro de sí mismo. Emanaba poder.

Kiara se dio cuenta de que tenía la garganta seca.

–Mi reina será un símbolo –continuó Azrin tras una breve pausa–. Tanto si quiere como si no. Debe respetar los valores tradicionales de mi país pero al mismo tiempo modernizar su papel con sus propios logros y su fuerza. Quiero ambas cosas y no me conformaré con nada menos.

–¿Y si no puede lograrse esa fusión? –preguntó Kiara con voz más áspera de lo deseado–. ¿Y si las mujeres de verdad no pueden ser símbolos, solo esposas imperfectas, y tus altas expectativas suponen una losa para ella?

–Mi reina debe ser fuerte –afirmó Azrin con voz pausada y la mirada clavada en la suya.

–¿Lo suficientemente fuerte como para ser acallada del todo? –contraatacó Kiara–. ¿Para ser marginada, olvidada, apartada a un lado, sin posibilidad de quejarse ni de comentar siquiera lo que le está ocurriendo por temor a que le digan que no es más que «otro fuego» que su rey, no su marido, debe apagar?

–Lo suficientemente fuerte como para saber que ninguna de esas cosas está sucediendo de verdad aunque sienta que están en un momento de confusión tras la subida al trono de su marido –contestó Azrin con la mirada fija. Directa.

En sus ojos no había solo rabia, pensó Kiara impotente. Se trataba de algo más profundo. Se le erizó el vello de los brazos y de la nuca.

–Suficientemente fuerte como para esperar. Como para no salir corriendo.

–La mayoría de las mujeres no son adivinas, Azrin –le dijo Kiara con voz temblorosa–. No pueden adivinar las intenciones por el aire, solo por el comportamiento. Por lo que se les diga y por cómo sean tratadas. Y luego actúan en consecuencia.

–Algunas mujeres, las que se casan con el príncipe heredero de un trono, no se sorprenderían tanto al ver que se convertía en rey –afirmó Azrin con tono deliberadamente calmado para tratar de provocarla.

–Y por su parte, algunos príncipes, cuando se casaran con una mujer que no pertenece a su cultura, dejarían claras cuáles son sus expectativas antes de que haya algún riesgo de subir al trono.

–Haces que parezca que te tengo encadenada al tobillo –le espetó entonces él perdiendo un poco el control.

Kiara no debería tomárselo como una especie de victoria. ¿No le había visto perder el control completamente en Washington y lo había odiado? ¿Qué le estaba sucediendo? Sentía como si una enorme ola se estuviera formando en su interior pero no sabía de qué se trataba. No quería saberlo.

–No recuerdo tanta tortura ni tanto tormento, Kiara. Lo único que te pedí fue que me apoyaras. ¿De verdad te costaba tanto hacerlo?

–¡No quiero ser tu madre! –exclamó ella.

Las palabras surgieron con fuerza de su interior. La ola la engulló. Las palabras que no sabía que quería decir rebotaron contra el cielo de la noche, contra los muros de roca. Kiara levantó las manos hacia el cielo y las dejó caer sobre la mesa.

–Lo siento, pero no quiero. Parece solo una proyección de tu padre. Su sombra. No quiero ser así. Ni tampoco como tus hermanas –sacudió la cabeza–. No quiero.

–Tampoco pareces particularmente interesada en ser como tu propia madre –Azrin se inclinó hacia delante y la paralizó con su oscura mirada–. Y sin embargo eso es exactamente lo que estás haciendo. Escoger los viñedos por encima de todo lo demás sin importarte las consecuencias, sin pensar en mí ni en nuestro matrimonio cuando después de todo ni siquiera tienes claro que eso sea lo que quieres.

–¡Claro que es lo que quiero! –pero estaba sin aliento, como si hubiera corrido una carrera y la hubiera perdido–. Es lo que siempre he querido.

Pero al decirlo en voz alta recordó lo que le había dicho a su madre en su dormitorio de la casona, lo que le había espetado. Y no pudo evitar pensar que tal vez Azrin supiera cosas sobre ella que ni ella misma sabía. ¿Vería cosas que ella tenía miedo de mostrar? ¿Sabría en cierto modo lo que le había dicho a Diana, que tal vez la bodega fuera el precio que ella había tenido que pagar para que la tratara de vez en cuando como a una hija?

Pero no lo había dicho en serio, ¿verdad? Solo había querido devolverle el lanzamiento a su madre. Solo quería dejar clara su postura.

Kiara le miró conteniendo el aliento mientras una expresión que no reconoció cruzaba por el rostro de Azrin. Algo que parecía tristeza pero sabía que no podía ser. Como si se doliera de algo. Y le dio miedo siquiera preguntarse de qué podría tratarse.

Azrin se pasó una mano por la cara como si estuviera cansado. Y cuando volvió a mirarla lo hizo casi con dulzura.

–¿De verdad es eso lo que siempre has querido? –le preguntó en voz baja–. ¿Estás segura?

Capítulo 8

K IARA apenas durmió.
En un momento determinado, cansada de dar
vueltas en la cama entre las sábanas de lino,
dejó de intentarlo.

Esperaba a medias que Azrin apareciera al amanecer
y empezara de nuevo con su particular forma de tormento. Se preparó para ello torciendo el gesto hasta que
la luz del otro lado de su ventana adquirió el tono azul
previo al alba y finalmente se sumió en un sueño in-
quieto y agotador.

Pero él no hizo su aparición. No vino cuando su ayudante le llevó una humeante taza de café negro anun-
ciando la llegada de un nuevo día. Ni cuando avanzó la
mañana y el sol se filtró por las ventanas iluminando
la estancia con sus finos tapices y las coloridas y gruesas alfombras que cubrían los suelos de madera.

La noche había terminado bruscamente. Kiara se limitó a levantarse y a marcharse sin decir una palabra
más, dejándole en la mesa sin mirar atrás. Ahora se decía que había sido necesario, que una vez más necesitaba espacio. Apartarse de él. De las cosas en las que le
hacía pensar.

–Hasta mañana entonces –murmuró Azrin con ironía
cuando ella se marchaba.

Kiara se dijo que se alegraba de que estuviera ocupado aquel día. Podría pasarse el día en aquella suite
bañada por el sol que le habían asignado tomando hi-

gos dulces y almendras bañadas en miel y no dedicar
ni un instante a todo lo que se habían dicho la noche
anterior.

Pero, por supuesto, le resultó imposible.

Salió al pequeño balcón privado de la suite. Recibió
con agrado el calor del día con los pies descalzos sobre
las piedras, un placer sencillo que le resultó más sana-
dor de lo que quería admitir. No pudo evitar suspirar
cuando miró hacia los lagos. La vista era todavía más
espectacular a aquella hora. Colocó las manos sobre la
barandilla bañada por el sol y dejó que la luz del cielo
le bailara sobre el rostro.

Y admitió para sus adentros que nunca se había sentido tan perdida. Tan sola. Tan vacía, como si no fuera
más que un caparazón que había erigido alrededor de
todas las cosas que consideraba verdaderas, todas las
creencias que tenía sobre sí misma. Sobre sus sueños y
sus objetivos. Azrin y su matrimonio. Incluso sobre los
últimos meses.

¿Utilizaba el sexo como un arma, como aseguraba
él? ¿De verdad no sabía lo que quería en la vida? ¿De
verdad deseaba tanto no ser como Diana como esperaba
no ser como la reina Madihah? Y en ese caso, ¿qué significaba eso?

Aquellas preguntas caían sobre ella como piedras
pesadas, una detrás de otra.

Azrin era un hombre poderoso y autoritario. Había
sido educado desde la cuna para liderar. Para ser el rey
de aquel país con todo lo que eso implicaba. Tenía carácter, de eso no cabía duda. Era exigente y arrogante.
Lo que quería lo tomaba, como le había dicho en una
ocasión, y Kiara sabía que era cierto. Lo había vivido
en primera persona. Pero era más que todo eso: estaba
su inteligencia. Su intensa sensualidad. Su agudizado
sentido del deber. Su amabilidad. Era un hombre com-

plicado en muchos sentidos. Y en algunos todavía era un misterio para ella.

Pero tenía claro que era sincero. Y no quería pensar en lo que eso significaba. Se dio cuenta de que había muchas en las que no quería pensar. De hecho hacía todo lo posible por no pensar en ellas.

Pero no funcionaba del todo.

«Lo suficientemente fuerte como para esperar. Lo suficientemente fuerte como para no salir corriendo».

Eso era lo que había dicho que quería de su reina. De ella. Pero no se lo había dado. No había esperado. Ni siquiera había intentado concederle el beneficio de la duda. Se había marchado a la primera oportunidad que pudo hacerlo sin provocar un escándalo internacional, justo cuando había terminado su tour internacional. Había huido a pesar de creer que era la clase de persona que nunca haría algo así. Aunque no sabía de dónde sacaba aquella creencia si la noche anterior había vuelto a salir corriendo. En las cosas importantes, seguía huyendo.

Así que la pregunta era: ¿de qué huía exactamente? ¿Y cuándo terminaría? ¿Dónde se pararía?

No lo sabía. Y como siempre, no estaba segura de querer saberlo.

Lo que sí sabía era que no podía quedarse allí sentada porque terminaría haciendo explosión. Tenía que hacer algo para escapar de su propia cabeza.

Kiara observó la colección de estatuas situadas en la galería de techos altos que salía de una las plantas bajas del palacio. Había salido de sus habitaciones y había vagado por el palacio siguiendo el pasadizo que le resultaba más atractivo hasta llegar donde estaba. Era una estancia impresionante y única. El interior de los muros era antiguo y rugoso, pero el resto de la galería era un mosaico moderno de celosías y cristal que encerraba las estatuas antiguas y las reliquias. Kiara se inclinó hacia un exhibidor con dagas de aspecto antiguo que todavía resultaban amenazadoras a pesar de que se hubieran fabricado muchos siglos atrás. Y cuando se incorporó, Azrin estaba a su lado. Sintió que se le estiraba la piel sobre los huesos y que un calor familiar se apoderaba de ella. Su cuerpo no se confundía en lo que a Azrin se refería. Su cuerpo simplemente le deseaba.

–Tienes tu propio museo aquí dentro –dijo.

–Es parte de la colección familiar –respondió Azrin entornando la mirada–. A veces mostramos algunas piezas en el Museo Real de Arjat an-Nahr –deslizó la yema del dedo por la punta de una funda antigua–. Algunas llevan aquí siglos.

Parecía cansado, pensó Kiara. Su traicionero corazón se derritió y sintió una punzada de culpabilidad en el estómago. Azrin tenía el pelo revuelto, como si se hubiera estado pasando los dedos por él. Llevaba puesta otra versión de su uniforme de sport, esta vez todo negro: pantalones oscuros y camiseta ajustada. Kiara se pasó las manos por el vestido de verano que le llegaba hasta el suelo.

–Desde luego tú sí sabes cómo impresionar a una mujer –echó la cabeza hacia atrás y esbozó una media sonrisa mientras le miraba–. ¿Quién puede resistirse a un hombre que asegura que todo un museo es solo una parte de la colección privada de su familia?

Su mirada se cruzó con la suya. Transcurrió un instante y luego otro. Entonces, lentamente, aquella mirada azul comenzó a brillar.

–¿Hacen falta artefactos para conquistarte? –Azrin extendió las manos para señalar la galería entera–. Entonces soy tu hombre –sonrió–. Puedo ofrecerte el botín de varios museos.

–Cuéntame más –le pidió ella consciente de que el corazón le latía un poco más rápido que antes. Decidió que podía jugar como solían hacerlo antes. Con mentiras audaces y afirmaciones descaradas. Todo lo que se le pasara por la cabeza con tal de divertirse–. Soy muy avariciosa. Podría pasar por una urraca.

–Mi cualidad favorita en una mujer –aseguró él con ironía.

–Eso pensé –reconoció Kiara incluso riéndose–. Después de todo, siempre has sabido cuál es tu sitio, ¿verdad? Si hay alguna duda, añade unas cuantas joyas a la mezcla.

No se había dado cuenta de que se había movido, no se había dado cuenta de que habían empezado a caminar juntos hasta que Azrin le hizo un gesto para que pasara delante de él por la enorme puerta de cristal que daba al patio rodeado de altos árboles de sombra y con una fuente en el centro. Kiara no pudo evitar suspirar de placer. Se acercó a la fuente y tomó asiento en el borde colocando los dedos bajo el agua cristalina. Le resultó fresca contra la piel, pero cuando alzó la vista de nuevo hacia Azrin supo que no era el agua lo que le había provocado un escalofrío.

Azrin estaba con las manos en los bolsillos. Su rostro tenía una mirada intensa y su mirada parecía moverse dentro de ella como sangre caliente. Era guapísimo y al mismo tiempo resultaba también amenazador. Kiara no fue capaz de apartar la vista de él como sabía que debía hacer.

–Me gusta que seas rey –dijo con aquella actitud indiferente que normalmente hacía sonreír a Azrin–. Va con el palacio. Es todo como de cuento de hadas. Y como buena urraca que soy, no puedo evitar aprobar todo lo que implica el resplandor real.

–Los cuentos de hadas suelen estar protagonizados

por princesas, no por reyes –la boca de Azrin se suavizó un tanto–. Creo que estás un poco confundida con el «y fueron felices para siempre».

–¿Estás diciendo que no soy Cenicienta? –preguntó ella con fingido horror. Se miró el vestido veraniego, la brillante tela roja con flores blancas que caía en cascada hacia sus pies calzados con sandalias de dedo–. ¿Acaso me parezco a Caperucita Roja? –arqueó las cejas al volver a mirarle–. Creo que los dos sabemos en qué te convierte eso a ti.

–No te imaginas hasta qué punto –respondió Azrin con voz tan cálida como el sol que brillaba en lo alto.

El tiempo transcurrió lentamente y desapareció en aquella sensual promesa que ardía entre ellos. Kiara tuvo que apartar la vista para recuperar el equilibrio. Para recordarse por qué no podía hundirse en aquella promesa y desaparecer.

–Debe de ser mejor ser rey que príncipe –dijo entonces con tono más ronco del que debería. Le resultaba difícil resistirse a su voz seductora y a su sonrisa, pero lo consiguió–. A todo el mundo le gustan los ascensos.

Azrin se la quedó mirando durante otro largo instante. Cuando Kiara empezó a preguntarse si abriría la boca, él dijo:

–Voy a compartir esto contigo ya que eres una completa desconocida para mí. Solo una chica que he conocido en un museo por casualidad, ¿verdad? Será como confesarse al viento.

–No volverás a verme –aseguró ella sonriendo–. Mañana por la mañana será como si yo nunca hubiera existido. Puedes contarme lo que quieras.

Azrin se apoyó en los talones. Su rostro reflejaba una tensión que Kiara no comprendió. Vio cómo se le borraba la sonrisa. Se encogió de hombros pero no apartó la vista y emitió un sonido parecido a una risa.

–No quiero ser rey.

Era una frase sencilla. La pronunció en voz baja, de forma casi natural. Pero Kiara no se dejó engañar. Sintió las palabras como las balas que eran, una detrás de otra. Sintió cómo se le erizaba el vello del cuerpo y de pronto le costó trabajo tragar saliva.

–Pero es tu destino –dijo en un susurro–. Llevas toda tu vida preparándote para ello.

–Es mi deber –la corrigió Azrin curvando los labios, aunque no en una sonrisa–. Siempre he cumplido con mi deber. Es lo que me define. Cambridge. La Universidad de Harvard. El Fondo de Inversión de Khatan... pasos perfectamente calculados hacia el trono, escogidos por mi padre y sus asesores para asegurarse de que me convertía en un monarca capacitado, alguien digno de mi apellido en todos los aspectos –torció la boca–. Todos mis movimientos están dirigidos desde el día que nací.

–Es una suerte para ti que hayas destacado en todos esos aspectos –afirmó Kiara tratando de mantener un tono ligero sin estar muy segura de haberlo conseguido.

–No fue suerte –aseguró él sin asomo de arrogancia–. Era lo que se esperaba de mí.

–Entonces supongo que deberías alegrarte de haber sido capaz de cumplir con las expectativas –Kiara hizo un nuevo esfuerzo por sonreír–. No todos lo logramos –escudriñó su rostro para tratar de comprender su expresión, el modo en que la estaba mirando.

–Y de pronto un día conozco a una chica en un café –continuó Azrin en tono pausado. Devastador. Más balas, y estas le dieron con fuerza, se clavaron profundamente–. Fue algo completamente inesperado.

–Deberías tener cuidado con las chicas que conozcas en sitios públicos –le resultaba difícil bromear cuando tenía un nudo tan grande en la garganta y le dolía el pecho–. No puede terminar bien, y sin duda tu reputación se resentirá.

–Tú eres lo único que he deseado por mí mismo –aseguró Azrin atajando el juego de golpe–. Lo único que no se esperaba de mí.

Su mirada echaba fuego y Kiara sintió que se abrasaba. Se quedó sin aliento. Azrin no apartó la vista.

–Eres lo único que he elegido.

Ella abrió la boca para hablar pero no le salió la voz. Y sintió cómo el pánico provocaba que le temblaran las piernas. Quería moverse, superarlo antes de que la paralizara por completo.

Y supo con absoluta claridad que, si Azrin no le hubiera pedido la noche anterior que lo evitara, habría salvado la distancia que había entre ellos para intentar borrar sus palabras con la boca. Con las manos. Con cualquier arma que tuviera a su disposición.

La certeza de que Azrin estaba completamente en lo cierto la sobresaltó. Parpadeó para contener las lágrimas que le quemaban en los ojos. El corazón le latía con demasiada fuerza ahora, resonándole en los oídos y haciéndole sentir como si el suelo se estuviera moviendo bajo sus pies. Sintió la urgencia de salir corriendo de allí.

Pero se lo impidió el hecho de que Azrin también le hubiera pedido que no huyera.

Él se limitó a quedarse allí de pie, demasiado cerca de ella y mirándola con los brazos cruzados como si pudiera ver la lucha que estaba manteniendo consigo misma.

–Tú hiciste que deseara ser otro hombre, Kiara –dijo en voz baja–. Me permití imaginar que pudiéramos ser normales. Como todo los demás. Me hiciste olvidar durante cinco años que eso era no posible. Si hubiera sido por mí, habría seguido con aquel juego para siempre.

Azrin tenía la mirada más ardiente que el cálido sol invernal que brillaba por encima de ellos. Kiara sintió como si le estuviera tocando. Como si le estuviera pasando las elegantes manos por todo el cuerpo. Y sintió cómo le pesaban los pechos y cómo se le humedecía el centro del cuerpo. Experimentó aquel anhelo profundo que solo él podía saciar.

Como si solo pudiera procesar lo mucho que le deseaba a través del método más directo. Como si el sexo pudiera comunicar todo lo que ella no podía. Como si pudiera salvar todos los espacios entre ellos.

Se quedó paralizada frente a él. Azrin suspiró levemente, como si hubiera perdido su propia batalla. Entonces extendió las manos y se las puso en los antebrazos.

«No, por favor», pensó para sus adentros.

Pero no pronunció las palabras en voz alta. Porque no sabía si iban dirigidas a él o a sí misma. Podría haberse apartado. Podría haberle dicho que se detuviera. Sabía que era lo que debía hacer.

—Azrin... —susurró.

Pero no supo si le estaba suplicando que se detuviera, o que nunca parara. Y el hecho de no saberlo provocó que temblara por dentro.

Una vez más.

Y entonces fue cuando él se inclinó y puso la boca sobre la suya, cálida, dulce e irresistible, y todo se volvió blanco y salvaje.

No tendría que haberla saboreado. Era una locura. Era un estúpido.

Pero no fue capaz de detenerse.

Solo sabía que hacía mucho tiempo que no le reclamaba la boca con la suya. Demasiado. Había transcurrido una eternidad desde que la besó, desde que la abrazó. Disfrutó de la sensación de su cuerpo contra el suyo, de la dulzura de sus curvas bajo las manos, de la promesa de aquellos sonidos que gemía en su boca mientras bebía de ella.

¿Qué más podía importar aparte de aquello?

El cuerpo de Azrin gritó sus habituales exigencias, tan desesperado por ella como siempre. Pero esta vez ignoró el salvaje clamor de su deseo, la pasión que podía sentir entre ellos. La abrumadora necesidad de hundirse en lo más profundo de su interior para que cabalgaran juntos hacia la inconsciencia.

Esta vez se limitó a besarla.

Hundió las manos en las suaves ondas de su cabello, sujetándole la cabeza, girándole la cara para acomodar a la perfección su boca contra la suya. La besó larga y lentamente. Kiara se estrechó todavía más contra él y le echó los brazos al cuello, presionándole los senos contra el pecho.

A Azrin le encantaba. Quería saborearla de los pies a la cabeza. Quería arrancarle el vestido con los dientes.

Pero siguió besándola como si no existiera nada más que aquello. Que ellos dos.

Como si el mundo hubiera desaparecido con todas sus exigencias. No había trono. Ni bodega. Ni habitación de hotel en Washington con toda aquella amargura.

Solo los brillantes y mágicos lagos, el dulce sonido de la fuente tras ellos. Solo el sabor de su boca. Solo la perfección de la curva de su mejilla bajo la palma.

Piel con piel. Su boca bajo la suya. El cielo, el sol y ellos.

Kiara deslizó las manos para acariciarle la mandíbula y el cuello, y luego bajó una de ellas por su espina dorsal hasta apoyar los dedos en la zona lumbar.

«Mi esposa», pensó experimentando una sensación salvaje. «Mi reina».

Y la besó una y otra vez sin fin hasta que estuvo embriagado de su sabor, de su cercanía, de los sonidos que emitía, del modo en que no podía evitar amarla, desearla.

Se apartó de ella, la colocó de nuevo en el borde de la fuente y se arrodilló ante ella. Le deslizó las manos por las piernas hasta los tobillos y las introdujo bajo el vestido. Luego volvió a repetir el movimiento pero esta vez sobre la piel y la escuchó contener el aliento.

Le levantó el vestido, desnudándole las largas y suaves piernas. Siguió la elegante línea de una de ellas con los labios y la lengua hasta llegar a la pantorrilla y la dulce curva de la rodilla. Luego siguió hacia arriba, besándole la deliciosa curva de la cara interior del muslo. Dio con las braguitas de encaje y seda que le cubrían las caderas y tiró de ellas hacia abajo antes de quitárselas.

Entonces alzó la vista para mirarla. Respiraba pesadamente y tenía los ojos abiertos de par en par. Se agarraba con tanta fuerza al borde de la fuente que Azrin vio cómo se le ponían blancos los nudillos y se dio cuenta de que estaba temblando. Le volvió a deslizar las palmas por las piernas y luego le subió las piernas para colocárselas sobre los hombros, abriendo el corazón de su feminidad.

Kiara emitió un sonido que podría haber sido su nombre. Tenía los ojos oscurecidos por la pasión. Azrin se inclinó hacia delante y le lamió entre las piernas.

Ella se estremeció. Gimió su nombre, esta vez de forma inconfundible. Se movió contra él cabalgándole la lengua. Azrin le sujetó las caderas con las manos y dejó que se moviera salvajemente contra él, arqueando la espalda mientras su delicioso cuerpo se tensaba. Entonces él la acarició con la lengua, los labios y pequeños mordiscos, disfrutando de su incomparable sabor. De su aroma. De su ardiente placer.

Kiara gritó su nombre una vez más, esta vez más alto, y luego ardió en llamas a su alrededor, abrasándole a él también con la fuerza de su dulce éxtasis.

No era suficiente, pensó entonces Azrin cuando colapsó sobre él. Nunca era suficiente.

Se sentó al borde de la fuente a su lado dejando que se apoyara sobre su hombro mientras ella hacía un esfuerzo por volver en sí.

Tardó dos segundos. Aspiró con fuerza el aire y palideció.

Se sentó muy recta y se apartó de él. Tenía los ojos oscurecidos, pero esta vez no por la pasión. Dejó escapar un pequeño gemido de pánico y luego se levantó de golpe. Se tambaleó ligeramente al hacerlo.

—¿Dónde vas? —le preguntó Azrin.

Todavía podía sentir su sabor. Deseaba estrecharla contra su cuerpo y abrazarla, tumbarla sobre el suelo y tomarla hasta que ambos quedaran saciados y felices. Pero supuso que Kiara no querría.

—¿Este era tu plan? —le preguntó ella con voz temblorosa—. Lo habías predicho, ¿verdad? Mi débil protesta seguida de sexo... ¿no fue eso lo que dijiste? Qué contento debes de estar de que haya actuado exactamente como esperabas.

—Kiara...

Ella se estremeció a pesar del calor que hacía en el patio y le ignoró. Tenía las mejillas sonrojadas.

—Y lo peor de todo es que has roto nuestro acuerdo —continuó con el mismo tono neutro. Le temblaban los labios—. Y yo te lo he permitido.

—¿No ha sido un regalo? —preguntó él—. Yo habría jurado que sí.

—Sabes perfectamente que no —Kiara se mordió el labio inferior–. Las cuerdas de la marioneta eran prácticamente visibles.

–Kiara... –repitió Azrin como si su nombre fuera a tranquilizarla.

Se ordenó a sí mismo no moverse, limitarse a quedarse sentado y a esperar. A no utilizar su cuerpo para que ella no pudiera echárselo en cara. Así que se limitó a mirarla aunque sentía cómo la furia se apoderaba de él.

–No puedo fingir que no estoy enamorado de ti.

Azrin vio algo parecido a una profunda tristeza cruzar el rostro de Kiara antes de que diera un paso atrás como si no pudiera arreglárselas con las palabras y necesitara poner espacio físico entre ellos. Sacudió la cabeza ligeramente como si quisiera borrar aquellas palabras. Azrin vio cómo le brillaban los ojos y supo que estaba conteniendo las lágrimas. Kiara apretó los labios como si tuviera miedo de lo que pudiera decir o como si estuviera evitando sollozar.

Le partía el corazón verla así.

–Esto no tendría que haber pasado –le espetó ella.

–¿Tan terrible es?

Azrin tuvo la sensación de que ahora estaba demasiado frágil, y tuvo que hacer un esfuerzo por no acercarse y tratar de protegerla aunque fuera de ella misma. O peor, de él.

–Ese es el problema –consiguió decir Kiara tras un instante, aunque con voz entrecortada–. No importa lo que yo quiera, lo que piense que es justo. Sencillamente, me rindo a ti. Como si no tuviera fuerza de voluntad. Cada vez que dejo que te acerques convierto en una burla todas mis convicciones.

Azrin se pasó las manos por la cara para controlarse. Ella le miraba con ojos heridos, como si de verdad fuera el lobo malo de los cuentos, y Azrin se vio dividido en-

tre la necesidad de demostrarle que no lo era... y el instinto animal de enseñarle los colmillos.

–Kiara, esto es pasión –aseguró con cierta desesperación–. Es amor. Esto es lo que busca todo el mundo
a lo largo y ancho del planeta. ¿Por qué lo consideras
un problema?

–Para ti es fácil decirlo, ¿verdad? –Kiara se abrazó
a sí misma, como si así pudiera evitar los escalofríos.
O a él–. Siempre terminas consiguiendo lo que quieres.

Lo que él quería era tan prosaico, pensó mirándola.
La tenía a solo dos metros de distancia, y sin embargo
estaba muy lejos.

Siempre estaban muy lejos el uno del otro.

Experimentó una profunda sensación de futilidad
que apartó de sí. Se negaba a rendirse, a aceptarlo. Deseaba a Kiara de mil modos diferentes. Eso era todo.
Entre sus brazos. En la cama. En su reino. Pero sobre
todo en su vida. ¿Por qué no quería ella lo mismo? ¿Por
qué era él el único que luchaba por ellos, por su matrimonio, mientras ella parecía satisfecha con limitarse a
luchar contra él?

–No puedes creer de verdad que esto es lo que yo
quiero –le espetó sin molestarse en controlar el tono
ácido de su voz.

El rostro de Kiara pareció venirse abajo y dio otro
paso atrás. Ella sacudió la cabeza otra vez y no le miró
a los ojos.

Azrin odiaba todo aquello. Y sobre todo se odiaba a
sí mismo.

–No puedo hacer esto –murmuró Kiara con tono
apesadumbrado–. Sencillamente, no puedo.

Azrin sabía que debería dejarla marchar, aunque
todo su ser se rebelaba contra la idea. Kiara se dio la
vuelta y se dirigió hacia la puerta de cristal a toda prisa,
casi corriendo, como si esperara que la persiguiera... o

como si temiera echarse a llorar. Azrin sabía que no debería decir nada. Debería dejar que se calmara, que se rearmara con una nueva armadura para protegerse de él. Dejarla construir nuevos muros. Reagrupar nuevos batallones para luchar en aquella guerra interminable entre ellos dos.

Pero no podía hacerlo.

—Dime una cosa —dijo con voz fuerte.

Tanto que Kiara se detuvo sobre sus pasos con una mano en la puerta de cristal.

—¿Cuándo crees que tocaremos el tema importante aquí?

Ella se dio la vuelta lentamente. Con cuidado. Aspiró el aire dos veces antes de mirarle a los ojos. Azrin estiró las piernas y cruzó los tobillos. Cruzó los brazos sobre el pecho y esperó su respuesta.

—No hemos hecho otra cosa más que hablar de los temas importantes —aseguró Kiara tras un instante ladeando ligeramente la cabeza como si estuviera tratando de entenderle—. Una y otra vez. Pero está claro que solo conseguimos hacernos daño el uno al otro. Al final no es más que una dolorosa pérdida de tiempo.

—No podría estar más de acuerdo —Azrin sintió que todo en su interior se quedaba paralizado.

Ella se estremeció ligeramente, como si la hubiera pillado por sorpresa.

—De acuerdo —durante un instante pareció confundida y luego tremendamente triste, pero consiguió componer una expresión neutral. La que llevaba puesta como una máscara cuando viajaban por todo el mundo—. Me alegro.

—Pongamos fin a esto, ¿te parece? —Azrin escuchó la oscuridad de su tono, y estaba seguro de que ella la captó también—. ¿Por qué seguir peleando? Como tú dices, solo sirve para empeorar las cosas. Hemos vivido cinco años maravillosos, ¿verdad?

Azrin estuvo a punto de callarse entonces, cuando una expresión terrible cruzó por los hermosos ojos de Kiara. Algo mucho peor que dolor o furia. Pero ella lo borró. Estiró los hombros y alzó la barbilla.

–Así es –dijo con un ligero temblor en la voz.

–Entonces lo único que te pido es una cosa –continuó él. Como si fuera fácil–. Que me contestes a una sola pregunta. Ni más ni menos. Así podremos terminar con esto de una vez por todas.

–Dispara.

Su voz parecía áspera, pero Azrin percibió la emoción que latía debajo. Lo veía en los lugares donde la máscara no conseguía cubrirle del todo. Sonrió. Y luego le hizo una señal con la mano para que se acercara.

–Ven aquí –dijo.

No fingió que se tratara de otra cosa que no fuera una orden. Y ella no fingió que no se daba cuenta. Azrin percibió que temblaba para mantener el control. Fue testigo de la batalla que libraba contra sí misma para respirar, para acercarse a él cuando sabía que era lo último que deseaba hacer.

–Más cerca –le ordenó cuando se detuvo a varios metros de él–. No voy a morderte.

–No lo descarto –aseguró Kiara.

Pero apretó visiblemente las mandíbulas y dio los pasos necesarios hasta situarse a menos de un metro. Azrin notó perfectamente las señales de tensión involuntaria que transmitía su cuerpo. Y su pánico.

–¿Lo ves? –dijo finalmente–. ¿Verdad que no ha sido tan duro?

–Lo cierto es que sí –Kiara cambió el peso de un pie a otro–. ¿Era esa la pregunta que me ibas a hacer?

–No exactamente –Azrin hizo un esfuerzo para no tocarla–. Pero está relacionada.

–No sé de qué va este juego, pero no quiero seguir jugando –aseguró ella con voz de nuevo ronca.

–Una pregunta –le repitió con tono suave. Casi amable–. Eso es todo. Solo tienes que responderla sinceramente y te liberaré, si eso es lo que quieres.

Kiara asintió. Su expresión reflejaba que incluso aquello le costaba esfuerzo.

–Es muy sencilla –Azrin se inclinó hacia delante y se aseguró de que escuchara cada palabra–. Solo dime de qué estás huyendo.

Capítulo 9

PARECÍA como si Azrin hubiera aspirado todo el aire que había en el mundo.

Kiara se le quedó mirando asombrada. Y entonces el corazón empezó a latirle como una apisonadora y se preguntó si iba a vomitar. Se sintió invadida por un tremendo calor. Era como si Azrin hubiera abierto la puerta y hubiera dejado al descubierto sus partes más oscuras y heridas. Le odiaba por ello y no podía respirar. Se balanceó sobre los pies y luchó contra el picor que sentía en los ojos. Quería apartarse de él, pero sabía que eso solo serviría para demostrar que Azrin tenía razón. Era más difícil quedarse donde estaba de lo que esperaba, permanecer de una pieza a pesar del golpe que le había atestado.

Todavía seguía sin recuperar el aliento.

«¿Cómo lo sabe?», le preguntó una voz interior con pánico. Pero la parte de ella que no estaba sorprendida, la parte que tal vez estuviera esperando algo así en cierto modo, solo se sentía herida.

–No estoy huyendo –consiguió decir con un hilo de voz–. Estoy aquí.

Pero Azrin se limitó a quedarse mirándola con aquellos ojos tormentosos tan sabios, y ella dejó escapar un sonido parecido a un sollozo.

Volvió a sentirse mareada. En su cabeza surgieron un montón de imágenes y recuerdos en cascada, uno detrás de otro. Todas las cosas en las que no quería pensar.

Todas las verdades incómodas a las que no quería enfrentarse. Todo lo que la había llevado hasta allí. Todo parecía girar en su interior como un huracán salvaje y fuera de control hasta que llegó un momento en el que creyó que iba a hacer explosión.

–Eres tú quien ha cambiado, Azrin –susurró, desesperada por tratar de calmar la presión que sentía dentro–. Yo no he cambiado en absoluto. Las cosas eran perfectas tal y como estaban.

No sabía lo que estaba diciendo, pero no parecía capaz de parar.

Azrin se giró entonces y levantó una mano para acariciarse la mandíbula mientras la miraba con los ojos entornados.

–Eso pensaba yo también –aseguró él con tono aparentemente calmado–. Pero ¿lo era de verdad?

–¿Vamos a destrozar también nuestra historia? –inquirió Kiara. Un gran vacío se abrió en su interior–. ¿Estás decidido a asegurarte de que no podamos salvar nada de todo esto? –se llevó las manos al vestido para atusarlo como si aquello fuera a salvarla, y le sorprendió darse cuenta de que le temblaban.

Recordó con perfecta e incómoda claridad la sensación de alivio que experimentaba con frecuencia cuando dejaba a Azrin en alguna ciudad y regresaba a su trabajo. Era una sensación que trataba de ocultar en lo más profundo de su ser, fingiendo que no estaba sucediendo.

Porque Azrin era demasiado exigente. Demasiado... todo. Porque perdía con suma facilidad la cabeza por él de forma irremediable.

La culpa se apoderó de ella ahora como si fuera algo nuevo. Y no podía fingir que no sabía lo que era aquel deseo primitivo de volver a la vida que conocía y podía controlar. La vida que conocía con sus giros y sus vueltas porque los había visto en su madre. Recordó que cuando pasaba más de unos cuantos días con él caía completamente en sus redes, pero nunca olvidaba que se trataba de algo temporal y así quería que siguiera siendo. Se había asegurado de que así fuera.

Nunca había querido perderse tanto en él como para no ser capaz de encontrar el camino de regreso.

—¿De qué tienes miedo? —le preguntó Azrin.

Kiara escuchó el tormento que ocultaba aquel tono autoritario. Percibió un dolor parecido al suyo.

Y de pronto sintió que, si no hablaba en aquel momento, no lo haría nunca. No tenía más elección.

—De ti —fue apenas un susurro, pero supo que la había oído.

Azrin se limitó a mirarla con tristeza y ella se llevó una mano al pecho como si así pudiera calmar el frenético latido de su corazón.

—De mí cuando estoy contigo —continuó escudriñando el rostro orgulloso de Azrin—. Pero creo que eso ya lo sabes.

Entonces reculó sin importarle lo que eso dijera de ella. Un paso, y luego otro. Pero Azrin se limitó a seguir mirándola. A dejar que lo hiciera. Y la falta de aire tampoco ayudaba. Era como si la tuviera atrapada entre las manos.

Una parte de ella lo estaba y Kiara lo sabía. Siempre lo estaría, pasara lo que pasara allí.

¿Por qué aquella certeza inevitable le provocaba ganas de llorar?

—Te he estado demostrando cosas desde el día que nos conocimos —dijo él con cierta dureza—. Pero eso no importa, ¿verdad? Hace mucho tiempo que decidiste que te dejaría y me has estado castigando por ello desde entonces.

—¡Eso no es verdad! —le espetó Kiara sintiendo cómo le temblaban las rodillas—. ¡Tenemos unas vidas completamente incompatibles!

Azrin sacudió la cabeza para negar sus protestas.

—Si pudiera renunciar al reino por ti, lo haría —afirmó mirándola a los ojos.

Kiara se estremeció.

—Cultivaría uvas en tu precioso valle. Aprendería a conocer la tierra. Y sería una buena vida, Kiara. No creas que no he pensado en ello.

—No lo has hecho —susurró ella sacudiéndose las imágenes que aquellas palabras le sugerían en la cabeza, negándose a dejarse llevar por ellas.

Aquel hombre no podía tener otro papel en la vida. Era rey, no viticultor. La idea de que considerara otra alternativa hizo que se enfadara de pronto.

—¿Pretendes hacerme creer que has fantaseado con convertirte en Harry Thompson? Por supuesto que no lo has hecho. No te burles de mí.

—No soy ese hombre —aseguró Azrin con la mandíbula rígida y todo el cuerpo en tensión—. No puedo serlo. No puedo abandonar este país por mucho que te ame. Pero hay una cosa que no logro entender, Kiara, por mucho que lo intente.

Se detuvo un instante, como si quisiera asegurarse de que le estaba escuchando. Kiara apretó los dientes para contener el huracán que la atravesaba por dentro. Tenía miedo a lo que pudiera decir.

Azrin ladeó ligeramente la cabeza y la observó.

—¿Por qué no me amas lo suficiente como para considerar hacer el mismo sacrificio por mí? —le preguntó.

Ella sintió como si una corriente eléctrica la atravesara iluminándolo todo. Ya no estaba segura de que lograría sobrevivir a aquello.

—Te amo lo suficiente como para saber que no deberíamos destrozarnos el uno al otro —le espetó sin fingir ya que podía controlar su tormenta interior—. Te amo lo suficiente como para saber que no puedo ser lo que tú quieres que sea, que no puedo darte lo que quieres. Te amo lo suficiente como para...

–Kiara.

Su nombre sonó esta vez como una orden implacable, y Kiara se molestó consigo misma cuando la siguió y guardó silencio. Estaba muy quieto, con todo su poderío masculino centrado en ella.

–Escúchame –le ordenó con indiscutible firmeza. Con la autoridad de un rey–. Yo no soy tu padre.

Aquello fue demasiado.

Finalmente.

Fue como si aquellas palabras detonaran una bomba que tenía en lo más profundo de su interior. Todo hizo explosión. Y fue peor todavía porque sucedió en silencio y de forma total. Desde los dedos de los pies hasta la cabeza, todo estalló. Todo se perdió. El zumbido de los oídos se transformó en un intenso mareo. Las rodillas le temblaron. Y por primera vez en su vida Kiara dejó de luchar, y simplemente... se cayó.

Pero Azrin la sujetó.

No le vio moverse. Sencillamente se encontró entre sus brazos, acunada contra un inamovible muro de su pecho. Se dio cuenta entonces de que estaba llorando. Unos sollozos desgarradores le atravesaban el pecho completamente, amenazando con hacerla añicos si él aflojaba la fuerza de su abrazo.

Pero no lo hizo.

Se inclinó y la sujetó en brazos para llevarla al banco que estaba situado en la esquina del patio, protegido del sol.

Y se quedó allí sentado abrazándola durante lo que a Kiara le pareció una eternidad.

Ella se limitó a llorar.

Lo sacó todo, cosas que no sabía que tenía guardadas y las cosas que pensaba mantener ocultas para siempre.

Sollozó contra su pecho cubriéndose la cara con las manos como si así pudiera ocultarse de él cuando Azrin ya lo había visto todo. Lo peor de ella. Se limitó a llorar mientras él le susurraba palabras en árabe que no entendía y la besaba dulcemente en las sienes. En la mejilla. En el dorso de las manos que ella trataba de utilizar como escudos.

Lloró hasta que se sintió vacía, pero esta vez no de aquel modo doloroso. Como si por fin hubiera limpiado el espacio. Como si hubiera renacido en cierto modo. Y cuando abrió los ojos y aspiró con fuerza el aire Azrin estaba allí.

Esperándola, como siempre había hecho. Aquella verdad se movió en su interior como si fuera una luz.

–Tenían toda su vida planeada –dijo con la voz compungida por el efecto de tantas lágrimas. Tanto veneno. Se secó la cara y se acercó todavía más a él–. Iban a trabajar juntos en los viñedos, a formar una familia. A vivir en la tierra y convertirla en algo más grande que ellos. Mi padre era el que tenía todos los sueños –sacudió la cabeza–. Y al final tuvieron muy poco tiempo para estar juntos. Ni siquiera tres años.

Azrin le acarició el cabello y luego le besó la frente.

–Tengo miedo a que desaparezcas –susurró Kiara–. Basta un accidente de coche y todo cambia para siempre.

–Lo sé –Azrin la estrechó contra su cuerpo–. Lo sé.

Y hubo una especie de paz en las promesas que no hizo, en el futuro que no fingía conocer. En la tácita admisión de que nadie podía saberlo. Fue como si aquello suavizara algo áspero que llevaba demasiado tiempo en su interior. El magnífico cuerpo de Azrin la rodeaba, y Kiara no pudo evitar solazarse en él. Tal vez hubiera estado viviendo un conflicto durante todo aquel tiempo, pero su cuerpo no. Como ocurría siempre, se amoldó al suyo, se apoderó de su fuerza y de su calor.

Se sentía protegida. A salvo. Amada.

Entendió entonces lo que no había entendido hasta ahora. Lo que su profunda química y su conexión sexual habían ocultado. O ayudado a confundir. Que siempre se había sentido a salvo con aquel hombre, desde el momento en que le conoció. En caso contrario no habría permitido que la invitara a aquel primer café.

Y ese era el sentimiento que siempre la había aterrorizado. Porque, si perdía al hombre que la hacía sentirse así, como si estuviera por fin en casa cada vez que le tenía cerca, ¿qué ocurriría? ¿Cómo se recuperaría de un golpe así? No tenía más que ver a su madre, lo cerrada que se había vuelto incluso ante su propia hija. Así que se había preparado con antelación para su pérdida. Había mantenido las distancias emocionales y físicas, algo que le había resultado sencillo dadas sus agendas durante aquellos años. Habían estado en perpetua luna de miel. Pero convertirse en un matrimonio real, con un día a día juntos, con la realidad de los deberes y las responsabilices sin ninguna escapatoria le había resultado demasiado peligroso. Demasiado aterrador.

Tenía que enfrentarse al hecho de que, si se dejaba llevar, estaría completamente a merced de aquel hombre. Completamente sumergida en él, lo que siempre había tratado de evitar.

¿Y si la dejaba una vez que hubiera renunciado a todo lo demás, cuando por fin se permitiera depender de él emocionalmente, cuando por fin se permitiera confiar en él? ¿Cómo podría sobrevivir a algo así? No quería averiguarlo nunca. Se estremeció de la cabeza a los pies.

—Azrin...

Pronunció su nombre como si lo estuviera saboreando por primera vez, y él curvó los labios. Sus ojos casi azules veían demasiado, pero esta vez Kiara no tuvo

miedo a lo que pudieran encontrar. Aquel era el principio de su matrimonio, pensó. Cinco años más tarde de
lo debido, pero era el suyo.

Y lucharía por él con todas sus armas. Con todo lo
que era.

Aunque no supiera cómo hacerlo.

—Ni siquiera sé qué prometerte —susurró sosteniendo
su amado rostro con las manos—. No sé ni cómo empezar.

—Trata de hacer esto conmigo sin salir corriendo
cada vez que te asustas —le pidió él con tono áspero y
mirada intensa. Le apartó el cabello de la cara y luego
la besó de forma lenta y embriagadora en la cara. Fue
como una promesa—. Lo único que tienes que hacer es
intentarlo, Kiara. Así se empieza.

Así que lo intentaron. Lo intentaron juntos.

Los días se fueron sucediendo. Brillaba el sol y el
cielo estaba siempre azul. Disfrutaban de la deliciosa
comida de Khatan a la sombra y nadaban en los lagos.
Se sentaban en los balcones y se abrazaban el uno al
otro todas las noches al dormir en el inmenso dormitorio reservado para el rey.

Hablaban. De todo y de nada. Jugaban a su antiguo
y conocido juego mientras construían cuidadamente
nuevos puentes entre ellos en la frágil paz que habían
encontrado. Y se deseaban. Kiara sabía exactamente
cuánto le deseaba él porque a ella le pasaba lo mismo.
Entre ellos había una pasión incombustible que nunca
se saciaba del todo.

Nunca se agotaba.

Y se amaban una y otra y otra vez. Exploraban el
cuerpo del otro como si fuera algo desconocido. Azrin
la tomaba con su habitual firmeza e imaginación allí

donde estuvieran. Se amaban en el oscuro e íntimo abrazo de los cálidos lagos en el flanco de la montaña, rodeados de cientos de velas. O bajo el fuerte sol de la mañana, con Kiara apoyada en la barandilla mientras él se movía de forma sensual y poderosa detrás de ella.

Y en toda ocasión, los lagos suspiraban y murmuraban a su alrededor. Los pájaros cantaban de forma extraña y preciosa desde los árboles y el sol del invierno brillaba con fuerza y calidez, rodeándoles en un brillante caparazón de sol y música. Era mágico. Parecía una especie de hechizo.

Kiara se sentía como transportada a otro mundo. A un mundo de fantasía en el que podía existir un lugar así, y un hombre como él que la mirara con aquel brillo plateado en los ojos y en el que ella podía dejarse llevar sin sentir nada más que amor. Tenía que repetirse constantemente que aquello no era una fantasía, que era real. Era su vida.

«Así es como empieza», se decía todos los días como una plegaria. «Este es nuestro matrimonio».

Y lentamente empezó a creer que podría funcionar. Que podía confiar en él y amarle, que no había necesidad de guardarse nada en reserva. Que podía confiar en lo que tenían sin contar con una ruta de escape.

Cada día que pasaban juntos lo iba creyendo un poco más.

Entonces, un día en el que estaban sentados juntos en la enorme losa que hacía las veces de playa del palacio bajo las cimbreantes palmeras, escucharon un ruido encima de sus cabezas. Al principio no cobró sentido escuchar aquel sonido mecánico en medio de tanto esplendor natural. Kiara incluso pensó que se trataba de su corazón y frunció el ceño. Pero entonces reconoció el ruido y alzó la vista. Era un helicóptero negro y reluciente, claramente militar.

Y descendía para aterrizar.

Para cuando lo hizo, Azrin se había quedado paralizado. No importaba que estuviera en bañador. Era como si llevara la ropa más fina y estuviera sentado en el oro y las piedras preciosas de la sala del trono, tocado con corona y rodeado por sus consejeros reales.

Era una vez más el rey, pensó Kiara. La realidad de sus vidas había vuelto a hacer su aparición una vez más. Como siempre ocurriría, se recordó a sí misma. Observó la postura y la actitud regias de Azrin mientras esperaba a que le comunicaran la terrible noticia que habían ido a comunicarle de un modo tan teatral a aquel rincón secreto de su reino. Y esta vez, cuando Kiara se dijo que podía hacerlo pensó de verdad que podía. Lo haría. Porque lo que importaba no era lo que la vida les deparara, sino que lo afrontaran juntos.

Si había aprendido algo, sin duda era aquello.

—Majestades —dijo el soldado con respeto inclinándose ante ellos cuando bajó del helicóptero.

Pero cuando alzó la vista del suelo miró solo a Azrin, que asintió como solo un rey podía hacerlo, con un leve asentimiento.

—Os pido disculpas por molestaros, Majestad, pero se os necesita en Arjat an-Nahr —el soldado se aclaró la garganta.

Kiara apretó los puños a los costados para templar la tensión. Pero Azrin se limitó a esperar como si ya conociera la noticia que le iba a dar el hombre. Como si nada pudiera perturbarle.

—Se trata de vuestro padre.

El anciano rey había entrado en un coma que resultó ser mucho más profundo de lo que había anticipado cuando renunció al trono.

—Es difícil saberlo –le dijo el médico a Azrin al lado de la cama del anciano.

Azrin apenas podía mirar la frágil figura que tenía al lado. En su cabeza su padre seguía siendo un hombre fuerte, beligerante. Cruel incluso en ocasiones. No aquel hombre pequeño y débil que estaba finalmente sucumbiendo ante una enfermedad que ya había logrado superar en una ocasión.

—Tal vez logre superar esto, pero solo sería una pausa. Majestad, vuestro padre está gravemente enfermo.

—¿Hasta qué punto? –le preguntó con tono áspero.

El médico no pareció darse cuenta, y, si lo hizo, debió de parecerle lo normal.

—Me sorprendería que se despertara de este coma –dijo tras una breve pausa–. Y sería un milagro que viviera más allá de esta semana.

—Entiendo –dijo Azrin.

Y lo entendía. Entendía cuál era su papel, su lugar, su deber de un modo más claro que antes. Era como si de pronto se hubiera despejado la niebla y dejara al descubierto el fuerte brillo del sol del desierto. Ahora vería con claridad por primera vez en años. Veía con exactitud lo que estaba haciendo y lo que necesitaba hacer.

Veía demasiado.

Había sido un impacto para él asumir el trono tan pronto, pensaba que no tendría que asumir esa responsabilidad en años. Tal vez décadas. Tal vez incluso le entró pánico aunque no quisiera admitirlo. Se había perdido durante aquellos cinco años con Kiara y no lo lamentaba ni siquiera ahora. Le había encantado aquella versión fantasiosa de sí mismo: un hombre que podía viajar por todo el mundo en una especie de luna de miel ampliada y estar disponible para su pueblo solo de forma intermitente. Antes de ella solo estaban su obligación y el futuro. Pero con Kiara solo había pensado en el maravilloso presente que vivían juntos.

Se había permitido olvidarse.

Cuando llegó el momento había asumido la corona consciente de que su padre todavía estaba allí. Enfermo, pero capaz de dar su opinión, aquella visión sagaz que le había ayudado a ser tan formidable durante el transcurso de su reinado. Aunque Azrin no estuviera de acuerdo con él o lo encontrara demasiado retrógrado, el hombre estaba allí. No todo era responsabilidad de Azrin.

Eso le había permitido hacer promesas sobre futuras reformas mientras se centraba en su matrimonio por encima de todo lo demás. En cierto modo seguía estando perdido, seguía comportándose como el príncipe que ya no era.

Pero ahora estaba solo. Era la vida sin red de seguridad, un reino para él solo, tanto si estaba preparado para ello como si no.

Se retiró hacia atrás cuando las esposas de su padre entraron en la habitación. Cruzó la mirada con su madre y no le sorprendió ver que había roto su acostumbrada impasibilidad y estaba sollozando como las demás. Se acercó a él y hundió el rostro en su hombro. Azrin deseó poder permitirse también un alivio parecido, pero ya no era un hijo, un hermano, un marido.

Era el rey. Lo primero de todo, lo último y para siempre. Había llegado el momento de asumirlo.

–¡Estoy perdida! –sollozó su madre contra su hombro–. ¡Todas lo estamos!

Azrin murmuró algo tranquilizador mirando hacia las otras dos esposas de su padre. Ellas también parecían destrozadas como su madre. Era algo más que dolor, pensó. Se trataba de un pánico angustioso, como si estuvieran también muriendo con Zayed.

Como si lo desearan.

–Superaremos esto –le dijo a su madre.

–No hay forma de superarlo –aseguró ella con el rostro desfigurado por la desesperación.

Azrin se dio cuenta entonces de que nunca había visto a su madre sin su padre. Que era como una sombra sin la fuerza de su marido.

–¿Qué soy yo sin él?

No fue capaz de contestarle.

El hospital había preparado una sala de espera privada para la familia real. Todas sus hermanas estaban allí reunidas con sus maridos y sus hijos, centrados unos en otros y en su compartida preocupación. Algunas de sus hermanas lloraban. Sus cuñados, la mayoría de ellos miembros destacados del gobierno, se hablaban a voces. Resultaba difícil diferenciar a unos de otros, todos formaban parte de la clase alta de Khatan. Y en una esquina, sentada sola con las manos entrelazadas sobre el regazo, apartada de todos, estaba Kiara.

Nunca encajaría completamente allí, y esa era precisamente la razón por la se había sentido tan atraído hacia ella. Ella nunca se fundía con el resto. Había sido una brillante pincelada de color en aquella calle húmeda y gris de Melbourne años atrás. Algo muy distinto a las exigencias de su vida. Y seguía siéndolo.

No era como sus hermanas, ni como su madre, ni como las otras esposas de su padre. No pertenecía a su mundo y nunca pertenecería. Tenía razón cuando le acusó de tratar de obligarla a asumir un papel que no iba en absoluto con ella. Tenía razón en muchas cosas.

«No quiero ser tu madre», le había dicho.

Y, si era sincero consigo mismo, si la escuchaba a ella en lugar de a su deseo egoísta, él tampoco quería que lo fuera. No quería que se enfrentara a su muerte con tan poca fuerza a su disposición. No quería que viviera algo así. Quería su fuerza, su fuego. No podía imaginársela sin ellos.

«Si me amas, déjame ir», le había dicho en Washington.

En aquel entonces Azrin se agarraba todavía a muchas cosas y Kiara era una de ellas. Era el emblema de la vida que habría llevado si fuera otra persona y que había tenido la oportunidad de disfrutar durante cinco maravillosos años. Pero había otras preocupaciones aparte de su corazón. Nunca tendría que haber permitido que se convirtiera en algo importante.

Ya iba siendo hora de que creciera.

Como si Kiara lo hubiera presentido, su mirada se cruzó con la suya desde el otro lado de la sala. La sintió como si le acariciara, como hizo en aquellos últimos y perfectos días en los lagos que, ahora lo sabían, habían sido los últimos para ellos.

Porque sabía lo que tenía que hacer. Lo que debió haber hecho desde el principio de no ser por su inexcusable egoísmo.

–Majestad –dijo una sirvienta con respeto cuando Kiara regresó al palacio tras otro largo día en el hospital–, vuestra madre os espera en vuestros aposentos.

Kiara sonrió automáticamente cuando la mujer empezó a hablar, pero tardó unos instantes en entender la frase.

–¿Mi madre? –preguntó confundida–. ¿Aquí?

La sirvienta se limitó a asentir y Kiara se dirigió hacia sus habitaciones más rápidamente de lo normal.

Diana estaba en la terraza privada que unía la suite de Kiara con la de Azrin mirando hacia el mar. Kiara parpadeó, incapaz de comprender la razón de la presencia de su madre en un lugar situado a miles de kilómetros de donde se suponía que debía estar.

Diana se giró cuando su hija cruzó por la puerta de cristal y sonrió de un modo enigmático. Estaba tan elegante y distante con aquel caftán vaporoso como con los vaqueros y los trajes que llevaba en Australia. Las estrellas parecían brillar con particular fuerza por encima de ellas, como si quisieran contrarrestar el impacto de los altos rascacielos de Khatan que asomaban en la ciudad, más allá del palacio.

—Esto es precioso —dijo Diana con una sonrisa agridulce.

Kiara frunció el ceño y salvó la distancia que había entre ellas. Se le ocurrían muchas razones terribles para explicar la presencia de su madre allí y que no hubiera enviado alguno de sus habituales correos electrónicos.

—¿Qué estás haciendo aquí? —le preguntó tropezándose con las palabras mientras en su imaginación se dibujaban muchas posibilidades—. ¿Ha pasado algo?

Fue Diana la que frunció el ceño entonces en aparente confusión.

—Azrin me ha mandado llamar —dijo con asombro—. No sabía que se trataba de una sorpresa.

—¿Por lo de su padre? —Kiara no recordaba que su madre y el rey Zayed hubieran hablado alguna vez aparte de intercambiar unas cuantas formalidades en la boda.

¿Por qué le habría pedido Azrin que fuera?

—No, Kiara —Diana frunció todavía más el ceño—. Por ti.

La mirada de su madre adquirió una expresión casi dulce y Kiara sintió un escalofrío por todo el cuerpo.

No.

Solo se le ocurría una buena razón para que su madre la mirara así. Solo una. Pero era imposible. No después de todo lo que habían pasado. No ahora, cuando había dejado de desearlo.

–Estoy bien –dijo como tratando de evitar lo que estaba ocurriendo allí.

Diana sonrió entonces con compasión pero sin mostrar ninguna sorpresa.

Ninguna sorpresa en absoluto.

–¿No te das cuenta, cariño? –le preguntó su madre con dulzura–. Finalmente te ha liberado.

Capítulo 10

NO.
La palabra la atravesó como un trueno. Kiara se quedó mirando a su madre durante un instante y luego se giró bruscamente sobre los talones para dirigirse hacia la puerta de su dormitorio. La furia y la determinación le corrían por la sangre, calentándosela.

–Siento que hayas venido hasta aquí –dijo mirando hacia atrás. Pero estaba completamente centrada en lo que Azrin debía de haber dicho, en lo que debería estar pensando para hacer que Diana fuera hasta allí. ¡Y ella que había intentado darle espacio para que lidiara con la situación de su padre!–. Me temo que ha sido un viaje en balde.

Estaba casi en la puerta que llevaba a la parte principal del palacio cuando su madre la alcanzó.

–¡Kiara!

Kiara se puso tensa pero se dio la vuelta a pesar de lo que la adrenalina le dictaba era salir corriendo y buscar a Azrin por todo el palacio. Enfrentarse a él.

«No», volvió a pensar con furia. «No me está haciendo esto. No me lo está haciendo».

–Tal vez deberías tomarte un momento –le sugirió Diana con aquel tono neutral que indicaba que esperaba que su hija hiciera explosión–. Y pensarte bien las cosas.

–¿Qué crees que tengo que pensar? –preguntó Kiara tratando de mantener la calma y la tensión que crecía dentro de ella.

Pero vio la expresión de su madre y se dio cuenta de que había fracasado.

Diana dejó escapar un suspiro audible y una oleada de tristeza se apoderó de Kiara al pensar que tal vez su madre estuviera nerviosa. Al pensar que las dos se ponían nerviosas la una a la otra.

–Tengo la sensación de que tu relación con Azrin ha estado basada desde el principio en decisiones espontáneas y demasiado emocionales –dijo con su tono neutro habitual. Pero la traicionaba la respiración agitada. Alzó una mano como si quisiera evitar una discusión–. No te estoy juzgando. Es solo una observación –volvió a suspirar–. Tal vez ahora tengas una oportunidad para pararte y reflexionar. Para pensar en lo que de verdad quieres.

Kiara recordó entonces cómo había dejado las cosas con su madre. Las cosas tan horribles que le había dicho, aunque una voz interior le susurró que podrían ser verdad. Y sin embargo, a pesar de todo, Azrin la había llamado y ella había acudido. Kiara supuso que eso decía más de su madre de lo que ella estaba dispuesta a admitir. Que Diana la quería a su manera. Que siempre la había querido.

Le provocó una gran tristeza que aquella fuera la primera vez que pensaba en ello. Y no había ninguna razón para no enfrentarse a aquella relación también con sinceridad. No había razón para no tratar de arreglar un poco las cosas entre ellas.

–Tú y yo somos muy parecidas, ¿verdad? –le preguntó con dulzura.

Diana levantó las cejas y su expresión cautelosa se convirtió en algo más honesto, aunque siguió mostrando recelo.

Kiara se encogió de hombros.

–A ninguna de las dos nos preguntaron si queríamos

encargarnos de las Bodegas Frederick. Tú sentiste que tenías que responsabilizarte del legado Frederick. Y yo también, pero yo además siento que tengo que estar a la altura de tus expectativas. De los sacrificios que hiciste por mí.

–Esos sacrificios fueron mi elección –aseguró Diana con rigidez–. Pero nunca fue mi intención forzarte a asumir un papel que odiabas. Podría haber jurado que te gustaba lo que hacías, Kiara. Estoy segura de ello.

–Me gustaba –reconoció Kiara–. Me gusta el mundo de los negocios. Me gusta trabajar. Sobre todo me gusta el negocio del vino.

Diana estaba asintiendo como si su hija le estuviera dando la razón. Pero entonces Kiara sacudió la cabeza.

–Pero soy la reina de Khatan.

Era la primera vez que lo decía así. Como si estuviera reclamándolo. Sintió algo parecido a una descarga eléctrica, como si por fin estuviera conectando con lo que implicaba su matrimonio y su nueva vida. Como si finalmente lo aceptara como suyo.

Azrin no podía estar haciéndolo aquello ahora.

–Kiara... –comenzó a decir Diana frunciendo el ceño como si estuviera buscando una nueva línea de argumentación.

–¿Por qué somos las dos tan estrechas de miras? –preguntó entonces Kiara–. ¿Por qué damos por hecho que las cosas solo pueden hacerse de una manera? Así no es como elaboramos nuestros vinos, ¿verdad?

Diana se limitó a quedarse mirándola, sin duda tratando de imaginar por dónde iba. Kiara no estaba muy segura de saberlo pero siguió hablando.

–No puedo ser la vicepresidenta de Bodegas Frederick y al mismo tiempo reina de Khatan –aseguró.

Y sabía que era verdad. Una parte de ella lo lamentaba profundamente. Esa parte quería agarrarse a su antigua vida solo por miedo, como siempre había hecho. Pero otra parte quería vivir lo que tocara a continuación siempre y cuando fuera al lado de Azrin.

–Pero eso no significa que no pueda sentarme en la junta directiva –continuó–. Es solo que no puedo estar implicada en el día a día de la bodega como antes. No tiene por qué ser todo o nada, ¿verdad? Bodegas Frederick no se va a hundir porque yo deje de ser vicepresidenta –se rio entre dientes–. Ha funcionado muy bien sin mí durante estos últimos meses, ¿no ve parece? Demasiado bien, diría yo.

Diana dejó escapar un leve suspiro que Kiara no supo cómo definir. Su madre siempre había sido indescifrable para ella, y lo seguiría siendo aunque llegaran a un entendimiento.

–¿Crees que desaparecer en el mundo de Azrin te hará feliz? –preguntó Diana tras una breve pausa sacudiendo la cabeza como si Kiara la hubiera decepcionado una vez más.

Pero Kiara pensó que, si ese era el caso, el problema lo tenía su madre. Ella no podía hacer nada al respecto. Y no podía seguir destrozándose en el intento.

–¿A ti te hizo feliz cuando lo hiciste? –respondió Kiara.

Sintió una instantánea punzada de dolor cuando su madre palideció.

–No estoy intentando ser cruel –continuó sintiéndose algo insegura–. Te prometo que yo no quiero desaparecer. Y tú tampoco tienes que hacerlo si no quieres, ¿sabes? Puedes escoger hacer otra cosa.

«Y tú también», se dijo para sus adentros. Y fue como si por fin se estuviera dando permiso. O perdonándose.

Ahora le tocó a Diana el turno de parpadear. Se quedó mirando a su hija durante un largo instante como si no supiera quién era Kiara o no tuviera ni idea de qué estaba hablando.

–Tenías tus sueños –le recordó Kiara con voz cargada de una emoción que no supo identificar–. Todavía puedes hacerlos realidad.

–¿Crees que vendrán las hadas a ocuparse de la bodega? –preguntó Diana.

Pero Kiara percibió el tono de angustia que estaba tratando de ocultar bajo la aspereza.

–Ve a buscar una casa rural en algún lugar remoto a ver qué pasa –le sugirió Kiara con voz ronca–. La bodega irá bien. Nos aseguraremos de que así sea.

Sintió cómo se le llenaban los ojos de lágrimas y vio un brillo en respuesta en los ojos de su madre. Y por primera vez en su vida deseó que fueran la clase de mujeres que se abrazaban.

Pero tal vez algo estuviera empezando en aquel momento. La relación que tendrían que haber tenido durante todos aquellos años.

–Ya no tienes que seguir demostrando nada más en los viñedos, mamá –susurró utilizando aquel nombre familiar que apenas había usado desde que dejó de ser niña–. Y yo tampoco.

Lo encontró en su despacho privado, oculto en el ala diplomática del palacio. Se quedó en el umbral durante un instante para observarle.

Parecía muy cansado, pero seguía estando muy guapo. Tenía los labios apretados en gesto firme. Estaba despatarrado en una butaca enorme colocada en ángulo frente a la chimenea y llevaba puesto uno de sus exquisitos trajes oscuros. No se había molestado ni en aflojarse la corbata.

Miraba hacia delante, como si estuviera viendo fantasmas frente a él en la habitación vacía. Como si fuera el hombre más solitario del mundo.

–Ya deberías haberte marchado –dijo sin mirarla.

A Kiara le dio un vuelco el corazón dentro del pecho.

–No voy a marcharme en medio de la noche bajo el cobijo de la oscuridad como si tuviera algo de lo que avergonzarme –respondió ella.

–Mañana por la mañana entonces –dijo Azrin todavía sin mirarla.

Pero Kiara se fijó en el modo en que apretó los labios y sintió cómo la ira bullía en su interior.

–¿Y qué ha sido de lo de nosotros dos juntos en esto? –inquirió.

Parecía que Azrin iba a decir algo, pero luego pareció pensárselo mejor y ella entró en el despacho.

–¿Y en cambio llamas a mi madre? –le preguntó con recelo.

Azrin emitió un sonido mitad risa mitad resoplido.

–Pensé que el vuelo se le haría más corto pensando en su alegría por el fin de nuestro matrimonio –dijo con tono seco.

Kiara siguió avanzando hasta que se situó delante de él. Azrin se tomó su tiempo antes de alzar la vista para mirarla. Sintió el calor de sus ojos, el modo que se deslizaban por cada curva de su cuerpo. El vestido entallado que había llevado al hospital le pareció de pronto demasiado apretado, como si se ahogara en él.

Pero sabía que se debía solo a Azrin.

–¿Necesitas que te lo diga? –le preguntó él clavando la tormentosa mirada en la suya–. Te libero. Vete. Sé lo que quieras ser. Esta vez no te seguiré. Tienes mi palabra.

A Kiara le habría roto el corazón escucharle decir algo así si hubiera tenido alguna intención de obedecerle. Pero se limitó a quedarse allí de pie mirándole. Retándole.

–¿Te rindes? –le preguntó alzando las cejas–. Después de todo lo que hablamos en los lagos, ¿esta es tu venganza?

–Los lagos no eran la realidad –afirmó Azrin inclinándose hacia delante para enfatizar sus palabras.

–Pero yo pensé qué...

–¿Qué es esto? –parecía impaciente. Se levantó de la butaca para acercarse a ella y frunció el ceño–. Creí que te alegrarías de ser libre, que así tendrías la excusa que necesitabas para marcharte de aquí sin mirar atrás.

–Pues te equivocaste –contestó Kiara haciendo un esfuerzo por no tocarle–. Y no es la primera vez.

–Me he dado cuenta por fin de que nada de esto importa, Kiara –murmuró él–. Tú, yo... no fue más que una fantasía. Siempre he sabido cómo debía ser mi vida, lo que implicaba y lo que tenía que hacer para servir a mi país como ha hecho mi familia durante generaciones.

Azrin frunció los labios, extendió las manos y le agarró los antebrazos, pero no con ternura.

–Soy un hombre egoísta –aseguró con amargura–. Lo he sido siempre en lo que a ti se refiere. Y tenías razón. Sabía con qué clase de mujer debía casarme. Con una que entendiera lo que se esperaba de ella. Pero quise tenerte a ti –sus ojos echaban chispas cuando se le acercó todavía más–. Y mira lo que te he hecho.

Entonces la soltó y Kiara dio un paso atrás. Se sentía mareada. No estaba preparada para aquello, para lo que implicaba que Azrin se rindiera. Pero, si le tocaba luchar a ella, entonces lo haría.

–No quiero que me dejes ir –afirmó escudriñando su rostro.

Azrin se pasó los dedos por el oscuro cabello y sacudió la cabeza mientras se aflojaba la corbata.

–Puede que yo no tenga elección –murmuró él–. Pero tú sí. Si te quedas aquí, no puedo prometerte que nuestros roles no acaben con nosotros. Y entonces, ¿qué ocurrirá?

–Yo no quiero desaparecer –se acercó más a él, forzándole a mirarla a los ojos–. Pero ya no tengo miedo de que eso suceda. Me pediste que confiara en ti, Azrin, y eso hago.

–Eso lo dices ahora –murmuró él con amargura–. Pero ambos sabemos que no es así del todo.

–Pero estamos en ello –insistió Kiara.

–¿Y qué hay de los niños? –le preguntó Azrin a bocajarro–. ¿Por qué te muestras horrorizada cada vez que sale el tema? Ni siquiera quieres hablar del asunto, Kiara. ¿A qué crees que se debe?

Kiara se dio cuenta de que él sabía a qué se debía. Y ella también lo sabía. Pero ya no tenía miedo.

–Sí –afirmó con rotundidad–. La idea de tener un hijo hace que me sienta atrapada. Mira lo que le pasó a mi madre. Si no me hubiera tenido, podría haber hecho cualquier cosa –se acercó y le puso las manos en el pecho. Sintió cómo se ponía tenso, pero no se apartó–. Pero estoy superando eso, Azrin. No soy mi madre. Tienes que confiar en mí.

–Kiara... –comenzó a decir.

Pero se detuvo, como si por una vez no supiera qué decir. Kiara sintió una oleada de compasión. Su padre se estaba muriendo. No solo era un hijo tratando de ubicarse en su nueva situación familiar, sino un rey asumiendo lo que aquello significaba para su país. No le sorprendía lo que había hecho si lo veía de esa manera.

–No pasa nada –le dijo dejando que sus manos le acariciaran. Le calmaran–. No tienes que mostrarte como un rey delante de mí, Azrin. Puedes tener miedo. Los dos estamos a salvo aquí.

Él se estremeció y cerró los ojos durante un instante. Pero volvió a abrirlos de golpe y se inclinó para tomarle las manos, más para evitar que siguiera acariciándole que como un gesto romántico. Kiara lo entendió y no protestó.

–¿Qué quieres? –le preguntó él con tono sombrío–. Hasta ahora no se me había ocurrido dejarte libre, Kiara. Tal vez no se me vuelva a ocurrir. Ya sabes que odias esta vida. Dime claramente lo que quieres.

–Voy a ser una reina terrible –aseguró sosteniéndole la mirada–. Lo intentaré con todas mis fuerzas, pero fracasaré de mil modos porque nunca seré la clase de mujer con la que tendrías que haberte casado –se encogió de hombros–. Tendremos que tomárnoslo con humor. Tal vez me dedique a comprar bodegas o a hacer alguna locura semejante. Lo único que tengo claro es que te quiero a ti.

Azrin se la quedó mirando una décima de segundo, y luego otra. Durante un terrible instante Kiara pensó que se iba a apartar, pero entonces le tomó las manos y se las puso en el pecho.

–Siempre me has tenido –susurró–. Desde el primer momento.

–Te amo, Azrin –susurró ella con la voz ronca por la emoción–. No quiero dejarte.

–Entonces, si me amas, no me vuelvas a dejar. Nunca.

Kiara se puso de puntillas y apretó la boca contra la suya.

Azrin la besó una y otra vez como si la estuviera catando por primera vez, y ella le saboreó del mismo modo, como si no tuviera suficiente de él. Azrin le hundió las manos en el pelo y ella le abrazó con desesperación.

Por fin estaba entre sus brazos.

Azrin se quitó la chaqueta y la camisa. Luego se tomó su tiempo desnudándola a ella y disfrutando de cada centímetro de piel que dejaba al descubierto. Se arrodillaron juntos en la ancha y suave alfombra y se perdieron el uno en el otro. Cada caricia, cada beso eran una reafirmación. Un voto.

–Estar contigo no es desaparecer –susurró Kiara besándole el pecho y el vientre–. Es encontrarme a mí misma.

–No volveré a perderte –le dijo tumbándola en el suelo y colocándose encima de ella–. Nunca más.

Entonces la tomó con profundidad susurrándole palabras de amor en árabe y en inglés mientras empezaba a moverse. Kiara le siguió hasta que la llevó a la cima instantes antes de alcanzarla él gritando su nombre. Y supo que ambos estaban exactamente en el lugar al que pertenecían.

Azrin encontró el bar en Sídney casi vacío.

Entró y se sacudió el tiempo húmedo de Australia de la ropa. Miró hacia el camarero, que estaba secando vasos con aire indolente, y se dirigió hacia los grandes ventanales que daban al puerto de Sídney, que aquella tarde estaba gris y mojado por la lluvia. Tomó asiento en una de las sillas bajas de cuero y solo entonces miró hacia la hermosa mujer que estaba sentada en la otra mirando hacia la vista como si no se hubiera fijado en él.

–Déjame adivinarlo –susurró ella con tono seductor–. Eres un hombre de negocios que está muy aburrido. Ventas, sin duda. Estás en la ciudad para asistir a una conferencia y has salido a tomarte una copa.

–Pareces adivina.

Kiara seguía sin mirarle.

–Es una lástima que tengas tan pocas cosas atractivas que te recomienden –afirmó como si estuviera realmente triste por ello–. Yo he venido a visitar el bello
Valle de Barossa. Necesito encontrar a alguien al menos
tan excitante como la junta directiva a la que acabo de
asistir. Soy una mujer soltera que busca sexo salvaje sin
compromiso –suspiró–. Está claro que no eres lo que
busco.

Kiara cruzó las piernas, llamando la atención de Azrin hacia sus altos tacones. Azrin imaginó aquellas piernas enredadas en su cintura y sonrió.

–¿Y si te hago una proposición? –le preguntó inclinándose hacia ella–. Soy un hombre casado. Pero, si te
gusta el peligro, te puedo prometer acrobacias. Una
completa atención al detalle. Mi mujer es insaciable.

Ella sonrió también. Puso el codo en el amplio reposabrazos de la butaca y apoyó la barbilla en la mano
mientras le observaba.

–¿Te refieres a ejercicios gimnásticos? –le preguntó–.
¿O se trata de una metáfora?

–Tú escoges –respondió él con galantería–. Ven a
casa conmigo –dijo dando por terminado el juego y to-
mándola de la mano–. Quiero estar dentro de ti más de
lo que necesito respirar.

–Yo también te amo –dijo ella conteniendo el aliento.

–¿Cómo está tu madre? –le preguntó Azrin cuando
Kiara se puso de pie.

–Creo que siempre nos irritaremos la una a la otra
–contestó ella encogiéndose de hombros–. En cualquier
caso, dice que tal vez se quede para siempre en Islandia.
Le encanta estar allí. Y nos llevamos muy bien ahora
que tenemos un mundo entero de por medio.

Azrin se inclinó y la besó con más recato del que le
hubiera gustado expresar. Pero después de todo estaban

en un sitio público y eran los reyes de Khatan. Kiara se apartó de él sonriendo como si le hubiera leído el pensamiento.

–¿Has pensado en la oferta de trabajo? –le preguntó Azrin.

–Seguramente sea mucho mejor asesora que vicepresidenta –los ojos de Kiara brillaron al mirarle–. Pero todavía soy mejor como reina.

Y así era. No era una reina tradicional, por supuesto. Pero no había necesidad de que lo fuera porque Khatan había celebrado sus primeras elecciones y enfilaba por el camino de la democracia. Si quería, podía estar tan ocupada como antes con todas las obras benéficas que patrocinaba y las conferencias que le invitaban a dar.

Ambos habían crecido mucho durante aquel último año. La muerte de su padre había obligado a Azrin a ocuparse de muchas cosas. Y Kiara también. A Azrin no le gustaba pensar en aquel periodo oscuro de justo antes de asumir el trono, cuando había estado tan cerca de perderla. Se dirigió hacia la puerta rodeando la cintura de su mujer con el brazo. Aquello no volvería a suceder jamás.

–Creo que ya estoy preparada para intentarlo –susurró Kiara mientras caminaban apoyándose contra su hombro.

–¿Preparada? –repitió. Y entonces lo entendió.

Sonrió al experimentar una nueva alegría en su interior y entrelazó los dedos con los suyos. Agarrándoselos con fuerza. Quería deslizarle las manos por el plano vientre para celebrar la llegada de los bebés que finalmente tendrían, pero no podía hacerlo allí.

–Avisaré a toda la prensa de Khatan desde ya –bromeó sonriendo.

–No seas tonto –dijo Kiara con el mismo tono y con las mejillas sonrojadas por la emoción–. Le he asegu-

rado a tu numerosa familia que ellos serán los primeros
en enterarse. Preferentemente durante la cena.

Azrin se rio y finalmente se dirigieron a casa.

Juntos.

BIANCA

CHRISTINA HOLLIS
ENTRE LA OBLIGACIÓN Y EL DESEO

Para el príncipe y conocido *playboy* Lysander Kahani, las diversiones se habían acabado. Tenía que gobernar un país, además de cuidar de su sobrino huérfano.

Para ello, decidió contratar una niñera. Nada más ver a Alyssa Dene, su lado más travieso volvió a aparecer. Prevenida por su reputación, Alyssa intentó mantener las distancias, pero acabó cayendo en sus redes.

SHARON KENDRICK
JUEGO PERVERSO

Muy pocas personas se atrevían a desafiar al magnate griego Zak Constantinides. Era el dueño de un imperio hotelero y le gustaba tenerlo todo bajo control. Cuando vio que una empleada de su hotel de Londres iba detrás del dinero de su hermano, decidió tomar cartas en el asunto y trasladarla a Nueva York.

N.º 496

Emma tal vez tuviera más de un vergonzoso secreto, pero no estaba interesada en el hermano de Zak ni en su dinero. Decidida a bajarle los humos a su arrogante y despótico jefe, aceptó el trabajo que le ofrecía...

LEE WILKINSON
TORMENTA EN EL ALMA

Zander Devereux deseó a Caris desde que entró en el despacho del bufete de abogados donde ella trabajaba. Arrogante y nada acostumbrado a las negativas, el carácter rebelde de Caris le pareció todo un reto. Y a él le encantaban los retos. Pero en mitad de su tempestuosa relación, ella se marchó.

¡YA EN TU PUNTO DE VENTA!

DESEO

ANNA CLEARY
SOLO SI ME AMAS

En lugar de ser recibida en Australia por unos amigos de la familia, Ariadne Giorgias se había encontrado con un extraño espectacularmente atractivo, Sebastian Nikosto.

Sebastian no sabía qué esperar de la esposa impuesta por contrato. Lo que no se esperaba era a la hermosa Ariadne, ni la incendiaria atracción que chisporroteaba entre ellos.

CAT SCHIELD
SABOR A TENTACIÓN

A Harper Fontaine solo le interesaba una cosa en la vida: dirigir el imperio hotelero de su familia, y no estaba dispuesta a que Ashton Croft, el famoso cocinero, estropeara la inauguración del nuevo restaurante de su hotel de Las Vegas. Conseguir que el aventurero cocinero cumpliera con sus obligaciones ya era difícil, pero apagar la llama de la incontrolable pasión que les consumía acabó resultando imposible.

N.º 561

OLIVIA GATES
SITIO PARA DOS

Aris Sarantos era el peor enemigo de la familia de Selene Louvardis, pero eso no impedía que ella lo deseara con toda su alma. O que aprovechase la oportunidad de pasar una noche con él.

Cuando Selene apareció de nuevo en su vida con un hijo nada pudo evitar que él reclamara lo que era suyo.

DESEO

DAY LECLAIRE

LA MUJER PERFECTA

Lo primero era el matrimonio… y Justice St. John tenía un plan. Usando una ecuación infalible, el brillante científico diseñó un programa para encontrar a la mujer perfecta. Pero después de una noche de pasión inesperada, descubrió que Daisy Marcellus era la mujer más inadecuada, así que volvió a empezar.

Sin embargo, su pasión tuvo consecuencias y cuando Daisy lo localizó, con la pequeña Noelle a cuestas, llenó su mundo frío y metódico de vida, color y caos. Sus negociaciones para el futuro acababan de empezar cuando Daisy descubrió que él aún seguía buscando a la esposa perfecta…

N.º 562

CREER EN EL AMOR

Gabe Moretti llevaba toda la vida intentando conseguir un collar de diamantes que era su único legado. Al reencontrarse con Kat Malloy, prima de su difunta esposa, al fin se le presentó la oportunidad de lograr su objetivo. Kat le propuso un trato de negocios: fingir un noviazgo a cambio del collar que la madre de Gabe había diseñado. Pero, una vez puesta en marcha la farsa, un beso llevó a otro y Gabe se dio cuenta de que la relación estaba yéndosele de las manos. Además, Kat tenía secretos que él quería desvelar. Para lograrlo y descubrir la verdad de su poderosa atracción, iba a verse obligado a recurrir a su familia paterna, algo que se había jurado no hacer nunca.

JAZMÍN.

MARION LENNOX
EL HIJO DE LA DOCTORA

Siendo la única doctora de Bay Beach, Emily Mainwaring estaba demasiado ocupada para distracciones. Por desgracia para ella, se acercaban dos importantes: un bebé huérfano al que deseaba adoptar y Jonas Lunn, un guapísimo cirujano de Sydney cuyo interés por ella no parecía meramente profesional.

Emily tenía un dilema: si se casaba con Jonas podría adoptar al niño... Pero Jonas no parecía de los que se casaban. Además, ¿debía ella arriesgarse a enamorarse de un hombre apasionado como él que seguramente iba a desbaratarle su organizada vida?

SUSAN FOX
ATRAPADA POR SUS BESOS

Tras obtener la custodia del sobrino huérfano de Claire, Logan Pierce le pidió a esta que se casara con él para que el pequeño tuviera una verdadera familia. Logan quería además muchos más niños... y deseaba que Claire fuera la madre de todos. Pero se empeñaba en que el amor no tuviera nada que ver en todo aquello.

Claire no quería casarse con un hombre tan duro y cínico como Logan... hasta que descubrió que sus besos eran adictivos.

N.º 584

HANNAH BERNARD
UNA NOVIA INEXPERTA

Lea estaba a punto de cumplir los treinta y había sonado la alarma de su reloj biológico. Quería un marido... inmediatamente. Pero ¿cómo iba a encontrar al hombre perfecto una mujer que solo había tenido un novio?

Tom salía con muchísimas mujeres y no tenía la menor intención de sentar la cabeza. Quizá no fuera de los que se casaban, pero se le daba muy bien dar consejos, sobre todo a Lea...

BIANCA.

Quería destruir el legado de los Donati…
hasta que supo que tenía una hija

RECUERDOS
DE ROMA

JACKIE ASHENDEN

N.º 3159

Un accidente borró el recuerdo de la noche que Lark Edwards pasó en Roma. La noche en que se quedó embarazada. Tiempo después, volvió a Italia por razones de trabajo, y en Roma conoció al cautivador millonario Cesare Donati, un hombre que parecía extrañamente familiarizado con ella. Cesare se había jurado no tener nunca una familia, destrozado por la niñez que había vivido. Pero descubrió que tenía una hija, y esa niña despertó en él algo que creía muerto tiempo atrás. Y, a diferencia de los recuerdos de Lark, su encuentro despertó una tórrida atracción. No tardó en tener que enfrentarse a una decisión crucial: ¿podía abandonar todas sus reglas?